世界著名游记丛书

第四辑

前往美洲：夏多布里昂游记

〔法〕弗朗索瓦－勒内·德·夏多布里昂 著
冯道如 侯 敏 译

商务印书馆 创于1897 The Commercial Press
中国旅游出版社

"世界著名游记丛书"
指导委员会

我们为何出版
“世界著名游记丛书”

出版一套“世界著名游记丛书”的想法，是我们在推进文明旅游的实际工作中产生的。

世界现代旅游业的兴起、发展迄今不过一百五十年。在中国，旅行虽古已有之，但现代意义上的旅游业，则是在改革开放后才发展起来的。相对于英国、法国、美国等世界旅游发达国家，中国旅游业起步晚，但短短三十五年，就已呈现井喷式、排浪般发展态势。中国旅游业的迅猛发展令许多方面始料不及。无论旅游基础设施建设、旅游产品和公共服务供给，还是国人在理性消费和出游习惯上都明显准备不足。未富先骄、小富大骄、无知无畏、火暴焦躁等带来的旅游不文明现象时有发生。旅游原本是休闲放松、怡情悦性的悠然雅尚活动，但是现在一些人仿佛患上了焦虑症，无以自控，既不利于自我，也妨碍他人，给旅游环境蒙上阴影，带来不和谐音，使得人们对旅游既爱之，又恐之。

我们对当下屡屡发生的旅游不文明现象既不能视而不见，听之任之，也不要丧失信心，破罐破摔。纵观一些国家公民的出游历程，大都有一个从不太文明逐渐走向比较文明的过程。重要的是，我们需要静思，如何让人们焦虑的心态静下来？如何让人们在旅游过程中真正优雅地享受美、传播美？为提升大众文明旅游水平，大家能做些什么？改变旅游不文明状况，一方面要增加和改善旅游景区、旅游产品供给，提升旅游服务水平，加强基础设施建设，解决人满为患和管理不善的问题；另一方面也要重视教化，安静心灵，提升品位，普及文明。读游记、品游记，乃至写游记，显然有益于实现此宗旨。

人们在旅行、旅游中撰写游记，既是国际文化特色，也是中华文化传统。中华民族自古就倡导“读万卷书，行万里路”，历朝历代留下许多游记佳作。这些多种体裁、多种风格的作品脍炙人口，传世不绝。春秋孔子周游列国，感叹“智者乐水，仁者乐山”。汉代著名史学家司马迁经历过常人无法承受的磨难，游访过许多历史遗迹、名山大川，殚精竭虑地写出了千古巨作《史记》。唐诗、宋词、元曲中的许多作品产生于旅行、旅游之中，将它们作为游记诵读亦未尝不可。如初唐四杰之首王勃的《滕王阁序》：“落霞与孤鹜齐飞，秋水共长天一色。渔舟唱晚，响穷彭蠡之滨；雁阵惊寒，声断衡阳之浦。……滕王高阁临江渚，佩玉鸣鸾罢歌舞。画栋朝飞南浦云，珠帘暮卷西山雨。闲云潭影日悠悠，物换星移几度秋。阁中帝子今何在？槛外长江空自流。”王维的《使至塞上》：“单车欲问边，属国过居延。征蓬出汉塞，归雁入胡天。大漠孤烟直，长河落日圆。萧关逢候骑，都护在燕然。”诗仙李白的《早发白帝城》:“朝辞白帝彩云间，千里江陵一日还。两岸猿声啼不住，轻舟已过万重山。”诗圣杜甫的《望岳》:“岱宗夫如何？齐鲁青未了。造化钟神秀，阴阳割昏晓。荡胸生层云，决眦入归鸟。会当凌绝顶，一览众山小。”白居易的《钱塘湖春行》:“孤山寺北贾亭西，水面初平云脚低。几处早莺争暖树，谁家新燕啄春泥。乱花渐欲迷人眼，浅草才能没马蹄。最爱湖东行不足，绿杨阴里白沙堤。”宋代著名词人李清照的《如梦令·常记溪亭日暮》:“常记溪亭日暮，沉醉不知归路，兴尽晚回舟，误入藕花深处。争渡，争渡，惊起一滩鸥鹭。”元曲四大家之首关汉卿的《碧玉箫》:“秋景堪题，红叶满山溪。松径偏宜，黄菊绕东篱。”白朴的《天净沙·秋》:“孤村落日残霞，轻烟老树寒鸦，一点飞鸿影下。青山绿水，白草红叶黄花。”马致远的《天净沙·秋思》:“枯藤老树昏鸦，小桥流水人家。古道西风瘦马，夕阳西下，断肠人在天涯。”……这些杰作无一不可称为历代相传的游记华章，无一不是人与人和人与自然相融相洽的和谐美乐。

伴随着人类旅行、旅游活动的足迹，古今中外产生过许多游记佳作，其作者队伍和阅读群体非常庞大。很多著名游记无论对当时还是对后世均产生过而且仍在产生深远影响，传播甚广。如《马可波罗行纪》产生于欧洲印刷术发达之前许多年，根据原稿传抄传译多达一百四十多个版本。该游记的影响早已超越作者的祖国，成为世界名著，尤其对中国读者更具特殊意义。

唐柳宗元在任永州司马时，写下了著名的《永州八记》(《始得西山宴游记》《钴鉧潭记》《钴鉧潭西小丘记》《小石潭记》《袁家渴记》《石渠记》《石涧记》及《小石城山记》)。北宋苏轼考察石钟山后写下著名的《石钟山记》，感叹“事不目见耳闻，而臆断其有无，可乎”“余是以记之，盖叹郦元之简，而笑李渤之陋也”。

明代著名旅行家徐霞客放弃仕宦，游历四方，不避风雨虎狼，与长风云雾为伴，自二十二岁起到去世前一年为止，前后三十多年中，游迹遍及大半个中国，留下60余万字传世佳作《徐霞客游记》，记录了他对祖国许多名川大山深入细致的考察，如对广西山峦的特点做了非常精辟的描述：自桂林至阳朔，是“石峰离立”的峰林谷地；柳州府西北则“两岸山土石间出，土山逶迤间，忽石峰数十，挺立成对，此异阳朔、桂林者，彼则四顾皆石峰，无一土山相杂，此则如锥处囊中，犹觉有脱颖之异耳”。至贵县郁江两岸，更是“石山点点，青若缀螺”，石灰岩山峰已被夷为平原，地表上的石峰变成螺蛳形小丘；至今大新、天等等县，则又是“攒峰突崿，纠丛甚固”“千峰万岫，攒簇无余隙”的山体相连的峰林地貌。这些描述现在读来仍感十分清新，尤其置身当地，更多了几分情感和共鸣。他的《游七星岩日记》对桂林七星岩的考察更是深入、细腻:“其左即为佛庐，当岩之口，入其内不知其为岩也。询寺僧岩所何在，僧推后扉导余入。历级而上约三丈，洞口为庐掩，黑暗，忽转而西北，豁然中开，上穹下平，中多列笋悬柱，爽朗通漏，此上洞也，是为七星岩。”我去过七星岩许多次，对他如此深入、如此专业的观察，深为服膺。我曾经在桂林以至广西工作过十八个年头，现在读起《徐霞客游记》有关篇章，感到格外亲切，欲与徐公对话，虽不能言传一二，但似可意会几分。

习近平主席在“一带一路”战略构想中提出，要发展丝绸之路特色旅游，让旅游合作和互联互通建设相互促进。互联互通，旅游先通，旅游业作为开放性、综合性产业，在“一带一路”战略中具有先联先通的天然优势。考察丝绸之路沿线地方，人们会惊叹梦幻与现实竟如此接近。身处茫茫大漠，一幅辽阔的历史画卷自然呈现，绵延7000多公里的漫漫长路上，一支支驼队满载着丝绸、茶叶、瓷器、香料、皮货、珠宝，悠悠驼铃声中更承载着造纸、印刷等先进技术的传播和文化的交融。张骞出使西域、班超经营西域、玄奘西行取经、郑和下西洋、马可波罗游历中国的千古佳话经久传颂。北朝民歌《敕勒歌》:“敕勒川，阴山下。天似穹庐，笼盖四野。天苍苍，野茫茫，风吹草低见牛羊。”盛唐诗人王之涣的《凉州词》:“黄河远上白云间，一片孤城万仞山。羌笛何须怨杨柳，春风不度玉门关。”各类不同笔墨的遗著、石刻、古迹陈述着灿烂的历史文化、浓郁的民族风情、雄浑的自然风光，可谓百感交集的史诗。古代丝绸之路是连接欧洲、亚洲和非洲之间的商贸之路。今天的丝绸之路正焕发崭新活力，早已超越丝绸交易的范畴，成为沿线各国日益活跃的经济往来、人文交流大通道，成为游客心驰神往的黄金旅游线路，在这条线路上产生了许多优秀游记。

游记中有一类作品也值得一提。这类作品，名曰游记，实为小说，或为神魔小说，最著名者为吴承恩的《西游记》；或为科幻小说，如法国科幻作家儒勒·凡尔纳的《地心游记》《八十天环游地球》《海底两万里》；或为荒诞小说，如英国作家卡罗尔的《爱丽丝漫游奇境记》；或为讽喻之作，以讽刺社会、针砭时弊，如我国清代刘鹗的《老残游记》和英国作家斯威夫特的《格列佛游记》。

好书比良友，开卷有益。今天，我们重温经典，推出“世界著名游记丛书”，正是为积极倡导寓学于游，寓思于游，寓教于游，学习先贤雅士，传承旅游文化，倡导文明旅游。首套“世界著名游记丛书”收纳了东晋法显所著的《佛国记》，唐代玄奘叙述、辩机撰文的《大唐西域记》，唐代日本人真人元开所著的《鉴真和尚东征传》，元代耶律楚材所著的《西游录》，元代周达观所著的《真腊风土记》，明代马欢所著的《瀛涯胜览》，明末徐霞客所著的《徐霞客游记》和元代时期意大利人马可波罗所著的《马可波罗行纪》、元代时期摩洛哥人伊本·白图泰所著的《伊本·白图泰游记》、民国时期瑞典人斯文·赫定所著的《亚洲腹地旅行记》

10种游记。未来还将继续推出系列著名游记，也乐见广大读者、游客以诗词歌赋、散文随笔等各种形式，不拘一格地将所游、所思、所获记录下来，净化心灵，陶冶情操，提升旅游品位，促进社会文明，为中华民族乃至世界文化传播传承增光添彩。

出版此套丛书，是商务印书馆与中国旅游出版社首度合作，也是我国出版界的百年老店与活力新秀的第一次携手，期待并相信这合作之花在广大读者的呵护下结出丰硕之果！

李金早

2015年11月25日

于北京

“世界著名游记丛书（第四辑）”导读

人类“游历”史框架下的世界景观

吴必虎

继本丛书第一辑“一带一路经典游记”（2016）、第二辑“近代中国看世界”（2016）、第三辑“明清外国人看中国”（2017）相继由商务印书馆和中国旅游出版社联袂出版后，丛书指导委员会决定把第四辑的选题目光转向更广阔的视野，时间上囊括人类“游历”的整个历史，空间上（出发地和目的地）覆盖全球范围。实际上，第四辑的选题框架，是建立在我们对人类“游历”行为的科学理解和“游历”发展史的恰当分期的基础之上的，从而进一步强化了全套“世界著名游记丛书”的学理支持。

作为独立科学研究对象的“游历”及其历史记录

什么是“游历”？游历的记录（游记）与人类科学发展和社会进步存在什么样的紧密关系？通过系统梳理世界各国不同历史

时期出现和保留至今的大量游记，我们逐步构建了一个以“游历”为基础概念的理论框架，并由此发现和凸显了人类游历记录对于人类知识积累和社会发展曾经做出的巨大贡献。

“游历”一词很早就出现在中国古代文献甚至考古发现之中。“游”和“历”都出现在甲骨文实物材料之中。甲骨文是中国商朝的文化创造物，距今已有3600多年历史。2017年11月24日，甲骨文顺利通过联合国教科文组织世界记忆工程国际咨询委员会的评审，成功入选《世界记忆名录》，甲骨文及其表征的文化已经成为全球共同认可的人类遗产。

“游”的字源来自于甲骨文的“斿”，甲骨文刻为，青铜器上的金文表现为，其象形意义是飘扬的旗帜下一个（或一群）少年行走的动作，今天的解释就是老师带着儿童进行户外自然教育。后来人们在“斿”的左边或左下侧添加了三点水和走之旁，形成了“游”和“遊”两种形式，分别用于涉水旅行与陆地旅行两种情形，虽然发展到后期人们已经不在乎这些环境差别了，在日常书写和古籍印刷中“游”“遊”常常通用。中国大陆实行简化字方案后，已经统一规定使用“游”这一标准形式。

“历”字同样具有甲骨文时代已被创设且基本语义较为稳定的历史基础，其字源来自于古汉语中的“歷”和“曆”。“歷”甲骨文字形为，上半部分的代表丛林、山野，下半部分的同“止”，原意为脚趾，表意行进，合并起来的则表示穿过丛林的旅行。钟鼎文在甲骨文的基础上加（石崖），形成，表示攀越悬崖的旅行。由于有的甲骨文将上部分的两个“木”误写作两个“禾”，古代典籍中往往出现“歷”和“歷”混用的现象。

与空间上的历程相呼应，时间上的历程古人发明了"曆"，它是在"歷"的基础上把脚步（止）换成了代表时间的太阳（日）形成了新的语义。汉字简化后，"歷"与"曆"合二为一，皆为"历"。这样一来，"历"就具有了时间与空间层面的双重含义，既指空间上的行进与穿越，又指时间上的经过与历程。基于"历"在时空双重意义上的穿行语义，其后又组合出现了"历程""经历""历练"等概念，分别表达人类在时空领域的生理与心理上的经验与体验。

有了"游"和"历"的原始语义，"出游""远游""游历"等的搭配使用作为一种更为复杂的人类活动的表达形式很早就已出现。从目前文献的记载来看，形成于西周初期至春秋中叶，也就是形成于公元前 11 世纪至前 6 世纪期间的《诗经》，其成书距今已经 2500 多年。《诗经·邶风·泉水》和《诗经·卫风·竹竿》两处出现了"驾言出游，以写（泻，宣泄）我忧"，描绘了"出游"活动具有开释压力和舒解心情的作用。《列子•周穆王》也有远游的记载："穆王不恤国是，不乐臣妾，肆意远游。"一位王者，不好女色而沉迷于远行游历，堪称历史上最早的旅游达人了。

"游历"一词不仅出现较早，而且历代继承从未间断，基本语义也未发生过太大变化，如南朝宋谢灵运《撰征赋》"发下口而游历，迄西山而弭辔"；唐白居易《游石门涧》"自从东晋后，无复人游历"；北宋王安石《忆金陵》"想见旧时游历处，烟云渺渺水茫茫"；南宋史达祖《喜迁莺》"旧情拘未定，犹自学、当年游历"；元王哲《临江仙》"游历都京并府郡，更兼县镇坊村"；明唐顺之《赠庵中老僧僧解相人术少尝游历江南晚归庵中》的诗题；清顾炎武《赠钱行人邦寅》"南徐游历地，傥有和歌辰"

等，都在类似语境下、意指基本相同地使用“游历”一词。

从上述中国古代对“游”“历”“出游”“游历”等字词的创造、使用及其界定来看，“游历”具有穿越山林湖泽，体验山水人文，出于探索环境、获得知识、考察自然、愉悦身心、发展事业等功能需求，达到特定目标指引下的旅行途中和在目的地的多种时空体验的行为。也就是说，“游历”，就是人类在旅行途中与抵达目的地后滞留期间的时空体验。

毫无疑问，几乎所有有正常行动能力的人都有游历的需求和经历。但是只有极少一部分人能用文字或图画把他们的游历记录下来。这些幸运地保留下来的游历记录，就是我们今天所谓的游记。这些游记的数量，如果与历史上所发生的出游、游历活动的数量相比，其比例可以想象、推理出来，一定是为数不多的。因为在漫长的人类历史发展过程中，受过良好教育、可以书写记录的人仅占总人口极小的一个部分；而且在较早的时期，作为文字记录载体的纸张尚未发明或仅有很低的普及率，游记的书写、誊抄、印制、保存也都非常不易及不便。即使有了书写或印制，由于一系列的天灾人祸、兵燹连年，大浪淘沙之后，能够幸免于难得以保存至今的古代游历记录真可谓是凤毛麟角，至为宝贵。

与历代官方修编的正史不同，游历记录大多数出于游历者个人之手，记录的很多是个人视角下的所见所闻，具有更为直接、直观、具体的现场感和基于第一手资料写成的真实价值。把某个时期的这些游记进行“大数据”统计分析，可以得到正史所不具备的史料甚至是更可靠的历史景观价值。越早形成的游记，涉及的他处的事物要素越加综合广泛。只有随着出游者的目的越来越专业化，出行的动机和目标也越来越清晰，游历记录涉及的领域才会逐步收缩，与此同时其涉及的内容也会逐步深入。读者们如果翻阅公元前 5 世纪希罗多德的《历史》涉及的旅行记录和公元前 91 年完成的司马迁的《史记》涉及的中外地理知识，再去看看 17 世纪完成的《徐霞客游记》中记录的喀斯特地貌，就可体会到其中发生的知识领域的变化。

人类“游历”发展史的分期

根据已有研究，我们可以把青铜器时代以来一直到当代的人类游历发展历史，划分为古典旅行期（Classic Travel）、地理发现期（Geograpical Discovery）、科技驱动期（Sci-tech Oriented）和现代旅游期（Modern Tourism）。

15 世纪是人类游历发展史上最为重要的一个分水岭。15 世纪初的 1405 年（明永乐三年），中国明朝郑和强大的舰队第一次远航西洋（印度洋）；而 15 世纪末的 1492 年，意大利人哥伦布在西班牙国王支持下从西班牙一路向西横越大西洋，来到了中美洲（当时误以为是印度）引发所谓的“地理大发现”。在 15 世纪之前的人类迁徙、经商、远征、航海、传教、科考等游历活动，笼统地称为古典旅行期，这个时期如果从古希腊人在地中海沿岸的航行算起，或者以荷马史诗《奥德赛》记载的古希腊英雄奥德修斯在大海上的冒险漂流或希罗多德《历史》一书中对东地中海和近东地区的旅行特别是对埃及的记述，都可追溯到公元前 8 世纪和前 5 世纪之前。中国古籍汲冢竹书中记载的《穆天子传》所描述的周穆王西游列国，则远涉公元前 10 世纪的游历过程。

古典时期最重要的事件就是中国至西方的丝绸之路在公元前

200 年至公元 500 年之间得到开通和较为稳定的运行。而哥伦布的向西航行寻找中国和印度的原因之一，则是丝绸之路被与欧洲的基督教文明冲突的奥斯曼帝国所阻断。中国东晋法显的《佛国记》、伊斯兰世界的《苏莱曼游记》和《伊本·白图泰游记》、来自欧洲基督教世界的《马可·波罗行纪》，也即在后古典时期（公元 500 年至 1500 年之间），具有全球意义的旅行活动几乎都为宗教旅行所主导，其中不少都和中国存在某种联系。

总的来说，15 世纪之前，人类探险文化所了解的地理知识，主要局限在亚欧大陆和环地中海地区，也即以古罗马为中心的欧洲、以两河流域为核心的阿拉伯、以印度为核心的南亚，以及以中国为核心的东亚等四个地区（参见 Felipe Fernandez-Armesto. *The Times Atlas of World Exploration*. HarperCollins Publishers，1991. p.16-17）。

1492 年哥伦布“发现”新大陆，导致其后一发不可抑制的“地理大发现”时代的到来。人类历史进入了所谓的“旅行大爆炸”时代。哥伦布及其追随者、库克船长、华莱士、达尔文对新大陆和自然世界，刘易斯和博纳维尔对美国西部，伯顿和斯皮克对非洲大陆，柯林斯对西伯利亚，分别进行了科学探险并促进了地理发现。虽然至 18 世纪 70 年代欧洲以英国为代表的工业革命已经蓬勃开展，但地理发现和博物学家的考察活动一直延续到 19 世纪中叶之后。这一时期南北美洲、澳大利亚和亚太地区的地理发现和欧洲殖民，也极大程度地改变了世界的政治地图、经济地图和文化地图。

1776 年，英国发明家瓦特发明的第一台蒸汽机投入商业生产，标志着人类社会进入英国为首的工业革命时代。蒸汽机在很广泛的领域里逐步得到了推广与应用，其中 1807 年富尔顿建造出蒸汽轮船，标志着远洋航行大众化的启动，促进了新老世界之间的相互探访。欧洲人面向全球的军事扩展、人口殖民、产业建设和世界贸易走向深入，至第二次世界大战结束的1945年，工业和科技的双重发展奠定了今天世界地图的基本格局。

1945年"二战"结束以来，尽管有美苏为首的冷战的冲突，但以美国引领的全球化、城市化、现代化的进程始终占领主流。虽然业界普遍把1841年托马斯·库克组织的世界第一次商业性旅游活动视为近代旅游活动的开端，但是只有在"二战"结束之后的大众旅游才是现代旅游时代的大规模呈现阶段。现代旅游期在人类游历发展史的漫漫长河中，虽然只有短短70多年，但却出现了一系列历史上从未有过的巨大变化：中产阶级逐步成长壮大，形成了大规模的出行社会需求；在航空器、高速公路与高铁技术的支持下，人类的出行距离与出行速度不断增加；旅游产品供给不断丰富，形成了观光益智、休闲度假和商务节事三足鼎立的基本格局；随着全球城市化、工业化的基本完成，各国都不同程度出现了由制造业向服务业的产业结构转型，政府的产业政策也出现了更加重视旅游服务业的倾向。在上述一系列促进因素影响下，游历的个人动机与社会功能，已经由早期的地理知识积累和中期的宗教传播和商业贸易，转变成为以国民个人及其家庭的愉悦性的休闲度假、企事业机构获取发展机会的商务活动为主流的普遍生活方式和广泛社会组织行为。

各时期"游历"记录中的世界景观及其变化

在构建了以"游历"为基本学术理论体系和初步划分的四个游历发展分期之后，我们就可以从相当庞杂的游历记录中选择若干种代表性作品，构成本丛书的第四辑阵容。经过丛书指导委员会各位专家的推荐，适当考虑不同历史分期、游记作者的国别分布，以及作品覆盖的游历目的地区域等几个因素的平衡，最终我们确定了 10 种 13 册代表作，以帮助读者一窥人类游历史框架下的世界景观的特点及其变化。

由于“二战”之后出现的游历记录仍处于观察阶段，我们着重选择了古典旅行期、地理发现期和科技驱动期三个时期形成的游记作品。其中古典旅行期作品 2 种，都属于欧洲传教士前来中国元朝蒙古王庭的官方出使行为；地理发现期游记 2 种，分别代表发现美洲和发现澳洲的探险旅游；科技驱动期比较集中，选择了 5 种游记，分别包括地理发现、科学考察和旅行文学三类作品；现代旅游期仅收入 1 种，也是仅有的一部涉及拉丁美洲的游历记录。

一、古典旅行期：军事征服与宗教传布相穿插的政治景观

郑和及哥伦布之前的古典旅行期，人类获得外部世界的地理知识的主要途径是军事征服、商业贸易与宗教传布。商业贸易是不同地区和国家之间实现商品交换的必要人类社会活动，无论是和平时期还是战争期间，它都不可或缺、不会消失，而且多数以私人形式为主要组织方式，留下的游历记录相对于军事征服及宗教传布这种有组织的旅行模式就要少得多。本辑收录的两种古典时期的游记，《柏朗嘉宾蒙古行纪》和《鲁布鲁克东行纪》就是典型的宗教兼政治组织的罗马教廷派往东亚的蒙古帝国军事征服时期的政治使节留下的游历记录。

<table>
<tr><th>游历史分期</th><th>种号</th><th>册号</th><th>书名</th><th>原作者</th><th>出行年代</th></tr>
<tr><td rowspan="2">古典旅行期1492年之前</td><td>1</td><td rowspan="2">1</td><td>柏朗嘉宾蒙古行纪</td><td>［意］柏朗嘉宾原著
［法］贝凯、韩百诗译注</td><td>1245—1247</td></tr>
<tr><td>2</td><td>鲁布鲁克东行纪</td><td>［法］鲁布鲁克原著
［美］柔克义译注</td><td>1253—1255</td></tr>
<tr><td rowspan="3">地理发现期1492—1776</td><td>3</td><td>2</td><td>孤独与荣誉：哥伦布航海日记</td><td>［意］克里斯托弗·哥伦布 著</td><td>1492—1502</td></tr>
<tr><td rowspan="2">4</td><td>3</td><td>库克船长日记：“努力”号于1768—1771年的航行（上）</td><td rowspan="2">［英］詹姆斯·库克著
［新西兰］J. C. 比格尔霍尔 编</td><td rowspan="2">1768—1771</td></tr>
<tr><td>4</td><td>库克船长日记：“努力”号于1768—1771年的航行（下）</td></tr>
<tr><td rowspan="8">科技驱动期1776—1945</td><td>5</td><td>5</td><td>前往美洲：夏多布里昂游记</td><td>［法］弗朗索瓦－勒内·德·夏多布里昂 著</td><td>1791</td></tr>
<tr><td rowspan="2">6</td><td>6</td><td>“小猎犬”号科学考察记（上）</td><td rowspan="2">［英］查尔斯·罗伯特·达尔文 著</td><td rowspan="2">1831—1836</td></tr>
<tr><td>7</td><td>“小猎犬”号科学考察记（下）</td></tr>
<tr><td rowspan="2">7</td><td>8</td><td>马来群岛自然科学考察记（上）</td><td rowspan="2">［英］阿尔弗雷德·拉塞尔·华莱士 著</td><td rowspan="2">1854—1862</td></tr>
<tr><td>9</td><td>马来群岛自然科学考察记（下）</td></tr>
<tr><td>8</td><td>10</td><td>远方的邀请：泰戈尔游记选</td><td>［印］拉宾德拉纳特·泰戈尔 著</td><td>1878—1930</td></tr>
<tr><td rowspan="2">9</td><td>11</td><td>纪德游记（上）</td><td rowspan="2">［法］安德烈·纪德 著</td><td rowspan="2">1889—1935</td></tr>
<tr><td>12</td><td>纪德游记（下）</td></tr>
<tr><td>现代旅游期1945年以来</td><td>10</td><td>13</td><td>拉丁美洲摩托骑行记·古巴革命战争回忆录</td><td>［古］厄内斯托·格瓦拉 著</td><td>1951—1952
1956—1959</td></tr>
</table>

13 世纪中叶，欧洲正处于基督教罗马教廷与神圣罗马帝国皇帝的双重统治之下，而来自亚洲蒙古高原的蒙古骑兵在贵由汗率领下正在大举进攻东欧诸国。公元 1245 年 4 月，意大利人柏朗嘉宾（Jean de Plan Carpin）受罗马教皇委派担任教廷使节出发前往蒙古，意欲劝说蒙古军队停止攻伐杀戮并皈依基督教。他经过两年半多的时间穿越大漠峻岭，跋涉万里从法国里昂来到中亚草原和蒙古高原，分别到达西蒙古拔都幕帐和位于哈剌和林的蒙古皇帝驻跸之所，参加了贵由皇帝的登基大典。1247 年 11 月又经过一年多的长途跋涉回到了法国里昂。后世出版的《柏朗嘉宾蒙古行纪》就是在柏朗嘉宾回法国后向教皇（当时罗马教皇因躲避与罗马皇帝腓烈特二世的纷争而暂时移居法国里昂）用拉丁文撰写的出使报告《蒙古史》的基础上形成的。汉唐之后，丝绸之路久已阻隔，欧洲与亚洲之间的交往基本没有完整的旅行记录，商贸交通大多数情况下是分段进行，因此在柏朗嘉宾有机会经过漫漫长途颠簸终于在 13 世纪中叶访问蒙古高原及其已经征服的中亚及中国北方，将沿途所见所闻和专门搜集的军事情报报告给教皇和欧洲上层人士之后，引起当时欧洲社会的广泛关注。柏朗嘉宾也是中世纪欧洲最早直接出使东方并留下游历记录的欧洲人，成为东西方恢复直接联系后的最重要的记录者之一。

继柏朗嘉宾出使蒙古帝国六年之后，即 1253 年 5 月，在罗马教皇组织十字军东征的背景下，又一位欧洲使者同时也是基督教教职人员鲁布鲁克（William of Rubruk）受法兰西国王圣路易士九世派遣再次前往中亚的钦察草原拜会拔都汗，并奉拔都汗的旨意前往蒙古帝国觐见蒙古皇帝蒙哥大汗，在蒙古王庭哈剌和林滞留半年左右后获准离开，于 1255 年 6 月回到塞浦路斯，8 月抵达北非港口城市的黎玻里，并在那里写下了他的旅蒙历程，也就是流传至今的《鲁布鲁克东行纪》。

在本丛书前三辑中，我们曾经选入了其他几部发生在古典旅行期的重要游记作品，包括5世纪初的法显《佛国记》、7世纪上半叶玄奘《大唐西域记》、8世纪中期《鉴真和尚东征传》，它们都是宗教传布（取经）活动的游历记录；13世纪初耶律楚材《西游录》、同一世纪末期周达观《真腊风土记》、14世纪中叶《伊本·白图泰游记》、15世纪上半叶郑和大航海准军事行动留下的马欢《瀛涯胜览》、15世纪20年代盖耶速丁《沙哈鲁遣使中国记》，则是伴随军事征服、准军事行动或外交使团出访的随行记录；13世纪下半叶马可·波罗所著《马可·波罗行纪》，出于商业旅行的目的而记录描述了特殊的跨大洲经历。这些游记都有一个基本的特点，军事征服或威慑、宗教传布与朝觐，夹杂着政治外交目的，偶尔有一些商业活动，形成了古典时期游历记录的主要特色。

二、地理发现期：亚欧非大陆之外的“崭新”世界

中国明朝的郑和和西班牙国王支持的哥伦布的远航事业都是发生在15世纪的伟大历史里程碑式事件，而且郑和舰队的航行甚至要比哥伦布舰队早87年。但是为什么哥伦布航行事件带来的影响要远远大于郑和的航行呢？因为人类主流文明，包括探险文化的积累、人类对全世界地理知识的了解，主要还是集中在欧亚大陆及非洲环地中海沿岸、非洲东西海岸，而1492年哥伦布的航行则把人类的视野一下子从旧大陆领向了中部美洲、南北美洲、大洋洲和南北两极等新的地理空间。哥伦布之后，环球航行以及伴之产生的跨洲贸易、旧大陆向新大陆的大规模移民、西方海上列强特别是西班牙、英国在全球建立新的殖民地、随后就是

殖民地国家逐步谋求并获得独立，从而根本上重塑、改变了世界人口、政治、经济和文化地图。

根据哥伦布本人留下的航海日记、远航途中给友人的书信、哥伦布之子赫尔南多·科隆关于其父的传记等材料编辑成书的《孤独与荣誉：哥伦布航海日记》，记录了出身于意大利热那亚的克里斯多弗·哥伦布（Cristoforo Colombo）如何获得西班牙国王和王后的支持，带领一支西班牙旗号下的舰队横越大西洋向西航行“发现”美洲新大陆的过程（当时他还以为他所抵达的加勒比海是中国或印度大陆外的海面呢），不过哥伦布前后四次（1492 年、1493 年、1498–1500 年和 1502 年）航行所及的目的地，主要是中美洲东侧的诸群岛。

实际上，哥伦布并非欧洲第一个有记录的发现美洲的人，具有海盗血统的北欧维京人莱夫·埃里克森（Leif Erikson）早在公元 1000 年前后就已登上了加拿大和美国东北部的一些陆地，比哥伦布“发现”美洲早了差不多 500 年。但是埃里克森的北美之旅对人类社会的影响根本无法与哥伦布相提并论，因此历史上也就没有留下多少痕迹。

继哥伦布“发现”中美洲一带的陆地并宣布这些地方为西班牙国王所有之后，步其后浪接踵而至的欧洲航海家、探险家相继踏上了北美洲、南美洲的广袤土地。就在哥伦布第三次航行加勒比海的时候，1499 年，另一位意大利航海家亚美利哥（Amerigo Vespucci）跟随葡萄牙人的船队沿着哥伦布走过的航线来到南美洲，并测绘了南美洲东北地区的地图。回到欧洲之后他写了一本《海上旅行故事集》并于 1507 年出版，书中纠正了哥伦布误认为美洲为印度的说法，为欧洲读者绘声绘色地介绍了新大陆的地理景观和人文色彩。根据亚美利哥的游记资料，欧洲人修改了当时流行的世界地理教科书，并将这一片新大陆用亚美利哥的名字命名，这才有了今天亚美利加、美利坚、美洲等地理名称的产生。

在整个地理发现期，前后进入美洲大陆旅行的著名探险家和征服者包括凯博特（John Cabot，1497）、欧亚达（Alonso de Hojeda，1499）、卡布罗（Cabral，1500）、科提－里尔（Gaspar Corte-Real，1500-1501）、麦哲伦（Megellan，1519）、科尔特斯（Hernan Cortes，1519-1526）、皮萨罗（Francisco Pizarro，1522-1535）、达·韦拉扎诺（Giovanni da Verrazano，1524）、洛埃萨（Loaisa，1525）、德·维卡（Cabeza de Vaca，1527-1536）、卡蒂埃（Jacques Cartier，1534-1542）、德·索托（Hernando de Soto，1538-1542）、科罗拉多（Coronado，1539-1543）、奥里兰纳（Francisco de Orellana，1541-1542）、贝里奥（Antonio de Berrio，1584-1591）、香帕兰（Champlain，1603-1615）、哈德逊（Hudson，1609）、斯科腾与勒·麦尔（Schouten and Le Maire，1615-1616）、丹卡尔兹（Jasper Danckaerts，1679-1680）、德·里维拉（de Rivera，1724-1729）等一长串名字。限于篇幅，这里对南北美洲大陆的地理发现、艰苦探索和血腥征服就不再一一赘述了。

与美洲大陆的被"发现"相比，欧洲人对大洋洲和太平洋的探索因为隔着中美洲的障碍，以及穿越南美洲与南极洲之间的海峡的困难，要延滞了200多年。海上的主角也由荷兰人、西班牙人、葡萄牙人、意大利人逐步变成了英国人。1768-1779年期间，英国皇家海军的库克船长（James Cook）完成了三次穿越世界上最大的水体——太平洋区域的地理秘密的探索航行壮举，探索的范围从北极圈到南极洲，从澳大利亚到南部美洲。作为一名技术高超娴熟的航海家和地图测绘高手，他在考察广袤无垠的太平洋区域的十年间，对塔希提、澳大利亚、新西兰、马克萨斯群岛、夏威夷、复活岛、阿拉斯加威廉王子湾等地，都一一登临考察并绘制地图。《库克船长日记："努力"号于 1768–1771 年的航行》记录下了库克船长的第一次海上探索活动。

1772 年库克获得批准进行第二次太平洋考察航行，次年实现了欧洲人第一次穿越南极圈的探险。1774 年乘坐的船只抵达历史上从未记载过的低纬度热带群岛。1776 年接受指令第三次出行，探索寻找途经北欧海域、能够与美洲等国家通航的西北通道。1777 年探险队考察了新西兰、汤加、地理学会岛，1778 年初库克发现了夏威夷岛，但不幸的是，1779 年 2 月在与夏威夷土著发生冲突的过程中，库克船长被杀身亡。

库克船长的不幸去世，并未影响其后继者对南太平洋及其诸多岛屿的航行探索。菲利普（Arthur Philip，1783–1793）、德·拉帕鲁斯（Jean–François de Galaup de Lapèrouse，1785–1795）、布莱伊（William Bligh，1787–1810）、马莱斯皮纳（Alejandro Malaspina，1768–1794）、温哥华（George Vancouver，1790–1795）、弗林德斯（Matthew Flinders，1791–1805）等诸多航海家和探险者，真可谓前赴后继，奋勇向前，将太平洋上的与世隔绝的孤独群岛，与欧亚大陆上的繁忙热闹的世界，又重新连接了起来。

欧洲航海探险家除了在哥伦布带领下通过向西航行以实现与东方的联系目的外，他们也没放弃绕过南非继续向东以接近东方的努力。1497 年葡萄牙探险家达伽玛（Vasco da Gama）绕过好望角找到了这条绕过地中海、红海的新的通向亚洲的航路，于 1498 年抵达印度的古里（科泽科德）。自此亦有大量欧洲商人和自然历史考察者经由好望角航路再次建立了与南亚和太平洋沿岸诸国的联系。

三、科技驱动期：工业革命、自然探索与文化冲突

人类社会进入 18 世纪中叶之后，作为其前数个世纪欧洲文艺复兴思想解放产生的积极成果，欧洲各国资本主义萌芽相继出现，特别是英国的创新创造和知识生产非常活跃，知识产权意识得到社会普遍认可，瓦特在蒸汽机的发明过程中不仅获得过专利的保护而获得可观的经济收益，而且发明过程本身也因其他专利拥有者的保护而延迟了蒸汽机得到商业应用的进程。文艺复兴带来的思想解放、动力机械催进的工业革命，让跨大洲的旅行、游历变得不再是极少数探险家的狭小领域，而成为更加广泛的军事占领、移民殖民、全球贸易、科学考察和思想产品的技术后盾和商业途径。

经过 1776 年（蒸汽机应用）至 1914 年（“一战”爆发）其间近 140 年的工业革命、科技发展和殖民势力竞争，资本主义在旧大陆的欧洲和新大陆的美洲主导下进入了帝国主义阶段，由于新旧力量、新新力量之间利益瓜分冲突、地缘政治结构重组的不平衡到了临界点，最终以第一次世界大战（1914–1918）和其后不久的第二次世界大战（1939–1945）作为了极端的调节手段，其结果是美苏二强争夺世界霸权并于 1991 年苏联解体而使美国获得世界警察地位。任何时代的巨变，都会在游历作品中找到详细而现场的记录。在两次世界大战之前的世界游历发展史上，形成了极为丰富的以自然地理考察和人文观察思考为特色的旅行纪录作品。

从 1492 年美洲被欧洲人“发现”，到 1776 年美国宣布独立建国，欧洲殖民者花了近 300 年时间占领了广袤的原来由北美印第安人、中美玛雅人和南美印加人开拓的家园。等到法国作

家和政治家夏多布里昂 1791 年访问美国东北部时，他已经可以像今天的国际旅游者那样进入别国进行一番文化考察了,《前往美洲：夏多布里昂游记》虽然在他结束旅行回到法国 30 多年后才正式出版，但他对初创的美国欧洲移民与当地印第安人的文化碰撞和异质文化的体验却仍记忆犹新。夏多布里昂游历美国的时代，正是美国立国未久国土面积尚未西扩之时，印第安人的分布和交流还十分广泛，所以他得以对北美印第安人的习俗、历法、医药、语言、宗教、军事等方面情况都有机会直接了解或间接获取。200 多年后的今天，造访美国的国际游客就很难再有机会观察到如此不同的印第安文化景观了。除了夏多布里昂，19 世纪还有许多旅行家因为各种使命和兴趣横穿美国东西，进行了整个国家向西部进军之前的先锋队考察，他们包括刘易斯和克拉克（Lewis and Clark，1804–1805）、厄斯特连斯（Astorians，1811–1812）、弗雷蒙特（Frèmont，1842–1846），以及 1853-1854 年间兵分四路举行的太平洋铁路选线勘察旅行。

但是科技驱动期最显著的特征就是旅行者对自然界，特别是新发现的美洲大陆、南太平洋诸岛的地质学、生物学和人类学的考察，并形成了丰富而宝贵的标本资料，在此基础上得益于欧洲的思想解放和科学创新氛围，一大批影响了整个人类知识体系和文明水平的理论被创造出来，其中包括达尔文的生物进化论、华莱士的动物地理界线、洪堡的综合地理学理论等。

达尔文的《“小猎犬”号科学考察记》为今天的读者再现了 1831–1836 年六年间达尔文随英国海军舰队组织的环球科学考察旅行所观察、收集和思考的博物学（自然历史）研究与生物进化理论形成过程。他们的环球航行从英国普利茅斯军港出发，向西南方向航行经过佛得角，越过大西洋到南美洲，沿着巴西、阿根廷的沿岸南行，穿过麦哲伦海峡到达太平洋海域，沿南美洲西海岸智利和秘鲁的岸线北上，抵达加拉帕戈斯群岛后转向西行进入塔希提、新西兰和澳大利亚海域。船队途经澳大利亚南部海面和印度洋南部地区，经过南非好望角返回大西洋航行，再次经过南美洲最终再返回到英国。

另一位同样来自英国、同样在生物进化论方面做出巨大贡献的博物学家就是与达尔文同期的华莱士（Alfred Russel Wallace）。华莱士令人敬佩的地方不仅在于他的专业素养和学术贡献，另一个值得敬佩的地方是他的坚韧不拔的精神。1848 年他和合作伙伴前往南美亚马孙河和内格罗河考察，途中采集了大量动植物标本但却在 1852 年海运回英国的途中遭遇船难，失去了全部标本。对此他并不气馁，1854 年转赴马来西亚，在马来群岛他花了 8 年时间用来广泛旅行和考察，采集标本，等到 1862 年回到英国时，他才发现装标本的大大小小的箱子堆满了房间，其中包括三千余件鸟类皮羽、两万多只甲虫与蝴蝶以及一些哺乳类和陆生贝类动物标本。《马来群岛自然考察记》生动地再现了他的 8 年游历，在整理研究这些动物标本时，华莱士发现在地理空间上这些物种的分布存在某种规律，最终他发现动物种属在某一条分界线的两侧具有明显不同，线的西北部为印度马来区，东南部为澳洲马来区。人们后来把这条重要的自然地理分界线称为“华莱士线”。

与自然科学领域的巨大进步相呼应，人文和艺术领域在 19 世纪下半叶和 20 世纪上半叶也发生了深刻的变化：纯文学创作较多地感受到了工业化、殖民发展、全球化带来的跨文化碰撞与社会矛盾的冲击。很显然这个时期新旧大陆之间的社会冲突和文化碰撞，更多地吸引了旅行者，特别是大文豪们的关注，各类游记也呈现出了这些文化冲突的表征。世界文学界出现了一批擅长非虚构作品的作家，如法国大文豪雨果，诺贝尔文学奖得主泰戈尔、海明威、纪德等的游记作品。

《远方的邀请：泰戈尔游记选》是曾以《吉檀迦利》获得1913年诺贝尔文学奖的印度诗人泰戈尔（Rabindranath Tagore）旅行各地的游记散文集。作为一位以孟加拉语为主写作的印度人，身处英国在印度建立的殖民统治制度中，一方面曾赴英国伦敦大学学院留学，另一方面回国后反对英国的殖民统治，泰戈尔的作品非常具有现场感地呈现了现代旅游期到来之前世界格局的重组与剧变时代的浓厚特征。游记选集包括四个不同阶段泰戈尔前往不同国家的旅行、游历记录，即1878–1880年留学英国、1916年日本纪行，1924年中国讲谈，以及1930年的俄国书简。

法国作家纪德（Andre Gide）也是一位诺贝尔文学奖（1947）获得者。纪德不仅喜爱写作，而且非常喜欢频繁地旅行，一生中到过瑞士、意大利、阿尔及利亚、德国、英国、刚果、乍得、苏联、埃及、希腊、西非、摩洛哥、突尼斯、黎巴嫩等许多国家游历，有的地方甚至造访过多次。丰富的旅行经历为纪德提供了丰富的观察和多产的写作，游记散文本身也成为其文学作品中一个别有特色的领域。《纪德游记》一书根据其所到访的国家，分为相互独立的几个部分，即早期对法国布列塔尼（1889）和法属领地阿尔及利亚（1895等多次）的旅行，中期对土耳其的访问（1914）和非洲刚果、乍得两国的深度旅行（1925），后期应苏联政府邀请对苏联进行了期待已久的访问（1936），但游记本身在1937年又做了补正，实际上是对苏联模式由推崇转变为质疑的变化。从纪德的态度变化可以预感到，“二战”前的世界隐藏的文化冲突已经逐渐显现出来。

四、现代旅游期：北半球主流与南半球非主流的碰撞

“二战”结束后，世界进入了城市化和全球化进程。在此过程中，无论西东，世界最终都选择了城镇化、现代化的主流，资本主义国家相当大程度上考虑了社会公平，而社会主义国家相当多地吸纳了市场经济的效率优势。游历写作在两种社会思潮的整合过程中进入了后殖民化的发展高峰时期。尽管如此，与发达的资本主义国家如北美和欧洲、日韩诸国，和人口众多力量较强的大型国家如中国、俄罗斯与印度（它们都集中在北半球）相比，那些主要位处南半球、经济实力相对较弱的拉丁美洲、南部非洲诸国，可谓在全球旅游发展和游记创作中仍然处于非主流状态。

从现代旅游期由北半球主导的游历记录主流来看，两位诺贝尔文学奖获得者的游记文学巨匠，出生于美国的斯坦贝克（John Steinbeck，1962）和英籍印度裔作家奈保尔，担起了这个伟大的游记文学繁荣的主角大梁。特别是奈保尔（Vidiadhar Surajprasad Naipaul），也许是诺贝尔文学奖历史上第一个主要从游历颠簸的社会体验中获得创作灵感并摘得诺奖桂冠（2001）的作家。他的祖先是被作为美洲种植园的劳工从印度输入到特立尼达和多巴哥的。1950 年他到英国留学并留居英国，20 世纪 60 年代开始连续到各国旅游。长期的旅行生活使奈保尔更深刻地观察了社会，也形成了他鲜明的文化旅行家的写作风格，使其成为“无国界”作家的代表人物。

加入这个游记文学大合唱的诺奖作家还包括德语作家、1981 年诺贝尔文学奖得主卡内蒂（Elias Canetti）和他的游记《谛听马拉喀什》；土耳其作家、2006 年诺贝尔文学奖得主帕慕克（Ferit Orhan Pamuk）及其城市游记《伊斯坦布尔：一座城

市的记忆》；1983 年诺奖得主、英国当代最伟大作家之一戈尔丁（William Gerald Golding）及其关于埃及的游记《埃及纪行》等。著名历史学家汤因比（Arnold Joseph Toynbee）也在其退休之后加入了游历世界观察世界的行列。在世界进入后城市化、信息化、全球化高潮期，把世界游记发展称为诺奖得主和人本主义时代，并不为过。

作为本丛书仅有的南美洲出身的游记作者、同时也是古巴革命家的切·格瓦拉（Ernesto Guevara）在 20 世纪产生的全球影响，已经超出了他曾经表现出的南美不羁的驾驶摩托闯世界和跟着卡斯特罗打游击的青年形象，作为 20 世纪非主流的典型代表人物，切·格瓦拉已成为反主流文化的普遍象征、全球流行文化的标志、西方左翼运动的象征，并被《时代》杂志选为 20 世纪百大影响力人物之一。读者可以从《拉丁美洲摩托骑行记·古巴革命战争回忆录》一书的字里行间，去读懂格瓦拉是如何从一个阿根廷出身的学医的大学生，变成为流行全世界的时尚标志：其头像照片（阿尔贝托·科尔达 Alberto Korda 摄）已成为出现在 T 恤上次数最多的照片，“世上最知名、最有魄力的照片”，并且成为追求公义和理想、反战、英雄主义以至反全球化的象征。

在这个后现代主义流行的新时代，另一种非主流的游历倾向就是追求极简主义的生活方式，其中也包括旅行方式。人们已经对欧美长期主导的工业化及其对资源环境过度的滥用表现出厌恶，寻求逃离的心理期待成为很多人出行游历的动机。追寻和回归表现在许多旅行家的游记中，其中日本人类学家、旅行家关野吉晴在其两卷本的《伟大的旅行》中，以传统的旅行方式重走了人类从非洲起源、逐步迁徙、扩散到亚洲、跨越白令海峡到达北美并最终抵达南美洲的漫长历程（尽管关野的旅行是溯源逆行的），试图在苦行中寻求“我们从哪里来？我们往哪里去？”的深刻答案。后现代主义时代的旅行，简单地说就是“少索取自然、多听从内心”。

2018年11月8日

于北京

作者为北京大学教授、博士生导师

目　录

前往美洲

正如之前提到过的，我从圣马洛上船，扬帆起航，徜徉于茫茫大海。在 1791 年 5 月 6 日这一天的早上八点，我们窥见了亚速尔群岛中皮科岛的山峰。几小时后，我们在格拉西奥萨岛边的礁石区抛锚。关于该岛的描述收录在《论革命》[①] 一书中，但其具体发现时间不详。

这里是我生平踏上的第一块异国土地，正因为此，记忆中的格拉西奥萨岛一直充满着青春的朝气和活力。此次前来亚速尔群岛，我没忘捎上夏克达斯[②]，还让他看了那尊据说是首批抵达这里的航海家于岸边发现的著名雕像。

离开亚速尔群岛后，猛烈的海风把船吹向纽芬兰岛一带，于是我们不得不在离纽芬兰岛不远的圣皮埃尔岛靠岸。关于这一段经历的描述，我且引用《论革命》里的原话：

> T 和我走入那座荒岛的山岭间。山间，浩渺无垠的雾霭将我们重重笼住，漫步其间，竟觅不到海的踪迹，唯有那徐徐海风，送来大海低沉的吼声。行至一处长满苔藓的阴暗沼

---

① 本书作者的一部著作，又名《论古今革命以及它们与法国革命的关系》。

② 作者所著《阿达拉》一书的主人公。该书主要通过夏克达斯的自述而展开，书中穿插描述了不少印第安人的风俗习惯及北美洲的风光。

泽，我们望着脚下这一条绯红色的溪流在岩间奔涌，竟迷了路。

峡谷中稀稀落落地生长着一些松树，这种松树的嫩芽可以用来酿一种苦涩的啤酒。圣皮埃尔岛周围礁石环绕，其中一块取名鸽棚的岩石十分醒目，每逢春天，海鸟们都会在此筑巢。我在《基督教真谛》一书中对此有过描述。

圣皮埃尔岛与纽芬兰岛仅隔着一条十分危险的海峡，从圣皮埃尔岛荒凉的岸边望去，时而能够看到对面更加荒芜的纽芬兰岛。每逢夏季，两个岛的岸边便摆满了海鱼，在炎炎烈日下暴晒；而到了冬季，则有不少北极熊出没于此，四下寻找着渔民丢弃在海滩的鲜鱼内脏。

记忆中，圣皮埃尔岛的首府仅仅是一条十分宽阔的沿岸街道。当地人十分好客，热情地给我们提供食宿。总督就住在小镇尽头的城堡里，我去他家吃过两三次饭。他在城墙底部的壕沟里种了些欧洲的蔬菜品种。我记得有一次吃完饭，他带我去了他的“菜园”，然后我们一起来到城堡上，在旗杆矗立的地方坐了下来。法国国旗在头顶随风飘扬，我们遥望着充满野性的大海和纽芬兰岛荒凉的海岸，不禁聊起了我们的祖国。

停留了整整两星期后，我们离开了圣皮埃尔岛，向着南边进发，行至马里兰州和弗吉尼亚州沿岸时，海面变得出奇的平静。我们欣赏到了最美的蓝天，夜晚和日升日落也令人欣喜不已。在《基督教真谛》“自然二景”一章里，我描述了其中一晚无比壮美的夜景，以及其中一次异常华丽的落日。“从船上的缆绳之间望向茫茫大海，只见太阳像金球一样，随时准备跃入波涛之中。”如此等等。

然而，一场意外的出现，差点打乱了我所有的计划。

一日，海面上热浪袭人，一丝风也不见。船帆收起，被拉到了桅杆上。桅杆的重量让船有些不堪重负，船随着海浪的冲击左右摇晃。甲板上很晒，再加上船不停地摇晃，让人烦躁不安，于是我决定到海里沐浴一番。当时救生艇并没有从船上卸下来，于是我就由船首一头扎进水中。刚开始，一切都很顺利，还有几位乘客也纷纷跳了下来。我游来游去，丝毫没有注意船的动向。然而当我转头时，却发现海浪已经把船冲到了很远的地方。船员们在甲板上迅速集合，把锚缆伸向其他同样也在海里游泳的乘客。鲨鱼在船周围时隐时现，甲板上的火枪手不停地冲它们开火，希望能把它们吓走。巨大的海浪减慢了我回游的速度，也让我筋疲力尽。脚下是无尽的深渊，而鲨鱼随时都有可能出现，咬掉我的一只胳膊或一条腿。船员们急急忙忙想要卸下一艘救生艇，却发现还得先装滑轮，这一来又浪费了不少时间。

万分幸运的是，海面上刮起一丝微风，使船向着我这边稍微挪了一些。最终，我抓住了锚缆的末端，此时其他人已经不顾一切地抱在上面。当船员们拉动锚缆把我们拉向船边的时候，所有人都被甩到我身上来了，谁让我在锚缆的最末端呢。费了好长时间，我们才一个个像钓鱼似的给钓了上来。海浪一波接着一波，船的每次晃动，不是把我们冲到水面下十多法尺的地方，就是把我们抛到海面上十多法尺的地方，弄得我们简直跟钓鱼线上的鱼儿一样。最后一次没入海里的时候，我差点昏了过去。再来一次，我可能就性命不保了。最后，他们终于把半死不活的我给救了上来。要是当时我淹死了，对自己和大家都无疑是个解脱。

这次事件过后几天，我们发现了陆地的踪影，陆地的轮廓由一排排仿佛扎根水中的树木勾勒出来。很久以后，尼罗河口岸的棕榈树也如此这般向我呈现出埃及的海岸。一位领航员上了船，将船顺利驶入切萨皮客湾。当晚，一艘救生艇下了船，去岸上补充水和新鲜食物。我坐上救生艇，半小时后，就踏上了美洲大地。

有那么好一会儿，我抱着胳膊四处打量，内心里百感交集，脑海中思绪万千。当时的我根本不能理清那繁杂的思绪，哪怕今天也无法予以描述。这片大陆，从蛮古洪荒直至近代的许多世纪里，一直不为人知。可这冥冥之中早已注定了要踏上这片大陆的，除了首批原住民，还有自克里斯托弗·哥伦布之后来到这里的第二批定居者。也是在这片新大陆上，欧洲君主政权的统治开始动摇，随着旧社会的终结，年轻的美国诞生了！她以一种闻所未闻的共和制存在着，并宣称这是对人类思想和政治秩序的一次变革。在这一系列事件中，我的祖国都扮演了怎样的角色？要知道，这些海岸的独立一部分要归功于法国和法国人民的鲜血。那位自混乱与荒漠中挺身而出的伟人——华盛顿，他所居住的城市繁荣而富庶，而这座城市所在的大片土地，不过是在一个世纪之前，由威廉·佩恩从印第安人手中买下的。美利坚合众国将革命和自由的浪潮送到了大西洋彼岸的法国，而法国也张开双臂，欣然接纳。我要在这片原野上进行哪些探索？在异国文明的有限边界以外，显然有着更为广袤的疆域。这就是当时在我脑中搅作一团的所思所想。

我们朝着远方的一处房屋走去，想要看看房屋主人有没有什么物品打算出售。我们穿过一小片香脂冷杉和弗吉尼亚雪松林时，空气中到处弥漫着袭人的香气。反舌鸟和红雀鸟在头顶飞来飞去，它们那婉转的歌声和鲜艳的羽毛预示着这里与众不同的气候。一个十四五岁很是漂亮的黑人女孩走了过来，敞开房前的大门。一眼望去，就能认出房子是一座英式庄园，并且是某位殖民地居民的家。牛群在篱笆圈起的人造草场里悠闲地吃着草；几只松鼠，有灰色的，黑色的，还有带条纹的，一个个在篱笆上蹦来跳去；一些黑人在锯木头，另外一些在烟草种植园劳作。我们买了些玉米面蛋糕、家禽、鸡蛋以及鲜奶，便回到了停泊在切萨皮克湾的船上。

接着我们便拔锚起航，开始驶向巴尔的摩港。当我们渐渐驶入港口的时候，水路变得越来越窄。海面波平如镜，我们仿佛正在沿一条大河行驶，河两岸是长长的林荫大道，而河水一路流入远方的一个湖中。在我们的印象中，巴尔的摩市仿佛就坐落在那个湖的尽头。这座小城依山傍水，城外的小山树木葱郁，山脚下是建设中的房屋。我们把船停泊在港口的码头，我就在船上过了一夜。第二天上岸后，我前往一家旅馆下榻，到了后才发现行李早已送至。神学院的学生们跟院长一起，住在为他们特别准备的地方，也就是从这里开始，他们的足迹逐渐遍及整个美洲。

同美国其他大城市一样，当时的巴尔的摩还没有现在这么大。那时的它，不过是个美丽的小镇，很干净，也很热闹。我付给船长若干船费，并且在离港口不远的一家高档酒馆里请他吃了顿告别晚餐。这里有每周往返费城三次的马车，我于是预订了一个座位。凌晨四点，我上了马车，颠簸在新大陆的马路上，谁也不认识，也不认识谁。同车的旅客跟我素未谋面，到达首府宾夕法尼亚之后，我们就此分别，也难再遇见。

我们沿途所走的路，并没有经过修葺，仅仅做了些标记。乡间一片荒凉单调的景象，偶有鸟儿飞过，然而树木稀稀疏疏，几处房屋也是零零散散，没有聚成村落。这就是沿路所见，实在没给我留下什么好印象。

快要抵达宾夕法尼亚时，我们遇见了赶往城里市场的乡里人，还看见一些往来穿梭的公共马车和气派的私家马车。在我眼中，宾夕法尼亚是个考究的城市：城中道路宽敞，路边间或栽有绿树，路与路之间成直角交叉，朝向为南北或东西方向，显得井井有条。特拉华河流经此地，河的西岸修了条与之平行的马路。这条河在欧洲算是条大河，然而在美洲却不值一提，河岸低矮，景色也欠佳。

1791 年我行至费城之时，费城还没有扩张至斯库尔基尔河流域，通往河边的那片土地，只是圈成几块，其间可见正在建设之中的几处稀稀落落的房子。

费城看起来单调乏味。总体来说，美国的城市普遍缺少公共建筑，尤其缺少古代建筑。古老的天主教在欧洲筑造起高耸入云的穹顶和尖塔，然而新教却没能在美洲大地兴起欧洲那种建筑。这是因为新教不崇尚想象力的表达，况且其诞生的时间也不久。在费城、纽约以及波士顿，几乎没有什么建筑比围墙和房檐更高，这种整齐划一的高度看起来简直毫无情趣。

美国给人的感觉更像是一块从属殖民地，而不是一个国家。在那里，人们的风俗习惯多是沿袭别处，而不是自发形成的，所以你能感觉出当地居民并非原住民。这里的社会拥有美好的现在，但却没有过去。这里的城镇是新建的，连坟墓也是昨天才有的。于是我不禁在《纳契人》中写下这样一段文字：

> 在美国，欧洲来的移民没有墓地，他们有的只是城堡。对于这个没有先祖和回忆的社会而言，城堡便是其缅怀过去的唯一古迹。

在美国，树林是这片土地的子孙，自由是人类社会之母，除了树林和自由，美国再无古老之物。然而树林和自由，就足以替代古迹和祖先。

像我这样，带着寻古的热情踏上美国的土地，如老加图[①]一般，到处走着，满心希望能在这里寻见罗马原始而朴素的影子，却看到周围尽是衣着优雅之人，他们乘着奢华的马车往来于闹市，其间言谈轻佻；又见财富分配如此不公，各地赌场肆意横行，更有剧院舞厅之喧嚣不绝于耳。如果老加图看到这般景象，他一定会震惊、愤怒的。在费城，我几乎以为自己身处一座英国城市，没有什么迹象暗示着我已由一个君主国来到了一个共和国。

从我所著《论革命》一书中可以看出，在前往美洲的这段时期，我一直是共和政体的坚定追随者。然而当我们抵达美洲大陆时，我却发现共和制在这里还难以实现，我仅仅感受到了一种摆脱传统束缚的自由，这自由从新生社会的道义中生出。但我其实忽略了这里还有另一种自由，一种源自知识和古代文明的自由，这自由借由代议共和制成为现实。如今，为了享有自由，人们无须再亲自耕种土地，无须被迫远离艺术和科学，也不用再蓄起长指甲和大胡须。

对政治的失望之情无疑燃起了我心中的怒火，从而使我在《论革命》中大肆批判新教中的贵格会[②]教徒，矛头更一度指向

---

① 指马尔库斯·波尔基乌斯·加图（前 234 ～前 149 年），罗马共和国时期的政治家和演说家，为人清贫节俭。一般称其为老加图，以与其曾孙小加图区别。

② 贵格会，又名教友派、公谊会，兴起于 17 世纪中期的英国及其美洲殖民地。该会强调生活简朴，不参与任何世俗娱乐活动。

所有美洲人。不过，就其他方面而言，在费城（宾夕法尼亚首府）的街道上，这里的人们看起来还是很讨喜的：男人穿着得体；女人，尤其是来自贵格会的女人，统一佩戴着教会的软帽，看起来特别漂亮。

我已经迫不及待想要开始荒漠之旅，然而路上偶遇的几位来自圣多明各的移民和一些法国移民，都建议我先前往奥尔巴尼市，因为那里靠近外围的殖民据点，而且离印第安部落不是很远，方便获取必要的信息，也更容易请到向导。

我刚到费城的时候，华盛顿将军恰巧不在城里。为了见他一面，我只好在城里停留了半个月。他回城时，我看见他坐在马车上，赶着四匹雄赳赳的马儿飞驰而过。在我的想象中，华盛顿应该就是辛辛那图斯①的完美化身。我正想象着罗马历296年共和国的景象，这时辛辛那图斯出现在了四匹马拉的豪华马车上，这番场面实在让我有些恍惚。大独裁者华盛顿不应该是一副庄稼人一手赶牛一手扶犁的样子吗？不过，等我向这位伟人递上我的推荐信时，我在他身上发现了老辛辛那图斯质朴的身影。

一座英式房屋，面积不大，看起来跟周围的房子没什么差别，这就是美利坚合众国总统的住所，没有守卫，连侍从也没有。我上前敲了敲门，一个女佣应声开门。我问将军是否在家，她回答说在家。于是我告诉她我有一封信要给将军，女佣便询问我的名字。法国人的名字在英语中很难发音，我的名字就是如

---

①　辛辛那图斯（前519？～前439？），古罗马政治家，曾任古罗马执政官。传说公元前458年，辛辛那图斯被罗马城居民推举为执政官，前去援救被敌人围困的罗马军队。他在接到此项任命时，还正在自己的小农庄上耕作着。在辛辛那图斯的指挥下，罗马军队一天之内就打败了敌军。然而罗马的危机一解除，他便辞职返回农庄再度务农，前后只当了16天的罗马统帅。

此，显然她记不太住，只好轻声说："请进，先生。"她带着我沿一条走廊往里走，在英式房屋中，这种走廊通常起着门厅的作用。我们一路穿过走廊，来到会客室，她让我在这里等候将军。

此刻，我没有感到一丝的不安。不论是伟大的灵魂，还是巨额的财富，都不会让我心生怯意。对于伟大的灵魂，我表示欣赏，但不会因此而自卑；对于巨额财富，我更多的是感到可悲，而不是羡慕。人类的脸从不会让我感到胆怯。

几分钟后，将军走了进来。他身材魁梧，神态平静，有些冷淡，但没有架子，同刻像中的表情十分相像。我默默地递上我的信件，他打开翻到签名页，然后大喊道："阿尔芒上校！"他这样称呼德·拉·鲁埃里侯爵，于是侯爵过来署上了阿尔芒上校的字样。

我们坐下来，我尽可能详细地向他叙说我此次旅行的目的，他不时地用法语或英语附和着，显得有些惊讶。我觉察到他的惊讶之情，于是强调说，"不过，与您建立一个国家相比，发现西北航道[①]根本算不上难事。""好样的，年轻人！"他高声说着，伸出手来与我握手，并邀我次日同他一起进餐，然后我才告别离开。

我准时赴约。我们的谈话几乎全部围绕在法国大革命一事上。华盛顿将军给我展示了一把巴士底狱的钥匙。这些所谓的巴士底狱钥匙，不过是可笑的玩物，当时已经在新旧大陆到处传来传去。要是华盛顿像我一样，曾在巴黎的贫民窟见过巴士底狱的征服者们，他大概就不会这么珍视自己的纪念品了。要知道，革

---

① 西北通道是一条穿越加拿大北极群岛，连接大西洋和太平洋的航道，前后历经数百年才在许多探险家的努力下得以发现。

命的意义与力量并不在这些流血的狂欢之中。1685 年废除《南特敕令》[①]时，圣安托万近郊的民众摧毁了夏朗通地区的新教教堂。1793 年，他们以同样的狂热，破坏了圣但尼大教堂。

晚上十点，我告别了主人，之后就再没见过他。次日，他动身前往乡下，而我则继续踏上我的旅程。

这就是我与那个将自由洒满世界的人产生的全部交集。没等到我有什么名气，华盛顿就已溘然长逝。我以一个最默默无闻的身份出现在他的面前，他光芒四射，我暗淡无光，也许，我的名字在他脑海中就待了不到一天的时间。但令人高兴的是，他的眼神曾落在我的身上，我的余生都会因此而感到温暖。伟人的眼神中，总有一种鼓舞人心的力量。

之后我还见过拿破仑・波拿巴，如此看来，上帝欣然挑选出来的决定各个时代命运的伟人，我都有幸一见。

如果我们把华盛顿和拿破仑做个比较，就不难发现，华盛顿在才华方面似乎略输几分。拿破仑来自曾诞生过亚历山大和恺撒大帝的民族，从这两位超越一般人类智力水平和道德觉悟的大帝身上继承了优良的品质，华盛顿显然没有这样的出身背景。不仅如此，他也没有经历过什么惊天动地的大事，未曾像拿破仑那样置身于辽阔的战场之中，同最骁勇的对手和最强大的君王对抗过，也没像拿破仑那样，漂洋过海，从孟菲斯转战维也纳，从加的斯攻入莫斯科。在一片没有回忆、默默无闻的土地上，他联合几位同胞奋起自卫，斗争范围仅限于家乡那狭小的圈子。拿破仑

① 《南特敕令》是世界近代史上第一份有关宗教宽容的敕令。该敕令于 1598 年由法兰西国王亨利四世颁发，于 1685 年被路易十四废除并被《枫丹白露敕令》取代。该敕令重新规定了新教徒的信仰选择、法律权利与政治权利，赋予了新教徒自由选择信仰的权利，并结束了 16 世纪法国的宗教战争。

的赫赫战绩，重现了阿贝拉会战[①]和法萨卢战役[②]的辉煌：他推翻了帝王的宝座，在其废墟上建立起自己的统治；他将国王们的头踩在脚下，他在宫殿的门廊上派人捎话给国王们，“你们让人等得太久，阿提拉[③]感到不耐烦了。”所有这些都令华盛顿望其项背。

在举手投足间，华盛顿总显得动中有静，小心而谨慎。你也许会说，他知道自己在未来的很多年里都将是自由的代言人，所以才如此小心翼翼，生怕损害了自由。他是新式英雄，肩负的不是自身的命运，而是国家的命运，所以不允许自己损害那不只属于自己的自由。但这暗淡的平凡之中却迸发出多么强烈的光芒！去华盛顿的佩剑扫过的树林中找找，你能找到什么？坟墓吗？不，是一个世界！走下自己的小型战场，华盛顿留给世人的战利品，竟是整个美利坚合众国。

拿破仑不具备这位严肃的美国人所有的任何一种特质。他头顶光环，身披荣耀，在一片古老的大地上领兵作战，只为确立自己的威望，他心心念念的全是如何扩大自己的影响力，似乎感觉到这一切很难。长久洪流从如此之高的地方倾泻而下，必然很快就会枯竭，于是他加紧挥霍属于自己的荣光，就像人们挥霍自

---

① 人类战争史上的经典战役，史称“阿贝拉会战”。经此一役，亚历山大率领的马其顿大军以少胜多，横扫整个波斯，为其日后建立起一个横跨欧亚非的大帝国打下了坚实的基础。

② 罗马内战的决定性战役，以恺撒为首的平民派军队以少胜多，大获全胜，而以庞培为首的贵族共和派军队几乎全军覆没。经此一役，罗马境内再无能同恺撒抗衡的势力，从而奠定了恺撒在罗马的统治地位。

③ 阿提拉（406～453年），古代欧亚大陆匈人最伟大的领袖和皇帝，建立起东起咸海，西至大西洋，南抵多瑙河，北至波罗的海的庞大帝国。这里拿破仑自诩为阿提拉大帝。

己短暂的青春那样。他像极了荷马笔下的诸神，想通过四步就抵达世界之巅。他的足迹遍及每一处海岸，他急匆匆地把自己的名字写进所有民族的大事记中。他急急奔向家人和士兵，赏给他们顶顶王冠。他急不可耐地竖起纪念碑，制定律法，夺得更多的胜利。他俯视着整个世界，一手推翻国王的宝座，一手镇压反抗的势力。但是，在终结无政府状态的同时，他也扼杀了自由，以致在最后一场战役[①]中永远失掉了自己的自由。

善以善待，恶以恶待。

华盛顿使自己的国家赢得了独立，最后安静地长眠于老家的地下。他的早早卸任让国民深感惋惜，但却赢得了全世界的尊重。

拿破仑让自己的国家失去了独立，作为一位被俘的帝王，他遭到了放逐。虽然他被囚禁在了茫茫海洋之中，但人们还是心有余悸，担心他会逃脱。虽然他已虚弱不堪，被缚于岩石之上，但只要他仍垂死挣扎，欧洲就不敢放下武器。在其曾经住过的宫殿前，这位征服者不知制造过多少死亡。如今，他自己的死讯却被贴上了宫殿的大门。行人从门前经过，既不因此而驻足，也不因此而感到惊讶，因为没有什么值得哀叹！

华盛顿的共和国延续了下来，而拿破仑的帝国则荡然无存。拿破仑死于一个法国人第一次与第二次航海历程之间，这个法国人发现了一个有趣的国家，便和几位受压迫的殖民地居民一起反抗压迫。

华盛顿和拿破仑都来自共和制的怀抱，二人都是自由之子。然而，华盛顿对自由忠贞不贰，拿破仑却背叛了自由。于是，因

---

① 指滑铁卢之战。

为各自不同的选择，他们的命运有了天壤之别。

华盛顿的名字将和自由一起，被世代传颂，成为人类新纪元开端的标志。

拿破仑的名字同样会世代相传，但不过是臭名远扬，将其奉为圭臬的只有那些大大小小的压迫者而已。

华盛顿充分代表了他那个时代的需求，体现了那个时代的思想、知识和观点。他鼓励而不是阻挠思想运动。他的目标就是达成自身的使命，因此他的事业得以保持连贯和长久。华盛顿看起来不怎么显眼，因为他自然而不做作，因为他已将自身的存在恰当地融入国家的存在之中。他的荣耀是日益繁荣的社会共同享有的遗产。他声名远播，如同教会的圣地一般，将一股清流源源不断地注入世间。

拿破仑或许也曾有过这样的机会。他身处地球上最开化、最智慧、最勇敢、最耀眼的国家，倘若他能够在自身的英雄特质中融入些许无私之光，倘若他和华盛顿合而为一，把自由选定为一生荣光的继承人，那么他会在后世达到怎样的高度！

然而这位天才巨人并未完全把自己的命运和他同胞的命运结合起来。他拥有最进步的智慧，却只有最落后的野心，他没有意识到，那顶加冕的王冠根本不会为他创造生命的奇迹，那种哥特式的装饰只会适得其反。有时，他随时代同进步；有时，却倒退到过去。在随时代潮流前进或倒退的过程中，他凭借惊人的勇力，逆流时劈波斩浪，前行时掀起涛波。在他眼中，他的人民不过是权力的机器，人民的幸福和他自身的幸福毫不相干。他承诺解放他们，结果却奴役了他们。他使自己远离人民，人民也离他远去。埃及法老修建金字塔的时候，没有选择丰沛之地，而是选在了沙漠之中，这些气势宏伟的墓地矗立于茫茫沙漠，仿佛获得了永恒。拿破仑竖起自己的名声之塔，这塔却像金字塔一样，茕茕而孑立。

像我一样，曾见过这位欧洲征服者和这位美国立法者的人们，如今已从世界的舞台上移开了目光。如今，舞台上的那几位，不管是让人流泪还是惹人耻笑，都不值一看。

我坐上一辆从巴尔的摩赶往费城时坐的那种马车，便从费城奔赴纽约。那时候的纽约是一个充满欢乐的熙熙攘攘的商业城市，不过，跟现在相比还是有很大的差别。离开纽约后，我又前往波士顿瞻仰打响美国自由之战第一枪的那个战场。

> 我终于见到了列克星敦的辽阔平原。我默默地驻足其间，仿佛那些置身温泉关的游客，注视着战士们的坟墓，正是这些来自新大陆和旧大陆的战士们，最先为捍卫国家的律法献出了生命。当我踩在这片土地上，一股无声的雄辩仿佛在向我诉说着帝国的兴衰沉浮。我仰望上帝，忏悔着自身的渺小与虚无，额头深深吻向这片土地[①]

返回纽约后，我搭上去奥尔巴尼的航船，沿着哈得孙河（别称“北河”）溯流而上。

在《论革命》一书的注解中，我简单描述了在哈得孙河上航行的经历。在这条河的两岸，曾有一位拿破仑赐封的国王[②]流亡于此，而且此人还是拿破仑的兄弟，不过他如今早已湮没在华盛

① 引自《论革命》。

② 指拿破仑的长兄约瑟夫·波拿巴，他在拿破仑倒台后流亡美国并终老于此。

顿的子民之中了。在这条注解中，我还提及了安德烈少校[①]，我将永远悼念这个不幸惨死的年轻人，而我的一个朋友[②]，在拿破仑即将登上玛丽·安托瓦内特王后曾经坐过的宝座上时，用大胆而让人动情的诗句叙说了安德烈少校的命运。

抵达奥尔巴尼后，我去拜访了斯威夫特先生，在费城时有人向我推荐了他。斯威夫特先生与周围的印第安部落开展皮毛贸易，而这些印第安部落只能居住在英国割让给美国的领土上，在美洲，那些所谓的文明强国不顾任何礼节，随随便便就瓜分了那些根本不属于他们的土地。在听明白我的意图之后，斯威夫特先生提了些反对意见，但他说得很有道理。他告诉我说，如果现在就只身一人出发，没有帮手，也没有通行英国、美国、西班牙贸易站的推荐信（这些贸易站乃是必经之路），我绝不可能达成如此宏大的远行计划。即便我能够平安无事地穿过那一片片荒漠，恐怕也会在冻原地带饥寒交迫而死。他建议我先在美洲中部展开旅行，提前熟悉苏族、易洛魁族和因纽特人的语言，以便积累经验，为日后的远行做好准备。他还鼓励我去加拿大丛林中，跟那里的猎手生活一段时间；去哈得孙海湾公司，同那里的代理人交往些许时日。积累了初步的经验，又有了法国政府的协助，那时，我或许就能够踏上危险的旅程了。

我不得不承认，他的建议相当中肯。我失望极了，原以为自己可以立刻出发，径直前往北极，就像从巴黎去圣克卢那么容易。不过我并没有在斯威夫特先生面前显得不愉快。我托他给我

---

① 指约翰·安德烈少校。他是一名英国情报军官，在美国独立战争时期，被华盛顿领导的大陆军当作间谍而绞死。他慷慨赴死，死前一度赢得殖民地人民的同情。

② 指诗人德·丰塔纳，在华盛顿去世时作《挽歌》一诗以示悼念。

雇向导和马匹，准备前往尼亚加拉大瀑布，之后再去匹兹堡，从那里，我或许能进入俄亥俄州。由此可见，我对此前计划好的线路仍念念不忘。斯威夫特先生帮我雇了一个会讲好多种印第安语言的荷兰人。我买了两匹马，便匆匆离开了奥尔巴尼。

如今，奥尔巴尼与尼亚加拉之间的大片土地，早已农田阡陌，人烟袅袅，并有著名的纽约州运河横贯其间。但在当时，那里几乎还是一片不毛之地。

当我穿过莫霍克部落的领地，来到一片从未遭到砍伐的原始森林时，我不禁陶醉其中。关于此，我在《论革命》中写下了这样一段文字：

> 我从这棵树走到那棵树，从左边走到右边，又从右边走到左边，忍不住自言自语道："这里不再有路可循，不再有城镇和紧凑的房屋，也不再有总统、共和国和国王了。"为了检验我是否重新获得了人类最原始的权利，我极尽古怪之能事。这让我的向导，那个高高的荷兰人，感到有些不快，他肯定认为我疯了。

我们进入了易洛魁族六个部落的古老聚居地。遇到的第一个野蛮人是一个牵马的年轻人，马背上坐着一位身着部落服饰的印第安姑娘。我的向导跟他们打了个招呼。

我已经提到过，我非常幸运地在这边境蛮荒之地受到了一位法国同胞的招待，这便是维奥莱先生，他恰好在这里担任印第安人的舞蹈老师，而印第安人则给维奥莱先生海狸皮和熊腿肉作为报酬。

> 林中隐约出现了一座棚屋，走进一看，屋里有二十几个野蛮人，有男有女，他们身上涂得有如变戏法的艺人，上身赤裸着，耳朵裂开了口，头上戴着乌鸦羽毛，鼻孔里穿着圆环。一个矮小的法国人，脸上搽着粉，留着传统样式的卷发，身披豌豆绿色的外套，内着毛呢背心，装饰着平纹细布的卷边，正在用一把小提琴拉着马德隆·弗里凯的曲子。身边的易洛魁人便随乐声起舞。谈到这些印第安人时，维奥莱先生总是称他们为野先生和野太太。他十分欣赏学生们灵敏的身姿。坦白讲，我从未见过这种舞蹈。维奥莱先生用下巴和肩膀托着琴尾，给琴弦调了调音，然后用易洛魁语大喊道，'各就各位'。于是，所有人都跳起了舞，简直就是群魔乱舞。[①]

一个曾在罗尚博[②]将军家的厨房打杂的人，如今竟给易洛魁人办起了舞会，还给我讲解了不少野蛮人的生活，这对于我这个卢梭的追随者来说，真是不可思议。告别了维奥莱先生，我们又继续上路了。下面，我就直接引述当时所写的手记而不做任何改动。这些手记，有些是以讲故事的形式呈现的，有些是日记或信件，还有些是简略的评注。

---

① 出自《希腊游记及其他》。

② 指罗尚博伯爵，法国军事家，元帅，以支援美国独立战争而知名。

奥内达加人

我们来到奥内达加湖岸，而湖的名字，其实来自易洛魁族的一个部落——奥内达加。因为马匹需要休息，于是我和荷兰向导四下寻找，最后在一个葱郁的山谷中找到一处适合扎营的地方。一条小河从不远处的湖中倾泻而出，向着北方奔流而去，在不到一百英寻开外的地方，拐向东方，呈与湖岸大致平行的方向，在环湖的岩石间流淌着。

我们露宿的地方，正在这河的拐角处。我们在地上插了两根带叉的长杆，又在两者之间横放了一根，然后把桦树皮的一端放在地上，另一端搭在横杆上，层层叠起，就成了个不错的屋顶。我们点燃篝火，一边做饭，一边还能驱蚊。在这棚屋下，我们暂且以马鞍作枕，以斗篷为被。

夜晚，我们给马匹拴上铃铛，让它们在林中自由活动。我们则一直燃着篝火，来驱散蚊虫和毒蛇。凭着一股惊人的本能，马儿从不会走得离篝火太远。

坐在棚屋里，我们陶醉在一片如画的风景中：眼前是奥内达加湖，湖面很窄，岸边绿树环绕，岩石斗立；身后是那条小河，碧绿清澈的河水奔腾而过，猛烈地拍打着河岸。

我们搭好棚屋时还不到下午四点，于是我便拿上猎枪，打算到周围散散步。起初，我沿河岸而行，然而，沿路的野外探究并不令人满意，植物品种很是单调。我发现了不少车前草，还有一些鹿草，不过都是很常见的品种。我只好离开河岸，向着湖边走去，不过还是很不走运，除了发现一些杜鹃花之外，再没遇到什么值得驻足观赏的植物。倒是杜鹃花长在湖边的岩缝中，朵朵花瓣透着鲜艳的玫瑰红色，不时散发出一股迷人的芳香，婀娜的倒影在碧绿的湖水中摇曳着。

那里鸟儿也不多，只有那么一对，在头顶飞来飞去，似乎是在给那片静止而冰冷的地方带去一些爱和活力。从其中雄鸟羽毛的颜色，我认出那是一只雪雀，这种鸟被鸟类学家归为雀科雪鹀属。我还听到了鱼鹰的叫声，它们如同暴君一样，叫起来一刻也不停歇，因此被形象地称为“号叫鹰”。我一路循着它的叫声找去，却始终也没有见到它的踪影。

这只鱼鹰把我由树林引向一个峡谷中，峡谷周围尽是光秃秃的山石。在这个与世隔绝的地方，我看到了一个十分简陋的印第安草棚，草棚依石而建，坐落在半山腰的位置，有一头瘦弱的奶牛在山下的草场中吃草。

我向来很喜欢这种淳朴而隐蔽的地方：受伤的动物可以蜷缩在角落里，不幸的人担心会散播让世人不快的情绪，所以也来到这里。一路的跋涉让我有些疲惫，于是我爬到山顶，坐了下来，对面就是印第安草棚所在的那座山。我把猎枪放在身边，像往常一样，沉浸到曼妙的遐想之中。

没几分钟，我就听见谷底传来说话的声音。我循声望去，只见三个人赶着五六匹肥硕的奶牛走了过来。他们把自家的牛赶到草场之后，又走向那匹瘦弱的牛，用棍子把它赶走了。

在如此的荒郊野外见到这些欧洲人，我感到十分厌恶，他们的暴行让我更加讨厌他们。他们把那头可怜的奶牛赶到光秃秃的乱石中，还发出阵阵嘲笑声，险些使那头牛磕断了腿。一个印第安女人，显然不忍心看到这一幕，于是便钻出草棚，向着那头受惊的奶牛走去，轻声呼唤着它，给它一些吃的。奶牛冲她跑去，伸长了脖子，发出“哞”的一声，叫声低沉而欢快。几位白人移民在远处向这位印第安女人发出恐吓，她赶紧返回到自己的小屋，奶牛也紧随其后。走到门前，奶牛停了下来，它的朋友用手拍了拍它，它也充满感激地舔了舔她的手。这时，白人移民才离开。

我起身往山下走去，穿过峡谷，爬到对面的那座山上。我走到草棚前，决心尽力弥补那几位白人的粗暴行为所造成的恶劣影响。那只奶牛发现了我，动了动，似乎想要逃跑。我小心翼翼地走过去，免得吓到它，终于来到它主人的门前。

那个印第安女人已经回到屋里了。我学着用他们的语言打招呼说：“我来了。”那个女人没有按照惯例回答我说“你来了”，而是什么都没说。我心想，她大概很厌恶我这么一个白人压迫者的来访，于是我转身去抚摸那头牛。看到这一幕，印第安女人显得很惊讶。从她消瘦而阴郁的脸上，我看到了一丝感动甚至是感激之情。这些不为人知的凄惨遭遇使我热泪盈眶。为从未有人为之落泪的痛苦而悲伤泪流，能带给人一种欣慰。

印第安女人用怀疑的眼神盯着我看了一会儿，似乎担心我在故意欺骗她。她往前挪了几步，来到在孤独与痛苦中与之相依为命的奶牛身边，用手轻轻地抚摸着它的脸颊。

这一表示信任的举动极大地鼓舞了我，于是我说道：“她这么瘦弱。”我只得用英语说，因为我实在没学几句印第安语。然而，印第安女人立即用蹩脚的英语回答我说：“她吃得很少。”“他们把她无情地赶跑了。”我说。她便告诉我：“我们俩都已经习惯了。”“那这片草场，”我接着说道，“不是你的吗？”“是我丈夫的，”她答道，“但他死了，我又没有孩子，于是白人就把他们的奶牛带到我的草场来。”

我不能为这个可怜的女人做些什么，我原本打算替她寻求公道，然而，在这片土地上，在这片欧洲和印第安人各自为政的土地上，在这片用武力夺走野蛮人自由的土地上，在这片让文明人挣脱了文明世界的束缚从而变得野蛮的土地上，我又能向谁控告呢？

我和印第安女人握了握手后便离开了。她跟我说了好多话，我都没有听懂，但我知道她在祝福我这个陌生人。如果上帝没有听见她的祈祷，那不是她的错，而是被祝福的人不走运。不是所有的人都同样幸福，正如不是所有的土地都有同样好的收成。

我回到我们的棚屋，凑合着吃了顿晚饭。夜色迷人，奥内达加湖的湖面平静无比，没有一丝皱纹。小河低语着，亲吻着我们脚下的土地。四周的金链花树，仍点缀着朵朵金花。卡罗来纳的布谷鸟，重复着单调的叫声，声音时近时远，显然在四处求爱。

翌日，我和向导一起拜访了奥内达加人的大酋长，他就住在离这里不远的村落。上午十点，我们来到了村里。一群年轻的野蛮人立刻围了上来，用他们的语言跟我说着话，不时还冒出几个英语和法语词。他们吵吵嚷嚷的，显得十分欢快。这些被白人殖民地包围的印第安部落，已经学了些我们的风俗习惯。他们喂养牛羊，在房子里放置家居用品，这些物品有些是从魁北克、蒙特利尔、尼亚加拉和底特律买的，有些则是从美国的城镇买的。

这位奥内达加人的酋长来自易洛魁族。作为一名地地道道的老易洛魁人，他还保留着这片荒漠远古时期的古老习俗。他耳朵裂开，鼻子上挂着一颗珍珠，脸上涂着各种颜料，一小撮头发从头饰上伸出。他身着蓝色长袍，肩披毛皮，腰间的皮带上插着用来割敌人头皮的刀子和斧头，胳膊上带着刺青，脚上是莫卡辛鞋，手里还拿着一串贝壳。

他友好地招呼我的到来，还让我坐在他的垫子上。那些年轻人拿走了我的猎枪，他们十分敏捷地卸下了枪栓，又以同样的速度把它装好。要知道，这可是一把双筒猎枪。

酋长会讲英语，还能听懂法语，我的向导又很熟悉易洛魁语，因此我们交流起来没什么障碍。老酋长告诉我说，尽管他们民族一直在和我们民族交战，但他始终很敬重我们民族。他说他们一直很怀念法国人。他还抱怨美国人，说这些美国人曾受到他们祖先的招待，然而如今，他们留给印第安人的土地连掩埋尸骨都不够。

我向酋长提到了那个可怜的印第安寡妇。他告诉我这个女人被欺负得很惨，他曾几次代表她向美国的警长求助，然而都没能讨得公道。他补充说，以前的话，易洛魁人早就为自己主持公道了。

村里的印第安女人给我们准备了午饭。在欧洲文明的罪行之下，印第安人身上最后仅剩的野蛮优点便是热情好客了。大家都知道这种热情好客意味着什么：一旦获准进入棚屋，你整个人就是不可侵犯的了，因为屋里的壁炉拥有神坛般的力量，能使你变得神圣，这个家的主人即便牺牲自己的性命，也绝不会让别人动你一根头发。

当一个被赶出自己地盘的部落或者某一个人来这里寻求村里人的帮助时，他们就会跳起《请求者之舞》。那舞蹈是这样跳的：

请求者往前走几步，然后停下来，看一眼被请求者，之后再退回起始位置。这时，被请求者会唱起《陌生人之歌》：“陌生人来了，伟大神灵的使者！”唱完之后，一个男孩走上前，拉着陌生人的手，把他领到棚屋里。当男孩跨过门槛的那一刻，他会说：“陌生人来了。”然后棚屋的主人便回答道：“孩子，把那人带到我的屋中。”于是在男孩的保护下，陌生人走进了棚屋，就像希腊人那样，进来坐在炉灰上。象征和平的卡吕梅烟斗递了过来，陌生人接过吸了三口。这时女人们会唱起《慰藉之歌》：“陌生人找到了新的母亲和新的妻子，太阳将如往日一样再次为他升起和落下。”

棚屋的主人在一个神圣的碗中倒上枫糖汁。这碗通常是葫芦或是石头做的，平时放在壁炉那里，碗上边还有一顶花环。陌生人喝了半碗，然后把碗递给棚屋的主人，由主人把剩下的枫糖汁一饮而尽。

拜访完奥内达加酋长的第二天，我又继续上路了。这位老酋长曾亲历英法魁北克一役，还目睹了沃尔夫将军[①]之死。而我，最近刚刚从凡尔赛宫中逃出，又从华盛顿的餐桌旁来到这个野蛮人的棚屋。

即将抵达尼亚加拉时，道路变得越来越难走，充其量只能算是伐掉树木而开辟的一条道。砍下的树干搭在河上成了桥，或者干脆填到沼泽地里。当时，美国的人口正纷纷涌入田纳西的大片赠予地。根据土地的肥瘦、林木的品质以及是否有河流经过，有多少河流，合众国政府以高低不等的价格，把这些土地有偿赠予民众。

这些新殖民地呈现出原始自然与文明开化并存的奇妙景象。在一片树林边，曾经的这里只有野蛮人的吼叫声和黇鹿的咩咩

① 指詹姆斯·沃尔夫，远征魁北克的英国司令官。1759年，英法为争夺加拿大的魁北克展开激烈交战，沃尔夫将军在战争中英勇牺牲。

声，如今，却可以看到块块开垦的农田。一眼望去，既能看到印第安人的棚屋，也能看到白人移民的房子。这些房子，有些已经完工，像极了英国和荷兰那些精巧的农舍；有些正在修建中的，大树的枝杈就成了它们临时的屋顶。

一家白人移民邀我去他们家中住上一晚。我在他们那里的那段时间，常常能感受到一种温馨的家庭氛围。家里布置得舒适利落，甚至透着欧洲人的高雅。红木家具、钢琴、地毯、镜子，所有的这些离易洛魁人的棚屋不过三四步之遥。夜晚，仆人们扛着斧头和犁，从树林和农田陆续返回。这时，房子的窗户尽数敞开。屋主人的几个女儿年纪不大，她们聚在一起，一边弹着帕伊谢洛和奇马罗萨的曲子，一边望着窗外漆黑的野外放声歌唱，远处不时传来溪水的潺潺低语。

条件较好的地带形成了一个个村落。当你看到一个个教堂的尖顶从古老美洲的丛林里高耸而出时，你根本无法想象内心会是怎样的激动和喜悦。看来不论身在何方，英国人始终还保有英国人的习俗。于是，我决心沿着无人之地前行。穿过一片荒野之时，我看见一座小屋悬在路边大树的树枝上，在荒野之中随风摇晃。猎人、白人移民和印第安人，都会来这种旅店休息。我曾经在里面睡过一晚，但我发誓以后再也不会睡在里边了。

那天晚上，经过这种奇特的旅店时，我便钻了进去。里面的布局让我不禁吃了一惊，只见正中间立着一根柱子，柱子周围垒起一个环形的大床。每个游客进来之后，就躺到床上，脚伸向柱子的方向，头朝向外侧，这样一个个有规律地排起来，就像车轮的辐条和折扇的扇骨一般。我犹豫了片刻，看到床上没人，就爬上了这张怪异的大床。就要入睡之时，我突然感觉到一条腿蹭到了我的腿上，原来是我那可恶的荷兰向导的腿，他正躺在我身边，伸了个懒腰。我这辈子都没有受过这般惊吓，立刻从这舒服的发明上蹦了下来，把他们先祖遗留下来的古老风俗好一顿臭骂。我走出旅店，躺到斗篷上，与那清凉怡人而纯净的月光为伴。

以上的手记中省略了一部分，因为那一部分已经被我写入了其他作品。经过几天的跋涉，我来到杰纳西河畔。河对岸，只见一条响尾蛇随着充满魔力的笛声而起舞。[①] 继续前行，在离尼亚加拉大瀑布不远处，我遇见了一家野蛮人，并在他们家住了一晚。关于同那家野蛮人相遇的经过，以及当晚在他们家中的所见所闻，诸位可在《论革命》和《基督教真谛》中找到相关的描述。

靠近尼亚加拉大瀑布的这一带是上加拿大的边境，属于英国的领地，周围的野蛮人被雇来看守边境。他们向我们走来，每个人的身上都背着弓箭，不让我们继续靠近。

我只好让荷兰向导去尼亚加拉要塞索要长官的推荐信，以便踏入英国国王陛下的领土。想到这里曾归法国管辖，我不禁有些心痛。稍后，向导带着信件回来了。我至今还保留着那封信，上边署着“高登上尉”几个字。几年前我游历耶路撒冷时，在住所的门上见到了同样的名字，这是不是奇妙的巧合呢？[②]

我在这些野蛮人的村落逗留了两天。手记在这里包含着一封信的底稿，是当时写给在法国的一个朋友的。信的内容如下：

写于尼亚加拉野蛮人之村的一封信

我一定要跟你讲讲昨天早晨村子里发生了什么。当时，

---

① 出自《基督教真谛》。

② 出自《希腊游记及其他》。

草丛上还挂着露珠，微风自林中吹来，送来阵阵花香。野桑树的叶子上挂着一个个蚕茧，棉花树上的棉桃蓬蓬松松的，像极了朵朵白色蔷薇。

村里的女人凑在一棵粗大的紫叶山毛榉树下，各自忙活着。她们把刚出生的婴儿放在树枝间的吊床上，树林里吹来的微风轻轻地摇着这些悬空的摇篮。母亲们时不时走过去看看婴儿，看他们是睡着了，还是给鸟儿的歌声和扇动翅膀的声音吵醒了。真是一幅迷人的画面。

向导和我还有七个守卫们坐在一起，我们每人嘴里都叼着一只烟斗。这七个印第安人中，有两三个人会讲英语。

不远处，有几个男孩在玩耍。在玩耍时，不管是跑是跳还是抛球玩，他们都一句话也不说，你听不到一点儿欧洲孩子那种震耳欲聋的吵闹声。这些年幼的野蛮人像小山羊一样蹦蹦跳跳，也像小山羊一样沉默不语。一个稍大点的男孩，大概七八岁大，有时候会离开小伙伴，去母亲那里喝奶，然后再回来继续和伙伴们玩耍。

这里的孩子从来不会被强行断奶。吃过饭后，他们又去喝干妈妈乳房中的奶，就好像在宴会结束前人们把酒一饮而尽那样。即便整个民族都在遭受饥荒，孩子们仍然能在母亲的怀抱中找到活命的母乳，这一习俗可能是印第安部落人口增长速度不如欧洲快的原因之一。

看见大人在跟小孩说话，我便问荷兰向导他们说了些什么，他解释如下：

一个约三十岁的野蛮人叫住他儿子，求他不要跳得那么剧烈。男孩回答道，“你说得有道理”，说完就继续玩起来，丝毫不理会父亲刚刚嘱咐他的话。

于是男孩的祖父又叫住男孩，对他说，“你要听话”，男孩这才不那么跳了。他父亲做出请求他不听，而他祖父下达命令他则乖乖听从，由此可见，男孩根本不尊重他的父亲。

印第安人的孩子从不会受到责罚，他们只承认长者和母亲的权威。对印第安人来说，最极端和最不可饶恕的罪行，就是儿违母命。当母亲老了以后，儿子需得照顾她。

父亲年轻时，儿子对他不以为意；上了年纪以后，儿子才敬重他，但不是因为他是父亲，而是因为他成了长者，也就是说，他成了经验丰富的人，因此说的话有了分量和价值。

这种任由孩子自由发展的抚养方法，可能会使孩子变得暴躁而任性。然而，野蛮人的孩子既不暴躁也不任性，对于明知得不到的东西，他们不会强求。如果孩子向母亲索要母亲并没有的东西，母亲会告诉他说，他可以自己去找，看见哪里有的话，就可以抢过来。但因为孩子没有大人那么强壮，也心知自己还小，于是他就会忘了那个想要的东西。如果这孩子不服从别人，别人也不会服从他。这些就是带给他快乐和理智的全部秘诀。

印第安人的孩子从不与人争吵或打架。他们既不聒噪，也不胡搅蛮缠，也不性情乖张。在他们的眼神中，有一种幸福叫作庄严，有一种高贵叫作独立。

我们生来是有罪的，因此我们不能这样抚养我们的后代，我们得先洗脱孩子们的罪恶。可如今我们发现，更简单的做法是，干脆把罪恶埋在孩子的心中，只需注意别让这些罪恶显露出来。

当印第安的年轻人开始对捕鱼、狩猎、打仗和参政产生兴趣时，他就会去学习和模仿父亲的做法。这样，他便学会了如何制作小舟，如何编织渔网，如何使用弓箭、火枪和斧头，如何砍树，如何建造棚屋，以及如何解读贝壳串。在儿子成为父亲后，年轻时的爱好，如今已成为他的专长。父亲凭借力量和智慧获得了权力，这一权力又逐渐使他走上酋长之位。

女孩和男孩享有同样的自由。她们几乎可以做任何自己想做的事，不过她们大多数时间都陪在母亲身边，由母亲教她们做家务事。如果一个印第安女孩做了错事，母亲只会往她脸上洒水，并且说："你让我感到丢脸。"这句训斥的话通常都很见效。

我们在棚屋门口待到将近中午，太阳越来越晒了。我们中的一个印第安人走向那群小男孩，对他们说道："孩子们，太阳会吃掉你们的头，回去睡觉吧。""说得很对。"孩子们一齐高声响应。然而，孩子们表示服从的方式，就是在承认太阳会吃掉他们的头之后继续玩耍起来。

这时，女人们站起来，有人端着盛有玉米粥的木碗，有人拿着可口的水果，有人铺开睡觉的垫子。她们呼唤着那群倔强的孩子，在每人名字上加上亲切的爱称。于是孩子们便像一群小鸟一样，立即飞进母亲的怀抱。女人们搂着他们，哈哈地笑起来。孩子们在母亲的怀里吃着母亲给的食物，母亲们费了好大劲，才把孩子们抱走。

不知这封写于林中的信，能否到达你的手中。

此致

离开印第安人的村子，我继续赶路，来到了尼亚加拉大瀑布。在《阿达拉》一书的最后，有关于这个瀑布的描述。在《论革命》一书的注解中，也涉及尼亚加拉大瀑布。由于该瀑布广为人知，原本没有必要在这里重提，但因为注解中有些细节和我此次旅行密切相关，所以不妨在这里提一下。

在尼亚加拉大瀑布，曾有一个印第安人放置的梯子，不过后来坏掉了。我不顾向导的劝阻，打定主意要沿着200法尺高的巨石爬到瀑布底下。尽管飞流而下的瀑布在耳边呼啸，巨大的深渊在脚下沸腾，我却一点儿也不感到头晕。爬到离瀑布底不到40法尺的时候，岩石变得陡峭而光滑，让人根本没有落脚之处。我双手扣住岩壁，悬在半空中，上不去也下不来。不一会儿，我就累得无法继续支撑身体的重量了，感觉双手就快要松开。死神和我直直对视，我真是难逃一死。很少有人像我这样，曾经被挂在尼亚加拉大瀑布的深渊之上，一秒一秒地数着度过了两分钟的时间。最后，我松手掉了下去，掉在了一块石头上。从未有过的幸运发生了，我原以为自己会在这块石头上摔得粉身碎骨，结果却并没怎么受伤。我离瀑布下的深渊只剩不到半法尺的距离，差点儿就给卷进去了。这时，水面的凉气刺入骨髓，我才开始意识到自己的情况并没有刚刚想的那么好。左臂袭来一股难以忍受的疼痛，原来肘部以下骨折了。向导在上面看着我，我冲他做了个手势，于是他赶紧找来一些野蛮人。一大帮人费了好大劲才用桦树皮做的绳子把我拉上去，一路抬到他们的住处。

这还不是我在尼亚加拉大瀑布全部的遇险经历，刚到尼亚加拉地区那会儿，我就来过这里。我把拴马的缰绳紧紧缠在胳膊上，弯腰往瀑布下看。这时，一条响尾蛇从附近的灌木丛中钻出，把马儿吓了一跳，使得它朝着深渊不断后退。但我没法解开胳膊上的缰绳，只好任由马儿把我往后拽。马的前腿完全离开了地面，站在瀑布的悬崖边，全靠缰绳拉着。就在我觉得自己必死无疑时，马儿察觉到了危险，于是它前腿奋力着地，拔腿就跑，一直跑到离悬崖边 10 法尺远的地方才停下来。

还好我只是手臂轻微骨折，一对夹板、一条绷带和一条吊带就足够了。荷兰向导不肯再继续往前走了，我给他付过报酬，他便回家了。于是，我又和尼亚加拉的一些加拿大人达成了协议，由他们来为我带路。他们的家人有一些住在伊利诺伊州的圣路易，就在密西西比河边上。

下面的手记展现了加拿大的湖泊的概貌。

加拿大的湖泊

伊利湖满涨的湖水在形成尼亚加拉大瀑布之后，又泻入安大略湖。在安大略湖一带，印第安人从香脂冷杉上获取香脂，从枫树、胡桃树和樱桃树上获取糖，从佩鲁兹树的树皮上获取红色染料。他们用白木的树皮做屋顶，从醋栗树红色的果实中提取醋，从野芦笋的花里获取花蜜和棉料，从向日葵的种子里获取油，从“万能植物”那里获取疗伤的灵药。如今，欧洲人用巧妙的工艺取代了这些自然的馈赠，而野蛮人则已经消失了。

伊利湖的周长超过 100 里格[①]。两个世纪以前，住在沿岸的民族被易洛魁人消灭了，之后的日子里，有几个游牧部落在附近徘徊，但始终不敢在此定居。

一伙印第安人打算乘坐树皮做的木舟，冲进波浪滔天的湖里，让人看着不禁担心。他们把神挂在船尾，顶着风雪，就扎进了汹涌的巨浪里。浪头跟木舟的边缘一样高，有时甚至没过边缘，仿佛就要把木舟吞噬。猎狗站起身来，前爪伏在木舟边缘，大声地哀嚎，而猎手们则始终一言不发，只是有节奏地划船前进。一只只木舟排成一队，最前面的那只木舟里有一位酋长站

① 里格是欧洲和拉丁美洲一个古老的长度单位，在英语世界通常定义为 3 英里（约 4.828 公里，适用于陆地），或定义为 3 海里（约 5.556 公里，适用于海上）。

在船头，嘴里不停地重复着类似“哦啊”的口号，第一个音发得尖而短，第二个音低而长。队尾的那只木舟里，同样站着一位酋长，在操作着一个类似船舵的大桨。勇士们则盘腿坐在其他的木舟里。透过雾气、大雪和巨浪，你能看见的只有印第安人头上装饰的羽毛、猎狗伸长的脖子以及两位酋长的肩膀。这两位导航者和预言者，让人几乎会把他们当成水中的神祇。

伊利湖的水蛇也很出名。在湖西端有一个湖岛叫作蛇岛，从蛇岛到湖岸二十多法尺的距离，长满了巨大的睡莲。夏天的时候，莲叶上缠满了水蛇。当这些爬行动物恰巧在阳光下扭动身体的时候，你能看见它们缠作一团，形成一个个淡蓝色的、紫色的、金色的和乌木色的圆环。这些蛇的身体打成两个或三个结，从这一团团结上，你能分辨的只有发光的眼睛、分叉的舌头、血盆大口，还有带着响环的尾巴，那尾巴在空中像鞭子一样挥舞着。一种恰似林中落叶的婆娑声连绵不断，那便是水蛇的嘶嘶声，它们仿佛是从污浊的克塞特斯河[1]之中传出来的。

休伦湖与伊利湖之间形成了一条水道，该水道因两侧的树林和草场而闻名。休伦湖盛产鱼类，那里能捕捉到重达两百磅的阿蒂卡美哥鱼和鳟鱼。湖中有一个曼蒂慕兰岛，曾经也很出名，岛上居住着安大维族仅剩的一些族人，印第安人认为他们就是大海狸的后代。人们观察到，密歇根湖和休伦湖一样，湖水连涨七个月后，在接下来的七个月，它们会以相同的速度逐渐回落。所有这些湖都有涨有落，只不过有些明显，而有些不易察觉。

苏必利尔湖位于北纬 46° 到北纬 50° 之间，跨纬度 4° 多，在

---

① 在希腊神话里，克塞特斯河是冥河的支流，由地狱之中那些服着苦役的罪犯的眼泪汇聚而成。

西经（巴黎子午线）87 度和 95 度之间，跨经度 8 度有余。也就是说，这个内陆海有 100 里格宽，200 里格长，周长将近 600 里格。

有 40 条河流注入这个巨大的湖中，其中的阿里尼皮贡河和米奇皮科滕河是两条大河，米奇皮科滕河就发源于哈得孙海湾附近。

苏必利尔湖中岛屿众多，马里波岛靠近北岸，庞恰特雷恩岛靠近东岸，迈农岛偏向南岸，大神岛（又叫灵岛）则位于西岸。大神岛长 35 里格，宽 20 里格，大概同一个欧洲国家的面积差不多。

湖中有名的岬角有基欧科南角、米纳博茹角、桑得角和罗什德布角。基欧科南角其实是一处伸入湖中两里格的地峡，米纳博茹角状如灯塔，桑得角紧挨桑得湾，而罗什德布角则垂直矗立于河岸之上，有如一个残破的方尖碑。

苏必利尔湖南岸地势低矮，土壤沙化，没有树木遮蔽；北岸和东岸则是山地，岩石嶙峋，角峰尖锐。湖本身就是岩石凹陷形成的，透过清澈碧绿的湖水，可以看到水下三四十法尺深的地方散落着巨大的花岗岩石块，那些岩石个个奇形怪状，有些看起来就像刚刚被工匠锯过似的。当你弃舟登岸，想凭岸俯视水下起伏的山脉时，你会觉得头晕眼花，根本没办法多看一眼。

浩渺的湖水给人以强烈的视觉震撼，让想象力也随之无限驰骋。有意思的是，出于人类普遍的直觉，印第安人认为，使这个巨湖形成以及使天空形成圆顶的是同一种力量，这让他们对苏必利尔湖的崇拜之情更添一种宗教的严肃意味。

苏必利尔湖是大自然最伟大的作品之一。大自然欣然赋予它一股神秘的气息，受到这股气息的影响，这些野蛮人把苏必利尔湖当成最主要的崇拜对象。苏必利尔湖的涨落并不规律：在夏季最炎热之时，水下 6 法寸却是冰冷冰冷的；在冬季最寒冷之时，即便海水都结冰了，这里的湖水也很少结冰。

在苏必利尔湖周围，土地的土质不同，产出量也多有差别。湖岸以东只能看到成片的枫树林，羸弱的枫树被吹倒在地，进而在沙地中近乎水平地生长。湖岸以北，但凡形成山谷的地方，都有植被覆盖，其中能看见无刺的醋栗丛，还有一种环绕的蔓藤，结着酷似覆盆子的果实，不过颜色比覆盆子要淡，呈玫瑰色。在这些灌木丛中，稀稀拉拉地长着几棵松树。

在这片萧疏之地，遍地都是风景，而其中有两处尤其值得一看。

通过圣玛丽水道进入苏必利尔湖时，在左手边的位置，你会看到几个湖岛围成半圆形。这些岛上都种有开花的树，仿佛是插在水中的一捧捧花束。在右手边，陆地的岬角伸进水波里，有些岬角青草遍地，绿色之中点缀着一抹天空和湖水的蓝色，有些岬角形成了红白相间的沙地，像是镶嵌在蓝色湖水之上的色带。在那些不长树的狭长岬角之间，点缀着一些小岬角，其上林木葱郁，倒映在下面如水晶镜面般的湖水上。有时，树与树之间挨得很紧，仿佛给湖岸形成了一道厚厚的屏障；有时，树与树之间相隔较远，好似道路两旁的行道树。这时，由于树木不那么紧密，便可由它们之间的空隙窥见岬角上的美景。随着岬角在视野中远去，植物和岩石变得越来越小，随着新的岬角出现在视野中，它的色调慢慢变化。

湖中靠近南岸的湖岛和湖岛东边的岬角都向西边倾斜，形成了一个巨大的锚地。当湖的其他地方受到暴风雨的侵袭时，这里的水面却依旧平静。在这里，数不清的鱼儿和水鸟嬉戏其间。一只拉布拉多的黑鸭卧在浪花之上，这位孤独隐士的身上，让浪花点缀上了白色的泡沫。潜鸟扎入水中，又浮出来，然后再次消失在水面下。湖上的鸟儿掠过湖面，翠鸟迅速扑动它天蓝色的翅膀来吸引猎物。

在这个被湖岛和岬角围绕的锚地之外，便是圣玛丽水道的出口。从那里，能望见浩瀚的苏必利尔湖，湖面起伏不定，渐渐隐没于远方。由近及远，湖水的颜色从绿色渐渐变成淡蓝色，慢慢又过渡到深蓝色，再变成藏蓝色，每一次过渡都显得那么自然，直至最后消失于地平线，以一条暗蓝色的线与苍穹相接。

这第一处景观位于湖上，或许适合夏季观赏，那时大自然是温和而友善的。然而第二处景观，却与第一处相反，更适合在万物凋零的暴风雨季节观赏。

在阿里尼皮贡河附近，一块巨大的岩石孤零零地耸立着，傲视着湖面。在河的西边，有一连串的石块，它们有的横躺着，有的插入土中，有的顶端裸露，有的顶端圆滑。岩石的岩壁透着绿色、红色或黑色，在岩石缝隙中还有积雪，仿佛混合了雪花石膏、花岗岩和斑岩的色彩。

这里还生长着一些金字塔状的树，有些直立，有些已经倒下，就像是大自然用来装饰它伟大的建筑遗迹的石柱。松树从建筑的柱基拔地而起，挂满冰锥的植物从挑檐上垂下。你或许会觉得这就是亚细亚荒漠中某一座古城的遗迹，奢华的古城在倒下之前，曾高耸于树林之上，如今在它们的残砖碎瓦上，却长起了树林。

前面我提到过，在河的西边有一连串石块，而就在这些石块的后面，有一条像犁沟似的细长峡谷，在峡谷中央流淌着通墓河。夏季时，峡谷呈现在眼前的就只有暗黄色的苔藓，岩石缝隙中还挤满了五颜六色的蘑菇。然而在冬季时，这片荒芜之地则覆盖着厚厚的白雪，严寒给飞禽走兽也蒙上了一层雪衣，猎人们只能通过鸟嘴和走兽的眼鼻来找出它们——彩色的是鸟嘴，黑色的是走兽的口鼻，红色的则是它们的眼睛。在峡谷尽头甚至更远的地方，你能发现北极地区山脉的峰顶，上帝就把北美洲四大河的源头放在那里。四大河从同一个摇篮中诞生，在流经 1,200 里格的距离之后，分别注入了四个海洋。密西西比河向南注入墨西哥湾，圣劳伦斯河向东注入大西洋，安大维河往北流入北极海，西江向西奔流，带着滔滔江水作为贡品，赶赴农图卡洋[①]。

介绍完湖泊概貌之后，下边是一篇日记，日记里只记录了当时的时刻而没有注明日期。

---

① 此处为当时地理认识上的错误，如今已得到更正。——原注

一篇没有日期的日记

天空十分晴朗，湖水清澈透明。我坐在木舟中，木舟迎着微风快速向前划动。在我的左边耸立着尖削的山峰，山峰两侧的峭壁爬满了开白花和蓝花的旋花、鲜艳的凌霄花、长长的野草和各种颜色的岩生植物。在我的右边舒展着广袤的草场。随着木舟不断前进，我能够从新的观察角度观察到新的景色：有时是孤独的峡谷，那峡谷好似在咧嘴笑一样；有时是裸露的山峰；有时是一片柏树林，仿佛一根根黑色的廊柱；有时是稀疏的枫树丛，阳光照在上面，就像洒在蕾丝花边上似的。

原始的自由，我终于找到你了！我像眼前飞过的那只鸟儿一样，随性而行，唯一犯难的是该选择哪一片阴凉。我就像上帝最初创造我时那样，成了自然的主宰，以胜利者的姿态顺水漂流。水里的生物伴我前行，空中的鸟儿歌颂着我，大地的野兽向我致敬，森林也向我鞠躬。

在社会人（也包括我）的额头上，是否已刻上了人类之不朽的印记呢？你们尽管把自己禁锢在你们的城市里，把自己束缚于你们那不值一提的律法中；你们挥洒着无尽的汗水，只为换取一口面包，或者靠着救济过活；你们为了一句辱骂的话或为了一个主子而互相残杀；你们要么怀疑上帝的存在，要么盲目迷信地崇拜上帝。而我要选择在我的原始荒野中畅游，让心跳的每一次律动都不受拘束，让思想的每一次遨游都不受捆绑。我要像大自然一样自由，只服从上帝的权威，因为是他点亮了太阳，他轻轻一挥手，便让世界转动起来。[①]

晚上7点

我们来到了河流的岔道，沿着东南流向的那个支流继续前行，希望能找到一处适合停靠的小河湾。经过一处长满郁金香树的岬角时，我们发现岬角下有一处河湾，于是便把木舟驶入，停船靠岸。一些人去收集生火的干柴，其他人开始搭建棚屋，而我则拿上猎枪，钻进了不远处的林中。

我往树林走了还不到一百步，就看到林中有一群火鸡正忙着啄食蕨类植物的果实和朴树的浆果。这些火鸡和欧洲的品种大不相同，它们的体形更大，羽毛是青灰色的，颈部、背部和翅尖处的羽毛闪着红铜色光泽，在阳光的映照下显得金灿灿的。这些野生的火鸡喜欢集群活动，夜晚它们蹲坐于林中最高的树上，黎明时分它们的打鸣声便从这些高大的树木顶端传出。一旦太阳升起后，它们就立刻停止了叫声，飞到下面的树林中去了。

我们起了个大早，想趁着清晨凉爽的时候赶路。我们把行李搬到木舟上，就扬帆起航了。河岸两边的高地是成片的树林，叶子的颜色多种多样，折射出你能想象到的所有颜色：从绯红色到绛红色，从深黄色到亮黄色，从红棕色到浅棕色，还有绿色、白色、天蓝色等等等等，深一点或浅一点，就是一种新的颜色，可谓是千变万化。近处，斑驳的色彩仿佛由一面棱镜折射而出。而远处那峡谷的通幽曲径间，万般色彩渐隐于天鹅绒般的背景里。林木的形态各异，然而看起来却协调有加：一些树的枝叶伸展成

① 我保留了这些年轻时的情感抒发，相信读者是会见谅的。——原注

扇形，一些好似高耸的圆锥体，一些膨胀成球形，还有一些酷似金字塔形。得赏此番景色，可谓幸甚至哉，实在不必用拙劣之笔描绘这一刻。

上午 10 点

我们乘船徐徐前进。此时微风渐渐隐去，河道也开始变窄，天气开始转阴。

正午

我们没法再乘坐木舟继续往高处走，得变换旅行方式了。于是我们把木舟拖上河岸，带好口粮、武器和夜晚保暖用的皮毛，便徒步向着树林走去。

下午 3 点

谁人能形容踏入这片树林的感受呢？这些形成于世界伊始的树林，似乎还停留在上帝用双手初创世界时的样子，让人真切地体会到创世纪的意味。阳光从树林上空洒下，透过层层树叶，给幽幽树林抹上一笔飘忽变幻的明暗色调，让万物都变得奇妙而魅力无穷。一些老树倒在地上，其枝干处又萌发了新芽，你常常得从这些横卧的树上翻过去。我到处寻找着出路，却怎么也找不到，只好向着一束强光走去，一路上，我穿过草丛，经过荨麻地，踏过苔藓、藤蔓以及腐烂发霉的菜蔬，我原想着可以就此走出树林，不想最后却来到一片空地（那空地显然是由几棵倒下的松树而形成的）。我只好继续往前走，这时林中再次变暗，一眼望去，只能看到橡树和胡桃树的树干，棵棵相连，越远处的树干仿佛离得越近。所谓无尽之路，大抵如此吧。

6点

看见另有一处光亮，我于是朝着那光亮走去，却发现那不过是另一处空地。这里比周围的树林更让人悲从中来，因为这是一片古老的印第安人坟场。让我暂且在这个大自然的隐秘之地与充斥着死亡气息的地方稍事休息。我多愿在此长眠不醒，难道还有比这个庇护之地更好的地方吗？

7点

既然找不到走出树林的路，我们只好在林中露宿。燃起的篝火映得老远，在篝火附近的那些树，叶子给火光照着，看起来就像是在鲜血中浸染过一样，树干则像是红色大理石柱子。远处的那些树，火光几乎照不到，它们在树林深处影影绰绰，仿佛是沿着夜幕边缘排起来的白色幽灵。

午夜时分

篝火渐渐燃尽，火圈越来越小。我仔细聆听，一股让人毛骨悚然的沉寂笼罩着树林，你会说这里只有寂静与寂静为伴。我细细听着，想在这片如墓地般的林中听到些许生命的迹象。听！何处传来一声叹息？原来这叹息来自我的同伴，他熟睡着，梦中却不知经历了何般苦痛。你活着，你就要受苦，人皆如此！

凌晨12点30分

寂静还在延续。这时，朽木折断的声音突然划破了夜晚的天空，在林中引起巨大的回响，仿佛惊醒了千百种声音。不久，声音渐渐减弱，消失在不知何处的远方，寂静再次笼住了这片荒野。

凌晨 1 点

林中起风了。风吹过树梢，抚过我的头顶，弄得树枝哗哗作响，左右摇摆，好似一波海浪冲到岸边，碎成悲伤的泪花。

仿佛一石激起千层浪，声音顿时此起彼伏，树林好似奏响了和声。轻音乐从绿色的华盖中飘出，这是风琴奏出的乐曲吗？短暂的休止符之后，天籁之音再次响起，每一处都传来轻声絮语，絮语之中又夹杂着声声倾诉。每一片树叶都叙说着各自的语言，每一片草叶都是一个特殊的音符。

这时忽然传来一声闷响，原来是一只牛蛙在模仿牛的哞哞声。那些隐蔽在林中各个角落的蝙蝠，倒挂在树枝上，发出单调而一致的尖叫声，你会以为这是一声丧钟引发的连绵不断的哭丧声。一切的一切都给我们一种死亡的印象，这或许是因为死亡就源自生命的最深处。

上午 10 点

我们继续赶路，来到一处河水满溢的峡谷。一棵棵柳栎的枝丫与芦苇丛彼此相连，正好形成一个天然的木桥，让我们得以蹚过这片泥沼地，来到一座树木葱郁的小山下。我们在山脚生火做饭，打算待会儿爬上山头，好看看我们要找的河流在哪儿。

1 点

我们又要上路了。山上的红松鸡将是一顿不错的野味。

道路变得非常狭窄，树木也渐渐稀少，石楠灌丛爬满了岩壁。山路险滑，十分难走。

6 点

终于登上了山顶。俯瞰山下，只能看到树冠的叶子。偶有几处断崖绝壁，孑然独立于这片绿色的海洋之上，犹如浮出海面的礁石。一副狗的尸骨挂在松树枝上，应该是印第安人给这片荒地的神灵献上的祭品。一股湍流从脚下奔流而过，不一会儿就汇入了一条小河。

凌晨 4 点

夜静得出奇。我们决定返回木舟那里，因为实在找不到穿过这片树林的路。

9 点

一棵老松树浑身上下缠满了旋花藤，还挂着伞状的大蘑菇，我们在这棵树下吃了早饭。待在这里，我们不得不用浓烟来不停地驱赶蚊子，要是没有蚊子的话，这里可真是个舒服的好地方。向导告诉我们，我们要迎来一群客人，他们现在离这里大概有两小时的路程。向导们敏锐的听力真是惊人，不少印第安人只要把耳朵贴在地面上，就能听见四五个小时路程之外其他印第安人的脚步声。大概两个小时之后，果真来了一群野蛮人，他们大声叫喊着以示欢迎，我们也开心地回应着。

正午

我们的客人告诉我们，他们两天之前就听见我们的脚步声了，而且他们知道我们是白人，因为我们走路时发出的声响比红皮肤的印第安人要大。我于是打听为什么会有这种差别，他们解释道，这是由于各自在林中行进的方式不同：一方面，白人的步伐重；另一方面，在林中跋涉时，欧洲人常常绕弯，而印第安人则走直线。

这群印第安人由两个女人、一个孩子和三个男人组成。我们一起返回木舟那里，在岸边点起篝火。两伙人互帮互助，印第安女人帮大家做晚饭，烤了鲜美的虹鳟鱼和一只大火鸡，我们一帮男人则坐在一起抽烟聊天。明天，客人们会帮我们把木舟搬到离这里五英里远的河里去。

这篇日志到此就结束了。接下来有一页单独的手记，向我们展现了阿巴拉契亚山脉独特的风景。现在便附上这一页手记的内容。

阿尔卑斯山脉和比利牛斯山脉山岚堆叠，峰峦交错，山顶积雪覆盖，耸于云霄之上。阿巴拉契亚山脉则并非如此，它西北侧的悬崖峭壁犹如利斧劈开，又似几千法尺的高墙，发端于此的河流倾泻而下，形成俄亥俄河和密西西比河。在这巨大的悬崖绝壁上，几条小径随水流蜿蜒其间。小径和水流的两边生长着一种松树，松树的叶子呈海青色，淡紫色的树干上爬满了一团团黑色的苔藓。从山脉的东南侧看去，几乎看不出一点山脉的样子，没有争相崛起的层峦叠嶂，有的只是缓缓下降的坡面，由山顶延伸至大西洋岸边。河流自山顶流经海岸，润泽着岸边的土地，形成了葱郁的树林。林中依稀可见常绿橡树、枫树、胡桃树、栗子树、松树、冷杉、香枫、玉兰树等，还有上千种开花的灌木。

在这篇简短的日志片段之后，有一段相当长的叙述，记录了经由俄亥俄河和密西西比河，从匹兹堡抵达纳契的经历。这段叙述首先介绍的是俄亥俄的古迹。在《基督教真谛》一书中，我用一段文字和一条注释简单介绍了这些古迹。不过，我下边将要给诸位讲述的，与我那时所写的内容大不相同。[1]

请张开想象的翅膀：在一片巨大开阔的空地，散落着一些城防和建筑的遗迹，其中有四种类型的建筑最引人注目，分别是方形炮台、圆形炮台、半月形炮台和墓地。方形炮台、圆形炮台和半月形炮台建造得十分规整，沟渠既宽且深，边上是倾斜的防护土墙。

墓地呈圆形，有些坟墓已经掘开，在其中一个坟墓的最底下，躺着一个由四块石头垒成的棺材，里面还有人的尸骨。在这个棺材上方，还有一个棺材，里面也躺着一副骨架。棺材这样一个个叠起来，形成金字塔形，有二三十法尺高。

这些建筑不可能出自现代的美洲民族之手，建造它们的民族，肯定拥有着比墨西哥人和秘鲁人更先进的技艺。

那么它们是出自现代欧洲人之手吗？费尔南多·德·索托[2]曾在很久之前闯入过佛罗里达，除此之外，我再也找不到有关其他人曾经来过的记录。然而索托最远也只到了莫比尔河一处支流边的契卡索人村落。再者，如果他真的带着手下的一群西班牙人

---

① 在我写了那本文论之后，科学家们和美国古文物协会发表了《俄亥俄古迹回忆录》。他们对以下两方面很感兴趣。首先，他们记录了当地印第安部落的习俗，还提到这些印第安部落都声称他们在欧洲人发现美洲之前的一两个世纪（据我们推断），便从西部来到了大西洋沿岸。在一路的长途跋涉中，尤其是在俄亥俄河沿岸一带，他们打败了许许多多的民族。其次，美国的科学家和学者们在《回忆录》中还提到了在坟墓中发现的一些部落崇拜，这些崇拜具有纯粹的亚细亚特征。可以肯定的是，在俄亥俄河和密西西比河的河谷中，曾生活着一个比现在这些美洲野蛮人更开化的民族。这一文明是何时没落的，又是怎样消亡的呢？这一点我们永远无法知道了。这本《回忆录》写得很好，只可惜知者甚少，我把其具体内容附在了本卷的末尾。——原注

② 费尔南多·德·索托（1499？～1542年），西班牙探险家，首先深入北美大陆的欧洲殖民者。

找到了这里，最后又怎么会放弃这片土地呢？这点很难说通。

难道是古老的迦太基人和腓尼基人，在绕过非洲前往锡岛的商旅途中，被狂风带到了美洲大陆之上？果真如此的话，在他们继续向大陆西边深入之前，应该会在大西洋沿岸建造临时的居所，那么在弗吉尼亚、佐治亚和佛罗里达一带，我们为何又找不到他们曾经在此生活的任何痕迹呢？而且，不管是腓尼基人还是迦太基人，都不会以俄亥俄河古迹的这种方式来埋葬逝者。埃及人的丧葬方式倒有几分相似，然而埃及人会用香料把死尸做成木乃伊，这些美洲的坟墓却并没有这样做。要说美洲这里香料匮乏的话，也不尽然，这里香脂、樟脑和盐随处可见。

也许，柏拉图口中的亚特兰蒂斯①真的存在过？抑或，在上古时代，非洲和美洲是同一块大陆？不管怎样，在这片荒原之上，曾居住着一个我们毫不了解的民族，一个比现在的印第安部落要先进得多的民族。这是怎样一个民族呢？是何种力量让他们彻底消亡的？又是何时消亡的呢？一个个疑问让我们仿佛置身浩瀚的历史长河，眼看众多民族淹没其中，如梦又似幻。

我提到的那些建筑位于大迈阿密河和马斯金格姆河的河口处，毗邻通墓湾和赛欧托河的支流。赛欧托河沿岸的建筑一直延伸至俄亥俄河，要走两个小时才能看完。在田纳西的肯塔基一带，置身塞米诺人的部落，每走一步，都能看见这些建筑的遗迹。

印第安人的各个部落都一致认为，自先祖从西边来到这里以

---

① 传说中拥有高度文明的古老大陆、国家或城邦之名，最早的描述出现于古希腊哲学家柏拉图的著作《对话录》里，据称其在公元前一万年被史前大洪水毁灭。

后，时至今日，俄亥俄河的建筑就一直还保持着最初的样子。不过，关于印第安人自西向东迁徙的时间，各个部落却众口不一。譬如，契卡索人认为，在不到两个世纪之前，他们来到了这片筑满炮台的树林。他们的迁徙之路走了七年，每年只有一次迁徙活动。这一大规模的迁徙源于西班牙人的节节入侵，不过他们撤退时悄悄偷走了西班牙人的马匹。

另外的一个版本则认为，俄亥俄河沿岸的建筑是由“白种”印第安人建造的。据“红种”印第安人说，这些“白种”印第安人来自东边，当他们离开无边的巨湖（指海洋）时，穿得就跟现在的白人一样。

从这个不太可信的传说中衍生出一个故事，讲的是1170年间，威尔士亲王奥根（也许是他的儿子马多克）同很多子民一起登上轮船①，最后在西方的一片未知土地登陆。然而，假如是这些威尔士人的后代建造了俄亥俄河的那些建筑，那么他们的技艺又怎么会逐渐失传，以至最后退化成印第安人那样，终日漂泊于树林之中呢？

此外还有一种说法：在密苏里河的源头建起了很多军事围墙，就像俄亥俄河岸的那些炮台一样，许许多多的开化民族就住在里边。这些民族饲养马匹等家畜，还建起了城镇和公路，甚至推选国王来进行统治。②

---

① 这不过是冰岛萨迦史诗的另一个版本。——原注

② 密苏里河的源头如今我们已经知道，那里除了野蛮人之外，并没有其他民族。我们不妨在这些传说中再加一个关于教堂的故事。一个“白种”印第安人的教堂里发现了一本《圣经》，然而这些印第安人的文字已经失传，因此他们看不懂《圣经》。除此之外，俄罗斯人在美洲西北部的殖民活动，也许解释了为什么在密苏里河的源头会出现白种人。——原注

关于这片荒野上遗留的古迹，印第安人宗教中的说法与历史中的说法并不一致。他们说，在这些建筑当中有一个洞穴，这洞穴便是伟大神灵的栖身之所，正是在这洞穴之中，神灵创造了契卡索人。那时，这里还是一片汪洋，于是神灵垒起了土墙，让契卡索人待在土墙上，便不会被海水打湿了。

接下来，让我们看一看有关俄亥俄河的描述吧。俄亥俄河是由莫农加希拉河和阿勒格尼河汇流而成的。莫农加希拉河发端于南部的阿巴拉契亚山脉，更确切地说，是阿巴拉契亚山脉东部的蓝岭。阿勒格尼河发端于北方的山岭，这山岭横亘在伊利湖和安大略湖之间，仅有一条很短的运输通道把阿勒格尼河与伊利湖连通起来。两条河在迪尤肯堡（如今我们称之为匹兹堡）汇合，汇合处位于一座煤山的脚下。在汇合以后，两条河各自失去了自己的名字，这条新形成的河流就被称作俄亥俄河，意思是“美丽的河”，这个名字对它来说再合适不过了。

沿路有六十多条小河带着充沛的河水注入俄亥俄河。美洲东部和南部的高地将水源分流，一部分河流流入大西洋，另一部分则注入俄亥俄河，进而又汇入密西西比河（俄亥俄河乃是密西西比河的支流）。来自西边和北边的小河从山间流下，一面注入加拿大的湖泊，另一面则注入俄亥俄河和密西西比河。

俄亥俄河流经的地方，大体来说就是一个宽阔的山谷，两旁的山峰高度相当，然而顺流而下时，细处的景色又多有不同。

没有什么地方比俄亥俄河润泽的这片土地更加肥沃的了。河岸两旁群山林立，生长着红松林、月桂林、桃金娘树和糖枫林，还有四种不同的橡树品种。胡桃树、欧洲朴树、白蜡树和山茱萸装点着山谷。泥沼中则长着桦树、杨树和落羽杉。印第安人用杨树皮做衣服，把桦树的嫩皮当食物吃，他们收集桤木的汁液治疗发烧并驱赶毒蛇，以橡木为弓箭，用白蜡树做木舟。

这里的草木种类繁多，不过数量最多的还是七八法尺高的野牛草，以及众多的三叶草、野生燕麦、野生稻米和木蓝。

在这片沃土之下五六法尺深的地方，常常能看见白色的岩基，它们可是霉菌的绝好温床。然而到了密西西比河流域，土壤表层往往是一层坚硬的黑土，其下是颜色各异的石灰岩，再往下则是一大片落羽杉树林，深埋于泥土之中。

据说，在沙农河畔水下 200 法尺深的河道内雕刻着文字。人们由此断定说，从前河水只没到刻有文字的地方，某些民族经过河边时，便刻下了这些神秘的字母。

俄亥俄河一带的温度和气候急剧变化。在卡那威附近，不再有落羽杉和檫树，而橡树林和榆树林则生长得异常繁茂。万物都呈现出一种别样的色调，草地的颜色有所加深，透着一股晦暗的绿色。

据说，在这条河附近只有两个季节。十一月时，树木的叶子纷纷掉落，西北风呼啸而至，很快便迎来降雪，预示着冬季的来临。这时的天气干冷但十分晴朗，如此一直延续至次年三月。随后，西北风变成了东北风，不出两星期，原本浓霜覆盖的树木就开出了花朵。这时的春季和随后的夏季几乎没什么差别。

沿岸的猎物十分充足。花鸭子、蓝朱雀、红雀和紫金翅雀在绿色的海洋中格外显眼，棕榈鬼鸮发出如同拉锯一般尖利的叫声，反舌鸟发出猫一样的叫声，鹦鹉从附近的居民那里学了几句人话，就不停地在林子里炫耀。这里的大部分鸟类都以昆虫为食，主要觅食的有烟草天蛾绿色的幼虫，桑树上的桑白毛虫，萤火虫和水蛛。不过鹦鹉总是成群地飞到田地里，偷吃田间的粮食。有规定说，人们每捉到一只鹦鹉就能得到一份奖励，同样，每捉到一只松鼠也能得到一份奖励。

俄亥俄河中的鱼类同密西西比河相差无几。河里经常能捕到重达 30 ～ 35 磅的鳟鱼，还有一种吻呈扁平桨状的鱼，名为桨吻鲟。

在俄亥俄河顺流而下时，会经过一条叫作“巨骨舔盐地”的小河。在美洲，人们把呈白色且非常湿润的河岸土地叫作舔盐地，因为野牛喜欢前来舔舐土壤中的盐分，把地面舔出一个个小坑。野牛们的排泄物和岸边的白土混在一起，就像一块块石灰石。野牛之所以常常来舔舐这里的盐分，是因为它们在反刍时，吃进去的草在胃中摩擦，时常导致胃绞痛，而这些盐分能够缓解胃痛。然而，俄亥俄河岸边的土壤尝起来淡而无味，并不太咸。

这条小河的舔盐地算是我们遇到过的比较大的舔盐地，野牛们踏过草地踩出宽宽的一条路来，如果不知道这路是这些极温和的动物踩出的，肯定会吓一跳的。这片舔盐地曾出土过一只猛犸象的半副尸骨，其大腿骨重达 70 磅，肋骨仅弯曲部分就长达 7 法尺，头骨也有 3 法尺宽，臼齿长 8 法寸，宽 5 法寸，而象牙从根部到齿尖足有 14 法寸。

在智利和俄国也曾出土过类似的猛犸象化石。鞑靼人说，在他们的土地上仍然生活着猛犸象，就在众多河流的河口处。还有人说，猎人们曾一路把它们赶到密西西比河以西的地方。然而各种迹象表明这种动物已经灭绝了。如果说它们真的灭绝了，那么在气候如此不同距离又如此遥远的各个国家，这种大毁灭是何时发生的呢？我们对此一无所知，却一味地叩问上帝为何这样对待他所创造的作品！

巨骨舔盐地距离肯塔基河约三十英里，离俄亥俄急流将近 800 英里。肯塔基河的两岸是高耸的悬崖峭壁。沿河一带有不少值得一看的景物，不论是山路、泉水、溶洞，还是溶洞中的暗湖。山路是野牛踩踏形成的，自岸边峭壁的山顶一直延伸至山脚。泉水富含油砂，可以像油一样点燃。溶洞中装饰着天然形成的石柱，洞中还有一个不知通往何处的暗湖。

在肯塔基河与俄亥俄河的交汇处，景色尤其壮美。乘一叶扁舟顺水漂流，你会发现河岸的岩石上，一只只狍子正好奇地盯着你。有些年头的老松树扎根在两岸的峭壁之上，树干水平地伸到水面之上。平原的嘴角上挂着笑容，那笑脸望也望不到边。树林翠绿的屏障遮住了半边群山，远方只剩山顶依稀可辨。

这片风光旖旎的土地就叫作肯塔基，名字由肯塔基河而来，意即“血河”。竟有人给此番美景赋予了如此不祥的名字！两百多年来，切罗基人与易洛魁人一直在抢占这片狩猎之地。此外，肖诺人、迈阿密人、皮安基恰沃伊人、韦伊奥人、卡斯卡斯基亚人、特拉华人、伊利诺伊人，也纷纷加入了抢夺之战。在连年的争战中，没有哪一个印第安部落胆敢在此定居。这片山谷地带位于阿勒格尼山脉以西，那时，阿勒格尼山脉被称为无穷山，又叫基塔廷尼山（即蓝岭山脉）。直到 1752 年左右，欧洲移民才开始认识到这里并非不祥之地。身为传教士的夏洛瓦曾在 1720 年提到过俄亥俄河。那时，莫农加希拉河和阿勒格尼河汇流成俄亥俄河的地方，即迪尤肯堡（如今的匹兹堡），已经成了法国的领地。1752 年，路易 · 埃文斯绘制了俄亥俄河和肯塔基河交汇处的地图。1754 年，詹姆斯 · 麦克布莱德游历了这一地带。1757 年，琼斯 · 芬利也进入这里进行考察。1769 年，布恩上校又对这里进行了全面而详尽的考察，并于 1775 年携家人一同定居此地。据说，伍德博士和西蒙 · 肯顿是最先经由匹兹堡到达密西西比河的欧洲人。出于强烈的民族自尊心，印第安人宣称美国西部的广大领土大部分是由他们发现的。但是，我们不能忘记，北边加拿大地区的法国人，以及南边路易斯安那地区的法国人，早在印第安人之前就已经踏足这些地方。而来自美洲东海岸的印第安人，在其后的很长一段时间里，受克里克人和西班牙人联盟的限制，一直都无法向西推进。

1791 年，来自宾夕法尼亚、弗吉尼亚和卡罗来纳的移民开始在这里定居。此外，自法国大革命爆发伊始就避难于此的一些法国同胞，也渐渐在这里扎下根来。

在这沿河一带，欧洲移民的后代与印第安人的后代相比，会是更加文明和自由的吗？难道不是欧洲人把印第安人的后代屠杀殆尽的吗？在这片人类曾以完全自由之身漫步其间的荒野上，如今不是只有奴隶们面朝黄土背朝天，忍受着主子无尽的鞭笞吗？这里开阔的棚屋和筑满鸟巢的高大橡树，如今不是全给监狱和绞架替代了吗？这片肥沃的土地，如今不又兴起了新的战争吗？肯塔基将不再是流血之地吗？人类在俄亥俄河两岸竖起的建筑将比自然之景更美吗？

从肯塔基到俄亥俄急流，大概有 80 英里。一块岩石延伸至水下的河床，河水流经此地就形成了急流。其实急流并不危险，一英里的距离内，落差才不过四五法尺。在急流中央的一些小岛把河水分成了两股。顺流而下时，船能够轻松穿过，然而溯流而上时，就不得不卸掉船上的部分重量了。

在急流处，俄亥俄河有一英里宽。当船儿在水面劈波斩浪时，我顿时被远处的一座小岛吸引了过去。小岛在急流的下游，岛上是成片的榆树林，爬满了藤蔓。

急流的北边是一个三面环山的河湾，取名银湾。靠近水面的那陡峭的岩壁，在俄亥俄河激起的浪花反复冲刷下，变得十分平整，红色的岩石表面还点缀着些植物。一座座小山围着河湾层层排开，山顶仿佛戴着绿色桂冠，越远处的山显得越发高耸。在阳光的映照下，最远处的山峦叠秀染上了天空般的颜色，仿佛消失于天际。

急流的南边是一片辽阔的草原和一些小树林。放眼望去尽是野牛，这边几头懒洋洋地蜷在草地上，那边几头信步而行，近处的几头顾自吃着青草，远处的几头聚在一起，犄角相对。阳光映照的水面卷起金色的波纹，清风拂面之处激起雪白的浪花，而薄云遮日时，急流则呈灰暗色调，一波波地翻滚向前。

急流的尽头兀自凸起一个石岛。洪泛季节，小岛就会淹没在水面以下。据说这个石质的小岛是独一无二的，因为附近的河岸都不是这种石质的。

从急流到沃巴什河口约有 316 英里。沃巴什河通过一段 9 英里的水道与迈阿密湖贯通起来，而迈阿密湖又把湖水注入伊利湖。沃巴什两岸山势高耸，岸边曾发现过银矿。

距沃巴什河口 90 英里处有一片沼泽，再沿俄亥俄河往前 56 英里就到了黄滩。这时，左手边出现两条河流的河口，彼此相距 18 英里左右。

这第一条河叫作切罗基河，又名田纳西河。它的源头便是将卡罗来纳和佐治亚与其西边的土地分隔开的山脉。切罗基河形成于山脚下，并自东向西流去，气势凶猛，水流甚是湍急。不久，它忽然掉头往北，吸收了几条分支的河水后河面渐渐变宽，于是它又减慢了流速，就像匆匆赶路行了 400 里格的人，不得不稍事休息一样。河口处达到 600 法寻宽，更有一处河湾约有一里格宽，人称巨湾。

这第二条河叫作沙瓦诺河，又名坎伯兰河，是切罗基河的兄弟河流。它和切罗基河诞生于同一山脉，并与之一齐流经山下的平原地带。行至半路，它不得不与田纳西河就此分别，独自奔赴荒原地带。不过，这两兄弟河流在尽头处再次互相靠拢，最终共同注入俄亥俄河。

这两条河流途经的地方尽是山地和峡谷。众多河流纵横交错，滋养着这片土地。在坎伯兰河沿岸，也有芦苇丛生的平原和几处广袤的沼泽，野牛和狍子就漫步其间。这里仍然是野蛮人的天地，有数量众多的切罗基人，而且随处可见印第安人的坟场，萧瑟之中，足可想见古时这片荒野的繁盛之景。

我前面提到过，从俄亥俄河的巨沼到黄滩约有 56 英里。黄滩位于俄亥俄河的北岸，因河岸呈黄色而得名。北岸的河水较深，因此我们挨着黄滩这一侧行驶。俄亥俄河几乎到处都有两种河岸，水量充沛的时候，河岸就是我们现在见到的这样，而干旱时节水面下降，又会出现另一种河岸。

从黄滩至俄亥俄河汇入密西西比河的地方（北纬 36° 51′），估计有 35 英里。

要想了解俄亥俄河是怎样汇入密西西比河的，不妨设想你正由离密西西比河东岸不远的一座小岛出发，想要进入俄亥俄河。左手边，你能瞥见密西西比河正裹着滚滚波涛往西方奔流；右手边，俄亥俄河的水面如同水晶般清澈透亮，平滑如镜，自北向南缓缓流动，弯出一个优美的弧度。在大多数时节，两条河的汇合处能达到两英里宽。两河的水量相当，彼此相遇时，由于流向不同，互相产生的阻力削弱了对方的流速。如此一来，这一处大概几里格的汇合地仿佛是一张大床，让两条河心生睡意，放慢了脚步。

两条河的交汇处形成了一个高出水面约二十法尺的沙洲。沙洲由泥沙堆积而成，上面长满了野生大麻，还有一种蔓藤，有些沿地面生长，有些则攀到野牛草细长的茎秆上。在这片形似舌头的沙洲上还生长着冬青栎，不过在河水陡涨之时，那些冬青栎往往没在水中难得一见。这时，两条河泛滥的河水汇于一处，宛如一面巨湖。

密苏里河与密西西比河交汇处，其景色更为奇特。密苏里河流势汹汹，白色的河水裹挟着泥沙，泻入清澈平静的密西西比河。春天，密苏里河从河岸两边卷走大片的土地，这些冲走的土地像浮岛一样顺水漂流，岛上还连着一棵棵树，有些枝繁叶茂，有些满树银花，有些挺拔，有些倾倒，场面蔚为壮观。

从俄亥俄河口到密西西比河东岸的铁矿区只有不到 50 英里远，从铁矿区再到契卡索河口约有 67 英里。再走 104 英里，就到了马吉特山，马吉特河就发源于此。这一带的物产十分丰盈。

为什么在原始的生活中能找到如许的魅力呢？为何连最理智的人也开始纵情于奔跑追逐的喧哗声中呢？搭建自己的小屋，生起自家的篝火，在河边为自己做一顿菜肴，时而在林中徜徉，时而外出打猎，其中定有极大的乐趣。倘若让一千个欧洲人尝到这种乐趣，从此他们便不会再满足于任何其他的乐趣；倘若把印第安人置于我们的城市，他们会遗憾而死。这就表明人更向往灵动，而不是静思冥想。人对物质的需求极少，简单的灵魂就是幸福的不竭源泉。

从马吉特河到圣弗朗西斯河有 70 英里。圣弗朗西斯是一个法语名，河周围至今仍是猎人相约狩猎的好地方。

从圣弗朗西斯河到阿肯色河，估算约有 108 英里。阿肯色人对我们仍然有很深的感情，在所有欧洲人中，我们法国人是最受印第安人欢迎的，这是因为法国人生性开朗，聪慧勇敢，爱好狩猎，最喜原始生活，一句话，顶级文明最与原始自然惺惺相惜。

阿肯色河有450英里长，可乘木舟溯流而上，沿途经过一片富庶之地，河的源头似乎藏身于新墨西哥的山脉之中。

阿肯色河与亚祖河相距158英里。亚祖河河口处有100法寻宽，在雨季，大型船只可以从河口处往上游回溯80英里远，再往前到了飞瀑激流处，就不得不转成陆路运输了。以前，亚祖人、乔克托人和契卡索人分别住在亚祖河的各个支流附近，亚祖人还与纳契人结成了一个部落。

从亚祖人到纳契人之间的距离分成这样几段：从亚祖人的聚居地到黑河有39英里，从黑河到石河之间有30英里，从石河到纳契人的聚居地又有10英里。

从亚祖人的聚居地到黑河的这一段岛屿众多，河道也十分曲折。水面宽约2英里，水深将近10法寻。从新奥尔良到俄亥俄河口的直线距离只有460英里，然而走密西西比河的话却要856英里。如果把迂回的河道改直，能缩短至少250英里的航程。

从密西西比河河口到石河之间建有不少采石场，我们在黑河和石河之间就遇到几处，石河便因此而得名。

密西西比河一年有两次季节性的洪泛期，春秋各一次。春季的那次尤其严重，自五月开始，到六月才结束。河水的流速能达到每小时五英里，并且以差不多的速度回流。由此可见大自然的馈赠是多么慷慨啊！虽然如此，然而河水的回溯让船只几乎无法向上游行驶①。在此期间，猛涨的河水淹没了河岸，就像尼罗河的河水那样，没过土地，浸入土壤中，留下了肥沃的淤泥。

第二次汛期始自十月的雨水期，但水量不如春季那次大。秋

---

① 如今蒸汽轮船已经克服了逆流航行的困难。——原注

季这次，密西西比河日夜怒吼着，汹涌的波涛卷起大量的浮木，水速通常能达到每小时两英里。

密西西比河从新奥尔良到俄亥俄的这一段，左侧河岸山峦起伏，地势较高，不过群山离河岸还有一段距离，岸边有时延绵着几英里宽的草原。峰峦峥嵘，岩崖错落，有时彼此相隔甚远，围成半圆形（其间的山谷仿佛生长有千百种树木），有时又层叠在一起，形成一个个悬水而立的岬角。密西西比河右侧的河岸则是平坦而单调的沼泽地，在疯长的绿色和黄色芦苇中，几头野牛欢快地蹦跳，其间的小水塘星罗棋布，里面栖息着众多水鸟。

河水滋养着这里的土地。大黄、棉花树、木蓝、藏红花、野漆树、檫树、野亚麻遍地都是。有一种蚕能吐出很坚韧的蚕丝。小溪边，淤泥带来了硕大的珍珠母贝，可惜珍珠的光泽不太细腻。附近还发现了一处水银矿、一处青金石矿以及一些铁矿。

手记接下来的部分是关于纳契人部落的介绍，当然也包括密西西比河至新奥尔良一带的景色。这些描述已全部收录在《纳契人》一书中。

之后便是关于路易斯安那的介绍，这部分手记摘自《巴特拉姆游记》[①]，由我对巴特拉姆的原书进行了细致的翻译。不过，在这些摘译当中，我自己做了些改动，把原书有误的地方予以了更正，又加入了自己的见闻和感想，进行了一些补充，就像拉蒙在翻译考克斯的《瑞士游记》时那样加了很多注释。不过我的作品整体性更强，连我都分不出哪些是我自己的内容，哪些又是巴特拉姆的内容。现在我就把这部分内容原样呈现给诸位。

---

① 由威廉·巴特拉姆（1739～1823 年）所著。巴特拉姆是一名美国博物学家，他所写的《巴特拉姆游记》是一部记录早期美国自然历史的重要著作。

佛罗里达内陆几处景点的介绍

清风拂面，我们乘舟前行。眼前徐徐展现出一汪湖水，环湖一周约九里格，河水渐渐汇入湖面之中。湖中央拱起三个小岛，我们于是向着最大的那个岛划去，清晨八点钟，就踏上了最大的那个湖岛。

小岛的岸线十分圆滑。我们把船停泊在几棵栗子树下，那些栗子树的树根几乎没在湖水里了。我们在一处小高地搭起棚屋。东风阵阵，给湖面和岛上的树林送来舒爽的气息。一行人吃了些玉米面蛋糕，就各自散去，有的去林中打猎，有的去湖边捕鱼，还有的去采集植物标本了。

我发现了一种木槿的品种。这种高大的木本植物生长在低洼潮湿的地方，高度能达到 10 ～ 12 法尺，树冠呈尖锥形，叶子平滑而略有细纹，在木槿花红色花朵的映衬下，引睇遥望，清晰可辨。

湖水的含盐量很高，狭叶龙舌兰在这盐水般的滋养下长得愈发茂密，仿佛 30 法尺高的绿色幕布从空中垂下。龙舌兰成熟的种子有时会在母株上发育，因此，当新生植株脱离母株时，已基本长成。这里的龙舌兰常常近水生长，结出的种子如果被岛上的溪流冲走，就无法发芽，于是大自然教给这些古老的植物一种防御的本领，让种子脱离母株的花朵时，已经能够通过幼根抓牢土地而不至于被水流冲走。

岛上莎草繁茂。这种莎草，其细长的茎秆有如芦苇一般，叶子又似韭葱的叶子，野蛮人管它们叫长毛地榆。赤裸的印第安女人把这种草放在两块石头之间碾碎，然后把汁液涂到乳房和双臂上。

我们越过一片草地，地上布满了开黄花的千里光，开红花的蜀葵，以及开紫花的半边莲。阵阵轻风拂过，草地顿时激起层层波浪，那波纹有金色的，有玫红色的，还有紫色的。有时和风又会把植株纷纷吹倒在地，仿佛犁出了一排排深沟。

塞内卡蛇根草最喜这种湿润的土地。无论是形状还是颜色，它们都像极了红柳的嫩芽，尝起来则有一种芳香而略带苦涩的味道。一些蛇根草的枝干垂在地上，另一些则伸向空中。蛇根草周围还长有卡罗来纳旋花，其叶状如箭头。只要有响尾蛇出没的地方，就生长有这两种植物。蛇根草能够治疗响尾蛇的咬伤，而旋花更加厉害，印第安人只要把它们涂在手上，就能赤手捉蛇而不被咬伤。印第安人告诉我们，因为同情双腿赤裸的红皮肤勇士，伟大的神灵不顾毒蛇的抗议，亲自种下了这些救命的植物。

我们在大树的根部发现了弗吉尼亚蛇根草，还看见一种治疗牙痛的树，其多刺的枝干上挂着鸽蛋大小的树瘤，还有能治疗肝病的蔓越莓，它红色的果实埋在苔藓之中。此外还有一种能驱赶毒蛇的黑桤木，在漂着锈菌的死水中长得高大而挺拔。

忽然间，一处印第安人的遗址映入眼帘，让我们始料未及。这处遗址位于湖边的山丘上，左边有一个约 40 ～ 45 法尺高的圆锥形土堆，一条羊肠古道从土堆蜿蜒而出，经过一片苍翠的木兰和常绿橡树林，最后延伸至一块草地。那里遍地散落着瓶瓶罐罐的碎片，混杂着动植物化石、贝壳和动物的骨头。

这片隐在荒野之中的人类遗迹，在我们到来之前大概无人知晓，它透出的沧桑与大自然焕发的活力形成强烈的对比，让人身心都为之触动。哪个民族曾安身于这座荒岛之上呢？他们的姓氏，他们的族群，以及他们生活的年代，都不为人知。或许，在三大洲都还未发现这片大陆的存在时，他们就已经生活在这里了。又或许，这个安静的部落与聒噪的欧洲民族诞生于同一时代，斗转星移间，这些聒噪也归于沉寂，只留给后人一片废墟。

我们仔细观察着这些遗迹。沙石掩埋的墓地只剩断壁残垣，但其间却绽放着一种玫红色的罂粟花，那花朵压得浅绿色茎秆微微倾斜。印第安人能从这种罂粟的块根中提炼出一种烈酒，此外，它的茎秆和花朵还散发出迷人的香气，触摸后留在手上的香气久久不散。这种植物似乎天生就是来装饰野蛮人墓地的，它的根部催人入睡，它的香气比花朵本身更持久，更能象征这片荒野上关于淳朴生活的美好回忆。

我们一边走着，一边细细观察沿路的苔藓，垂下的野草，蓬乱的灌丛，以及一些散发着忧郁气息且总喜欢长在废墟中的植物。我们发现了一种月见草，有七八法尺高，长着椭圆形的锯齿状叶子，叶子呈深绿色，花朵是黄色的。夜晚，月见草的花蕾开始绽放，过程持续一整晚，第二天清晨，花朵就完全展开了。然而未及中午，花朵就开始枯萎，正午时分就从茎上脱落。它的生命只有数小时长，但仅有的这几小时，它是在宁静的苍穹之下度过的，那么它短暂的一生又有什么值得遗憾的呢？

几步之遥处有一片含羞草，野蛮人之歌中常把少女的灵魂比作这种敏感的植物。[①]

---

① 以上这些段落都是当时的我根据自身经历写成的，然而随着史学的发展，我不得不承认，现在的我不会再认为亚拉巴马的印第安人遗迹有那么古老了。——原注

返回宿营地的途中，我们蹚过一条小溪。小溪的两岸长满了捕蝇草，还有数不清的蜉蝣到处嗡嗡作响。蓊郁的捕蝇草丛中，三种不同颜色的蝴蝶轻盈起舞，一种有如雪花石膏般洁白，一种有如松鸡般乌黑，翅膀夹杂着黄色条纹，还有一种尾部分叉，四只金色的翅膀上带有蓝色条纹和紫色斑点。它们被捕蝇草吸引过来，打算在叶子上歇息片刻，不想还未落稳，叶子就闭合起来，将它们困作笼中之囚。

一回到棚屋，我们就动身去捉鱼了。打猎时手气不佳，只好捉鱼来吃。我们坐上木舟，带好渔网和鱼线，向着小岛的东岸划去。岸边长满了海草，岬角上草木繁茂。这里的鳟鱼真是贪婪，鱼钩上什么鱼饵也没有，它们就轻松上钩了。水中盛产一种叫作金鱼的肉食鱼类，没有什么能比这种小巧的水中之王更漂亮的了。它长 5 法寸有余，头部呈天青色，两侧和腹部闪耀着火一般的颜色，体侧中央各有一条褐色的纵纹，大大的眼泡闪烁着金子般的光芒。

岸边不远处，在一片落羽杉树下，一些金字塔形的小泥丘探出水面，而一群金鱼正悄悄地向着这些小城堡游过来。霎时，水面涌出大量气泡，吓得金鱼落荒而逃。一只只受到惊扰的大闸蟹从水中浮了上来，击溃了狡猾的敌人，然而逃走的金鱼部队很快重整旗鼓，再次向大闸蟹发起攻击，把大闸蟹层层包围，逼得它们不得不就此让步，于是这些行动迟缓的勇武守卫只好重新退守城堡之中。

一条鳄鱼浮出水面，仿佛一截漂浮的树干。鳟鱼、白斑狗鱼、黄鲈、黑鲈、鳊鱼、石首鱼和金鱼，彼此互为天敌，却混居同一汪湖水中，天蓝色的湖水也被它们渲染得多姿多彩。不过它们此刻似乎达成了停战协议，以便共享这曼妙的夜色。湖水特别清澈，仿佛能用指尖触到水下的生灵，此刻它们正在20法尺深的水晶洞内尽情嬉闹。

为了回到宿营的小溪边，我们只须让小船在轻风的拂动下顺流而行。日已西斜，离我们最近的是常绿橡树和杜鹃花。橡树那水平生长的树枝好似一顶宝盖，而杜鹃花则有如成簇的珊瑚，发出夺目的光彩。

再远一点是傲然挺立的番木瓜树。它们简直美得无与伦比，笔挺的树干高达20～25法尺，灰色的树皮上有很深的纹路，狭长的叶子叶脉分明，枝叶伸展有如古代陶瓶优雅的S形。梨形的果实绕着树干排列，乍一看，你会觉得那是人造水晶。整棵树看起来就像雕花的银柱，顶端放着科林斯式的柱头。

最远处的木兰和枫香树直插云端。

太阳慢慢消失在树的屏风之后，光影交错，赋予这片风景一种梦幻般的格调。时而有一丝光线悄悄钻进大树的华盖，仿佛一颗镶嵌在暗叶之上的红宝石；时而又有一束光线被枝干打散，在草地上映出一片斑驳。空中的云朵色彩万千，有些一动不动，好似巨大的岬角，又如急流险滩处古老的灯塔；一些仿佛玫瑰色的轻烟，袅袅升腾；更有一些似丝如絮，团团簇簇随风而动。

天色瞬息万变。转眼间，天边出现了赤焰熔炉喷薄的炉口，还有那奔流而下的炽热熔岩，好一片激情燃烧的风景！同一抹色彩彼此交叠却互不干扰，火焰之中舞动着火焰，淡黄之中孕育着淡黄，淡紫之中糅合着淡紫。一切都是那么绚烂，一切都裹在光线之中，浸在光线之中。

然而，大自然给人类的笔触开了个玩笑，当你以为她已展现出自己最美的一面时，她却嫣然一笑，秀出更美丽的身姿。

左手边是印第安人的遗址，右手边是宿营的棚屋，眼前则是岛上由湖水雕琢而成的风景。东方的明月亲吻着地平线，静静地依偎在远方的山头。西方的苍穹似乎变成了闪烁着钻石和蓝宝石的海洋，把西斜的夕阳也没入水中。

野兽们也像我们一样，被眼前这宏伟的景色吸引过来。鳄鱼朝着落日张开大口，吐出五彩的水柱。鹈鹕蹲在一处枯萎的树枝上，用自己的方式歌颂着造物主。白鹮也冲上云端，高声赞美着造物主。

而我们更要赞美你，造就这万般奇景的寰宇之主！地球在你的指挥下旋转，天空敞开的大门已被你关闭。人类的声音同荒野的声音互相交织，但你能从地球的和声与天空的狂啸声中听出人类母亲那孱弱孩儿的嗓音。

回到岛上后，我做了一道拿手好菜：新鲜的鳟鱼，配上调味的蔓越莓。这道菜毫不逊色于国王餐桌上的大餐，可见我比国王的待遇更高。假使命运把我送上国王的宝座，而一场革命又将我推翻，那时，我不会像查理一世或詹姆士二世那样在欧洲过着苟延残喘的生活，我会对那些觊觎王权的人说："你渴望我的位置，那么就当一回国王试试吧，你会发现国王的日子并不好过。你们为了我的旧王袍而互相残杀，而我宁愿去美洲丛林中享受你们赏给我的自由。"

晚餐时来了一位邻居。原来在一个好似水獭巢穴的洞里，住着一只乌龟。这位隐士从陋室中钻出，沿着湖边悠然而行，神态甚是威严。这些乌龟和海龟很不一样，它们的脖子比海龟更长。我们格外小心，不去惊扰这位安详的岛中女王。

晚饭过后，我来到岸边席地而坐。岛上静悄悄的，唯有湖水冲刷湖岸的哗哗声。萤火虫随水声翩翩起舞，树荫里的那些闪着冷光，月光下的这些又仿佛藏起了光芒。我进入了一种游人都体会过的出神状态，忘掉了自身过往的一切，觉得自己与天地万物融为一体，同花草树木没有分别。这也许是人类最惬意的生命状态，因为人在快乐之时，于快乐之中也总夹杂着一丝苦涩，正所谓“乐极生悲”。而游人的这种出神状态，在让人头脑空白的同时，恰恰让其内心充盈满溢，于是你才得以静静地享受生命。思想总喜欢搅扰上帝赐予我们的幸福，灵魂原本平和而静谧，唯思想让人躁动不安。

佛罗里达的野蛮人告诉我们，在一个湖的湖心处有一座小岛，岛上住的全是世间最美丽的姑娘。马斯科吉人一直想征服这座仙岛，然而在他们的木舟抵达小岛之前，这片乐土的美人儿就逃走了，最后竟不知所踪。这真是我们浪费时间追逐虚幻妄想的天然写照。这片土地之上或许还有青春之泉，那些幻想能重获青春的人，可否愿意孜孜找寻？

次日黎明，我们离开了小岛，荡舟返回来时的那条河。河里潜伏着凯门鳄。若在河岸上，这些动物并不危险，连小孩子走得也比它们快许多。然而到了水中，尤其是人类停船上岸之时，它们是极具危险性的。因此，为了防止凯门鳄的袭击，人们通常会点燃河边的水草和芦苇，如此一来，大片的水面好似长起了火焰般的头发，景象尤为奇特。

这里的成年鳄鱼从头至尾可达 20 ～ 24 法尺长，整个躯体看上去有一匹马那么大。这种短吻鳄长得跟胎生蜥蜴很像，只是它的尾巴左右扁平，好似鱼尾。除了头部和四肢之外，它周身覆盖着厚厚的鳞片，连枪弹也无法穿透。它的头部有 3 法寸长，口鼻很宽，上颚灵活，能与下颚成直角张开，上颚还长着两只犹如豪猪獠牙一样的巨大尖齿，看起来十分骇人。

雌性凯门鳄在陆地产下白色的鳄鱼蛋，然后用水草和泥土掩盖起来，它们在阳光的照射和泥土的温润下慢慢孵化。雌鳄产蛋的数量有时能达到上百个，堆起来的鳄鱼蛋在泥土的掩盖下仿佛一座小山头，有4法尺高，底部直径更是达到了5法尺。对于雌鳄来说，不管是不是自己产下的蛋，它都会悉心保护。看着鳄鱼正在像柏拉图在《理想国》中描绘的那样集体抚养后代，真是妙不可言。

天气异常闷热，我们在泥沼中费力地前行。太阳把填在木舟缝隙的树脂烤化了，于是木舟开始漏水。北边不时涌来阵阵热浪，不过同行的猎手们预言说一场暴风雨即将来临。老鼠在长满常绿橡树的河岸窜来窜去，蚊子成群结队地叮咬我们，我们来时的地方还出现了光晕。

晚上我们没搭棚屋，一行人就在泥沼边将就了一夜，当然睡得很不舒服。月亮和周围的一切都笼罩在红色的雾气之中。第二天清晨依旧无风，我们再次起航，希望能在几英里远的地方遇到印第安人的村落。然而，才走不久，就很难继续溯河而上了，于是我们不得不在一处草木幽翳的岬角靠岸。登上岬角后，视野顿时开阔起来，只见大片的浓云自西北边的地平线翻滚而出，渐入天际。我们开始捡拾树枝，打算在暴雨来临前搭个最结实的帐篷。

转眼间，乌云蔽日，雷声滚滚。鳄鱼发出低沉的吼声，好似另一声闷雷。一片巨大的云层吞噬了东方的半边天，西边则透着半透明的青灰色，偶有闪电划过，给天空留下一抹最炫的亮色，把荒野照得宛若白昼。暴雨憋足了劲儿，随时都可能倾盆而下，那景象无比壮观。

风暴呼啸而至，此刻仿佛置身火海一般。你可知道，这无水之海是火的海洋，这无风之浪是火的烈焰。空中弥漫着刺鼻的硫黄味，熊熊火焰仿佛把大自然都引燃了。

瞬时，无边的天瀑倾泻而下，上吻黑云，下蹈黄土，化成一片水做的屏风。

印第安人认为雷声其实是空中巨鸟的打斗声，在一位老人的帮助下，巨鸟的口中吐出一条条火蛇。为了证明自己的说法，他们会指给你看那些被雷电击中的树木，树干上就留有蛇形的痕迹。雷电常常会引燃树林，那时，熊熊大火持续蔓延，火势烧到河边才逐渐减弱。随着时间的推移，那些烧尽的树林慢慢化成湖泊和池沼。

风雨雷电中传来杓鹬的叫声，似乎预示着暴风雨的结束。狂风尽情撕扯着乌云，剩下片片残云漫天飘零，唯有雷电还紧随其后。凉爽的空气中泛着回响，此刻，暴雨山洪已不见了踪影，只有粒粒珍珠般的水滴自叶尖滚落。木舟里的雨水溢到了船舷，舟中的渔网和生活用具纷纷浮了上来。

克里克部落联盟（包括马斯科吉人、塞米诺人和切罗基人）居住的土地透着独特的魅力。一片片水洼星罗棋布，宽窄深浅各异，这里的人们亲切地称之为“井”。它们在地下汲取湖泊、沼泽和河流之水，每一口井都位于一座小山头的中央，山头的树最是优雅，井中的鱼最是亮丽。从侧面看去，这些井仿佛一个个盛满清水的罐子。

雨季，这里成片的草原摇身一变成了湖泊，刚刚提到的那些小山头则成了湖中的小岛。

湖边的群山之上，有一个塞米诺人的村落，叫作卡库斯维拉。山间的小路布满碎石，村落高出山下的湖泊 400 法寻。一片松林稀稀落落，唯有树冠相连，拱如天棚，把城镇和湖泊分隔开来。从好似石柱的树干之间望去，棚屋和湖泊依稀可见，湖岸的一侧与松林相接，另一侧则是成片的草场。我们听说，从朱庇特神庙的石柱之间望去，也能如此这般看到雅典的废墟。[①]

这里的城镇叫作阿巴拉契科拉，你绞尽脑汁也想不出哪里能比这座和平之城的郊外更加美丽。从查特胡奇河开始，地势逐渐升高，犹如拾阶而上的层层梯田，一直延伸至西边的地平线。

当你拾级而上时，随着海拔渐高，树木的种类不断变化。长在河岸的是柳栎、月桂和木兰树。再往上，出现了檫树和法国梧桐。最上层则是枝叶扶疏的橡树林，其中的一种橡树上还挂着长条状的白色苔藓。穿过这片树林，就只剩裸露的奇峰怪石了。

潺潺溪涧自山石之间蜿蜒而下，有时轻轻抚过花草，有时飞泻而下，宛若条条水晶丝带。当游人从查特胡奇河的另一侧河岸抬头仰望时，他们往往会把山顶鬼斧神工的奇岩怪石当成是自然的神殿，而这层层梯田，则成了通往神殿那高耸入云的阶梯。

在这圆形斗兽场的最底层是辽阔的平原，成群的欧洲长角牛、西班牙马、鹿、鹤和火鸡在到处觅食，给这片绿色的幕布缀上黑色和白色的花纹。在这里，野生动物与家畜和平相处，塞米诺人的棚屋于蒙昧中显出文明的进步，这一切无不赋予这片景色独一无二的味道。

这篇纪行（其实也就是游历地点之手札）到此就结束了。不过，手札中还详细记录了印第安人的不少风俗习惯。我把这部分手札细细梳理并整理归类，让其各成一章。自从那次美洲旅行之后，已过了 36 个年头，我们的认识在不断扩展深化，而新旧大陆也经历了许多变化，因此有必要改正手札中过时的观点和看法。

---

① 日后我去希腊时就曾这样眺望过。——原注

野蛮人的习俗

有两种方法可以描述北美的野蛮人，我们既可以说这两种方法都很忠实于事实，也可以说两种方法都与事实相差甚远。这第一种方法单单介绍他们的律法和民俗，而不涉及他们那些怪异的习俗，因为这些往往让文明人感到不适。如此一来，你只看到印第安人严酷无情的律法和充满魅力的民族，便认为他们与希腊和罗马人无异。

这第二种方法却是忽略了他们的律法和民俗，而只展现他们的生活习惯。这样一来，你所看到的全是烟雾缭绕、肮脏不堪的棚屋，简直是某种猩猩的老窝，只不过这些猩猩会讲人话罢了。古罗马诗人希多尼乌斯·阿波黎纳里斯曾抱怨说，自己不得不“听日耳曼人讲那种刺耳的语言，还要与用黄油梳头的勃艮第人来往”。

不知道老加图[①]在萨宾的住所是不是比易洛魁人的棚屋干净许多呢？在这点上，知识渊博的贺拉斯[②]或许也说不清。

如果我们把北美所有的野蛮人都描述成一个样子，那无异于

---

① 指马尔库斯·波尔基乌斯·加图（前 234 ～前 149 年），罗马共和国时期的政治家和演说家，为人清贫节俭。一般称其为老加图，以与其曾孙小加图区别。

② 指昆图斯·贺拉提乌斯·弗拉库斯（前 65 ～前 8 年），古罗马诗人和批评家。

以偏概全。路易斯安那和佛罗里达的野蛮人与加拿大的野蛮人之间就有很大的差异。但我也无法给每个部落都写一部历史，只好把自己对印第安人的了解全部记录下来，并冠以如下标题：

“婚嫁、生儿育女和丧葬仪式”，“丰收、节日、舞蹈和游戏”，“年历、时辰的划分和自然历”，“医药”，“语言”，“狩猎”，“战争”，“宗教”，“政府”。

下面我就把美洲大地的风貌呈现给诸位。

婚嫁、生儿育女和丧葬仪式

野蛮人有两种婚嫁习俗。

第一种由男女双方自愿达成婚约，婚期可长可短，由两人共同约定。当婚约到期之时，双方便分道扬镳。公元8～9世纪时，欧洲的合法同居就与此类似。

第二种也需要由男女双方约定成婚，但还有家长的参与。这种情况尽管不像第一种那样要约定婚期的长短，但也是可以离婚的。人们注意到，对印第安人来说，更具合法性质的第二种婚嫁方式更受女孩和老男人的欢迎，而第一种在老女人和年轻男性之间更普遍。

野蛮人决定缔结合法婚约时，他就和父亲一起去向女方的父母提亲。父亲穿上从未穿过的新衣，头顶戴上新羽毛，把脸上的旧涂料洗掉，然后涂上新的颜色，还要更换鼻环和耳环。他右手握着鸟尾羽毛装饰的烟斗，烟锅须是白色，而烟杆则是蓝色；左手手持一把未上弦的弓，就像拿着一根棍子。儿子紧随其后，背上熊皮、海狸皮和鹿皮，拿上两条项链，每条穿了四排珠子，还用笼子装了一只活斑鸠。

提亲者首先拜访女方最年长的族人，他们走进这人的屋里，坐在他面前的垫子上，然后年轻勇士的父亲便开始与他交谈。“这是毛皮，”父亲说道，“还有两条项链、蓝色烟斗和斑鸠，向您的女儿求婚。”

如果对方收下了礼物，婚事就成了，因为祖父（也就是部族最年长的酋长）的意见比女方父亲的意见更重要。野蛮人中，年龄就象征着权威，人越老，影响力越大。在这些人看来，神力来自不死的伟大神灵。

有时，即使老酋长收下了礼物，也并不意味着他就十分满意这门婚事。接过烟斗时，老族长会连吸三口烟，如果他吞下了第一口烟，就意味着对婚事无条件同意，而如果吐出第一口烟，就是告诉提亲者自己对婚事持保留意见。

离开老酋长的棚屋，父子两人还要前往女孩和女孩母亲家中。如果女孩做了不吉利的梦，她就会非常害怕。不吉之梦往往会出现神灵、祖宗和自己的部落，而如果出现摇篮、鸟儿和雌鹿、雌兔、母羊等雌性动物，则是大吉。不过，有一种可靠的方法能够让人不做凶梦，那就是把一串红色项链戴在一尊丑陋的橡木雕塑的脖颈上。不仅印第安人这么做、这么想，文明国度里的人们也是如此。

在初次求婚之后，整件事似乎就被人遗忘了，婚约很久之后才能达成。耐心是野蛮人非常推崇的品格，即便危险已迫在眉睫，一切也要照旧。敌人逼近自家门口时，如果哪位勇士不继续在阳光下盘腿而坐，平静地吸着烟斗，就会被认为是“老女人”。

虽然年轻人有如此狂热的爱欲，但他只能装出不动声色的样子，静待对方家里的安排。

根据惯例，新婚夫妇首先要住进老酋长的家中，不过很多情况下没法这么做。这时，新郎就得搭建自己的棚屋，而地址通常会选在隐蔽的峡谷中，靠近山泉或溪涧，还得有树林的荫庇。

就像荷马笔下的英雄，所有的野蛮人都会治病，都会做饭，还擅长木工。在打造新婚居所时，他们先是在地上竖起四根棍子，每根周长 1 法尺，高 12 法尺，构成长 20 法尺、宽 18 法尺的长方形的四角，棍顶留有榫槽来连接横梁。然后，他们在棍子和横梁之间砌上泥巴，这样就构成了房屋的四壁。

在两面纵向的墙壁中留出两个通口，一个用作棚屋的大门，另一个通向结构类似但面积略小的一间里屋。

求婚者需要自己打造新婚居所的地基，不过剩下的活计会有同伴的帮忙。他们唱着歌跳着舞，送来砌墙的木质工具以及用大型四肢动物的肩胛骨做成的铲子。他们与这位同伴大声击掌，还骑到他肩膀上拿他结婚这事儿打趣，然后帮他一起盖好棚屋。

他们爬到垒好的墙顶，用桦树皮和玉米秆搭起屋顶，然后把红色的稀泥、黇鹿的鹿毛与野生燕麦切碎的麦秆搅在一起，抹到里外的墙上。在外屋的中央或者角落里，同伴们插上五根长竿，周围缠上干草，并以石灰泥覆盖。这一圆筒状的构造与屋顶的圆孔相连，起着烟囱的作用。干活期间，求婚者的同伴们还要不停地揶揄他，唱歌挖苦他。大多数歌谣都很粗俗，不过有些却很有格调。比如下面这首：

隐婵娟以孤云兮，
美人娇靥带怯；
诘彼何以含羞兮，
洞房鬓发尤系；
掩玉颜以绯纱兮，
匿身形而不现；
觅秋波以玩赏兮，
吾侪乐乎此态。

锤子的敲击声，铲子的沙沙声，树枝的噼啪声，伴着笑声、喧哗声和同伴的歌声，传到很远之外的村子里，于是各家各户都走出村子，加入这欢乐的队伍之中。

棚屋外壁完成后，内壁还要涂一层石灰泥，如果周围缺少石灰，就用黏土代替。屋里的地面要除草，之后，同伴们在潮湿的土壤上载歌载舞，很快就能把地面踩得光滑而平整。最后把灯芯草垫铺于地面和内壁上，几小时的工夫，棚屋就盖好了。在这桦树皮盖的屋檐下，往往有比宫殿里更多的幸福。

次日，求婚者把自己所有的家具和食物都搬到新居来，有垫子、凳子、陶瓶、木瓶、煮锅、水桶、熊肉、鹿肉火腿、干蛋糕、玉米捆、野果、草药等。有些可以挂到墙上，有些放在架子里，玉米和燕麦则保存在垫有芦苇秆的地洞中。捕鱼、打猎、战争和农事的工具，如捕兽器、棕榈树皮织成的渔网、海狸牙齿做成的鱼钩、弓箭、斧头、刀具、火器、火药筒、奇奇库埃鼓、手鼓、横笛、烟斗、狍子的筋、桦树和桑树皮做的布、羽毛、珍珠、红蓝黑三色的项链、鞣制或带毛的皮毛，这些就是棚屋中的宝贝。

婚礼前的一星期，新郎要到净化殿中去。这是一间独立的建筑，新娘每月要在这里待上三四天，分娩时也会来这里。这一星期，新郎会外出打猎，杀死猎物后他要把它们留在原地，留待新娘拿到父母家中，用作婚宴的食材。如果打猎时运气不错，就是吉利的预兆。

大喜之日，巫师和大酋长也应邀前来。一群年轻的勇士来到新郎家中，另一群活泼的姑娘则来到新娘家中。新郎新娘插着最美丽的羽毛，戴着最漂亮的项链，身披最油亮鲜艳的皮毛。

沿着方向相反的两条路，两队人陪伴着新郎和新娘同时抵达老酋长的棚屋。棚屋背面开了二扇门，新郎走进其中的一扇门，而新娘则迈进另一扇门。部族的酋长们一个个口衔烟斗，端坐于棚屋之中。新婚夫妇碰面后，一起坐到棚屋角落的兽皮上。

伴郎和伴娘两队人都不进门，待新婚夫妇进屋之后，他们便开始在屋外跳起欢庆的舞蹈。妙龄的姑娘们手握木锹，模仿耕地的各种动作，而年轻的勇士们则紧握猎弓，守卫着姑娘们。突然，一伙敌人从林中冲出，想要抢走姑娘，吓得姑娘们纷纷扔下木锹，四下躲避。危急关头，她们的勇士挺身而出，同假扮的敌人展开战斗，最终击退了入侵者。

紧接着这场表演的则是生动活泼的情景模仿，分别展现了家庭生活、家务劳动和居家消遣的场景，涵盖了家庭中母亲的各种角色。最后，表演者们围成圆圈，姑娘们转身朝向顺时针的方向，年轻的勇士们则朝向逆时针的方向，结束了这场盛大的演出。

表演完毕，婚宴就要开始了。宴会的菜肴分别是汤、猎物、玉米面蛋糕、蔓越莓（一种水果）、五月果（一种草结出的果实）、鱼、烤肉和烤鸟。大葫芦用来盛枫汁和腰果汁，而山毛榉木做成的小茶杯则用来盛冬青茶（一种类似咖啡的热饮）。宴请的规模由菜品之丰盛便可见一斑。

婚宴结束后，宾客纷纷散去，只留下十二个人，即六位新郎部族的酋长和六位新娘家中的主妇，他们仍然待在棚屋里。这十二人席地而坐，围成一大一小两个同心圆，所有人共同横握一根六法尺长的芦苇杆。芦苇杆上绘有各种象形文字，这些文字记录着新婚夫妇的年龄和参加婚礼的日期。新郎右手握着狍蹄，新娘左手托着一捆玉米。新郎一家人献给新娘的礼物摆在新娘的脚边，其中有一整套服饰，包括桑树皮做的裙子和胸衣，鸟羽或貂皮做成的斗篷，饰有刺猬毛的莫卡辛鞋，贝壳手链，以及戴在鼻头和耳朵上的圆环或珍珠。

除了这套服饰，还有一个芦苇做成的婴儿床，一些点火用的燧石和干蘑菇，一顶煮肉用的锅，一条捆重物的皮带和一堆生火的木柴。婴儿床让年轻妻子的心为之一动，她顺从地瞧着这些象征着家务琐事的东西，并没有被煮锅和皮带吓倒。

新郎也要接受一场特别的训导。一把斧头，一张弯弓，一只船桨，这些东西预示着他的责任，即抗击敌人、外出狩猎和驾船捕鱼。有些部落还会用一种行动迅捷、眨眼即逝的绿色蜥蜴和一个盛满枯叶的篮筐来警示新郎，暗示他时光易逝，人终一死。印第安人通过象征的手法来揭示人生的道理，指明大自然赋予她每位子民的使命。

新婚夫妇来到十二位亲属围成的同心圆中间，宣誓愿共结连理。然后，最老的酋长会把 6 法尺长的芦苇秆截成 12 段，分给每位在场的见证者一截。日后，如果夫妻俩打算离婚，每位结婚证人就要把自己的那截芦苇秆交出来，予以烧毁。

此刻，伴娘们又唱起歌来，陪着新娘前往新婚居所，年轻的勇士们则陪着新郎赶往那里。宾客们纷纷回到各自的村子，把衣服撕碎扔到河里，烧掉一部分食物，算是向神灵献祭。

在欧洲，人们结婚是为了逃避征兵。而在美洲，如果不曾为部落征战过，野蛮人就不能结婚。如若男人不能证明自己有能力保护后代，那么他就不算是一个合格的父亲。由于这一阳刚的风俗，勇士直到婚礼当天才开始受到部落的尊敬。

印第安人允许一夫多妻，有时也会出现一妻多夫的情况。有些原始的部落让陌生人享用他们的妻子和女儿，这并非淫乱之举，而恰恰反映出他们深切的苦恼：他们只是迫于无奈才出此下策，希望通过改变父系的族血来使家族转运。

但凡遇见黑人男子，西北部的野蛮人就会千方百计地让其为部落繁衍后代。他们认为黑人乃邪恶的灵魂，因此希望让他在野蛮人中间得到净化，以便收服这黑色的魔鬼，并繁衍出部落的守护者。

以前，如果发现妻子有通奸行为，休伦人便会砍掉她们的鼻子，好让她们把罪行永远挂在脸上。

夫妻离婚时，孩子会判给母亲，野蛮人说这是因为在动物之中，总是由雌性来抚养后代。

倘若妻子在结婚当年就怀了孕，会被认为是纵欲的表现。有时候，她不得不喝下芸香汁来毁掉子宫中早产的果实。不过，矛盾之处就在于，女人只有成为母亲后，才会受到敬重。作为母亲，女人会受邀参加部落的集会，她生的孩子越多，尤其是男孩越多，就越会受人尊敬。

丈夫丧偶后，如果妻子有姐妹的话，就娶妻子的姐妹为妻。同样，妻子丧夫后，也会嫁给丈夫的兄弟。这像极了雅典的法律。育有很多孩子的寡妇会有众多追求者。

一旦显露出怀孕的征兆，夫妻之间就不得再有任何交欢。到了怀孕第九个月的月底，妻子便前往净化殿，接受主妇的照料。任何男人，包括丈夫在内，统统不得踏入殿内。分娩后，如果生的是女孩，妻子会在殿内继续住上 30 天；如果生的是男孩，则会继续待上 40 天。

父亲得知孩子降生后，便带上和平烟斗，烟杆缠上野葡萄藤，兴冲冲地向家里人汇报这一喜事。他先去妻子的亲戚家，因为孩子总归是属于母亲的，随后再前往最年长的酋长家。到了酋长家里，他便向着东南西北四个方向分别吐出四口烟，并把烟斗递给酋长，告诉他说："我的妻子当妈妈了！"老酋长接过烟斗抽起来，最后他拿开烟斗，询问道："是一位勇士吗？"

如果回答是肯定的，老酋长就向着太阳连吐三口烟，如果回答是否定的，就只吐一口烟。然后由老酋长领着父亲庄严地巡视一番，距离远近则视孩子的性别而定。当野蛮人成为父亲时，他在部落的身份就重要得多了，因为父亲的身份意味着男人的威严。

在净化殿中净化三四十天后，母亲就该回家了。亲戚们聚在家里来给孩子取名，先由一位祭司或巫师点燃篝火，待到火焰熄灭后，把灰烬撒到空中，然后再堆上新的木柴。这时，祭司或巫师手握引火棍，准备重新点火。木柴周围还会撒上泉水来加以净化。

不一会儿，年轻的母亲穿一身新衣，独自朝棚屋走来。她不能穿戴任何旧衣服。她露出左边的乳房，并把一丝不挂的婴儿紧紧搂在怀里，只见她把一只脚迈到门槛上。

就在这时，祭司点燃柴堆，于是父亲走上前来，从妻子手中接过孩子。他先认一眼孩子，然后立刻高呼这孩子是自己的骨肉。在某些部落，这一仪式只允许那些与孩子同一性别的亲戚参加。父亲亲吻孩子后便将孩子递给老酋长，然后把孩子传给其他亲戚，让所有人都抱一抱孩子，祭司和主妇也给孩子送上深深的祝福。

随后就该给孩子取名了。母亲还在棚屋的门槛处，通常，每个家庭有三四个名字轮换使用，不过取名时，只考虑母亲的家人所使用的名字。在野蛮人的观念里，赋予婴儿灵魂的是父亲，而母亲仅能给予婴儿一副躯壳，[①]因此他们觉得应该给婴儿的身体

---

① 详见《纳契人》一书的介绍。

取个母系的名字。

倘若选取母亲家中最老的名字（比如外祖母的名字）来给孩子取名，无疑能给孩子带来特殊的荣誉。从取好名的那一刻起，孩子就取代了与其同名的老人的地位。呼唤名字之时，这一名字原本所代表的部族关系将会转移给孩子，因此，孩子的叔叔可以叫这位小外甥“外祖母”。这一风俗看似荒唐，实则感人至深。这样做可以说是让祖先死而复生了，它让人们在娇弱的新生儿身上看到了老祖宗孱弱的身影，它连接起生命的两极和家庭的始终，通过在子孙后代中重现祖先的身份，赋予祖先一种不朽的生命，它让母亲想起自己小时候是怎样在老母亲的照料下成长的，这种孝意让母爱越发强烈，做母亲的于是就会倍加关爱自己的孩子。

取完名字之后，母亲才迈进棚屋。这时，孩子重新递给她，此后就只属于她的怀抱。母亲把婴儿放到婴儿床里，这床是由一小片极轻的木板做成的，上面铺有一层干苔藓或是野棉花。母亲把光着身子的婴儿放到床上，然后把床上两条柔软的皮带裹在婴儿身上，如此既能防止婴儿滚落，又不妨碍其身体活动。床上方靠近婴儿头部的地方挂着一个圆环，环上垂下一层薄纱，用来隔绝蚊虫，并给小生命提供阴凉。

我已在别处提到过印第安母亲[①]，描述过她是怎样抚养孩子，怎样把孩子们挂在树枝上，给他们唱歌，对他们说话，哄他们入睡，把他们叫醒，又是怎样哀悼夭折的孩子，怎样把乳汁洒于坟头的草皮，怎样从坟头的花朵收集孩子的灵魂。

介绍了婚嫁与生子之后，理应谈谈生命的完结篇：死亡。由

---

① 参见《阿达拉》《基督教真谛》《纳契人》。

于我已多次描述过野蛮人丧葬的情景，所以对于这一话题我几乎词穷意尽。

我不会重复《阿达拉》和《纳契人》中提到过的关于怎样给逝者穿衣打扮，以及怎样同逝者交谈的部分。我只补充一点：对于所有部落而言，在亲人去世时尽散家财是一种例行的风俗。逝者的家人邀请宾客前来参加丧礼酒宴，并把家中的财产赠予客人。他们还必须把家中的食物全部吃光饮尽。日出时，要朝着放在桦树棺材里的遗体放声号哭，日落时哭声会再次响起，如此持续三日，第三日夜晚再将遗体下葬，并给坟墓堆起坟头。如果逝者是一位著名的勇士，坟墓的位置还会插一根漆红的木桩作为标记。

有些部落，逝者的亲人还会弄伤自己的臂膊和腿。在他们那里，日出和日落的哀号往往要持续一个月，每逢逝日也会用同样的哀号来纪念死者，如此数年不断。

野蛮人冬季出猎时，如果不幸遇难，同伴们会把他的遗体放在树枝上风干，直到众人狩猎结束返回村落后，才举行遗体告别仪式。以前，莫斯科大公国也采取这种做法。

根据亲缘的远近、逝者的地位、年龄以及性别，印第安人对已故之人采取不同的祷告和纪念仪式，此外，还定期掘尸来举行集体悼念仪式。

为何美洲的野蛮人是地球上所有民族中对死者的敬意最为深切的呢？在民族危难之际，他们最先想到的是如何保护坟墓中的骸骨。对印第安人来说，地里葬着谁家祖先的遗体，谁才算这片土地的合法所有者。印第安人在为自己的所有权辩护时，总是用这个在他们看来坚不可摧的理由，“难道我们要对祖宗的骸骨说，‘起来，跟我们前往未知之地’吗？”如果这一理由不被接受，他们会怎么做呢？他们会带着骸骨上路。

这种崇拜骸骨并将其神圣化的做法，其背后的动机显而易见。文明国家有文学之丰碑和艺术之回廊，他们建造城市、殿堂、尖塔、石柱以及方尖碑，农田里有他们犁过的沟壑，铜器和大理石上錾刻着他们的姓名，年鉴中也书写着他们的沧桑变迁。

而这些东西，野蛮人一样也没有。他们不会把名字刻在林中的树上；他们的棚屋几小时就可以搭好，也很快便会凋敝；他们犁地的木锹只能在地表轻轻划过，根本无法翻出垄沟；他们的经典歌谣，随着最后的歌声和记忆的消失而失传。因此，对于新大陆的部落来说，坟墓便是他们唯一拥有的纪念物，夺走野蛮人祖先的骸骨，就是夺走了他们的历史、法律和神灵，就是夺走了他们曾经存在的明证以及他们一无所有的过去。

丰收、节日、采集枫糖、捕鱼、舞蹈及游戏

丰　收

我们认为这些野蛮人从不向土地索取什么，这完全是误解。没错，他们大都以狩猎为生，但其实他们每人都会一些农事，都知道如何通过播种和栽树来维持生活。如今建起了佐治亚州、田纳西州、亚拉巴马州和密西西比州的肥沃之地，过去曾是野蛮人的地盘。从他们懂得农耕一事来看，他们的文明程度要比加拿大的野蛮人更高。

对野蛮人而言，每次集体耕作都是他们的节日。当冬日的最后一层寒霜褪去之后，塞米诺族、契卡索族和纳契族的女人们，便手握胡桃木锹，头顶盛有玉米粒、西瓜籽、豆子和葵花籽的篮筐，结伴来到公共田地里。田地通常位于易守难攻之地，例如两河之间的狭长地带和四面环山的盆地。

女人们在田边站成排，开始用木锹翻土。

前边的人利落地把旧土翻新，后边的人随即在松过的土里播种。豆子和玉米粒可以撒在一起，因为玉米秆正好可以支撑爬蔓的豆角秧。

年轻的姑娘们负责用黑色的腐殖土铺好苗床，并在苗床上播种葫芦和向日葵，最后在苗床四周点燃湿木，通过烟熏来促进种子的萌发。

与此同时，酋长和巫师们在一旁督促着，年轻的小伙则在田地周围来回巡逻并大声地驱赶害鸟。

节 日

每年的6月是玉米节，人们大量采摘还未灌完浆的玉米粒，然后用这些鲜嫩的玉米粒制作一种叫作“托索曼诺尼”的蛋糕，用作打仗和狩猎时的食物。

玉米棒要放在泉水里煮，煮至半熟时捞出，置于无火的木炭上烤。当玉米棒微微泛红时，人们就把玉米粒剥下，放入“普达缸”（一种木臼）中，加水舂捣。捣碎成泥后，把泥团切成片，放在太阳下晒干，这样就能存放很长时间。食用时，只需把切片泡在水中、椰汁或枫汁中，就可作为一种营养而可口的食物。

纳契人最重要的节日是“新火节”。每逢大丰收，人们就会在这一天祭拜太阳。对这些与墨西哥帝国接壤的各个部落而言，太阳便是最大的神。

一名传令官吹着海螺，走遍各个村落，大声宣告道：

“请每家每户准备好崭新的酒杯和从未穿过的新衣，净化自家的棚屋，把陈旧的种子、衣物和餐具扔到村中央的火堆里烧掉，酋长要赦免作奸犯科者并忘掉他们的罪行。”

在大地给予我们丰厚馈赠之时，对同胞实行特赦，共邀快乐与不幸之人，无罪和有罪之人，一齐享受大自然的盛宴，这体现了人类古朴的原始本性，实在令人感动。

次日，那传令官再次现身，宣告接下来的72小时为斋戒期，期间禁止任何形式的欢娱作乐，同时，他会发给每人“净化之药”。所有的纳契人还要服下几滴从“血根”中提取的汁液。“血根”其实是一种车前草的根部，从中提取的红色汁液有强烈的催吐效果。在三天的禁欲和祷告中，人们须保持绝对的肃静，还要尽力排除尘世的杂念，一心专注神灵，因为是他让树上的果实和茎秆的玉米变得成熟。

第三日末尾，传令官宣告节日将于次日黎明到来。

天边刚现出一丝鱼肚白，年轻的姑娘和勇士们，还有主妇和酋长们，就走在了露珠闪烁的小路上。太阳神庙是一座东西朝向的巨大建筑，通过东西两扇门来采光，这里便是集会的地方。神庙的东门敞开着，庙里的四壁和地上铺着绘有各种象形文字的精致垫子，盛有部落大酋长的骸骨的篮筐整齐地摆放在内，如同我们那些哥特式教堂内的坟墓。

一个神坛向东而设，以便沐浴朝阳的第一缕光芒。神坛上放着一尊“鼠鼠阿查”（即负鼠）的雕像，这种动物有乳猪那么大，毛皮似獾，尾似大鼠，爪似猴，雌鼠的腹部还有一个养育幼崽的育儿袋。负鼠雕像的右边是一条响尾蛇雕像，左边是雕工粗糙而丑陋的人像。雕像前摆放着一个石瓶，瓶中的橡木冒着火苗，火苗只有在新火节（又叫丰收节）的前夜才可以熄灭，其他时候都要保持不灭。神坛周围还放着新鲜的水果，人们则按照如下顺序参拜神庙：

大酋长（即太阳神）位列神坛右侧，女酋长居于神坛左侧，她是唯一一位能够进入圣所的女性。太阳神的右边分别有两位战酋，两位负责缔结合约的长官，以及主要的酋长。女酋长的左边依次坐着负责维护公共建筑的市政官，四名预报节日的传令官，以及年轻的勇士们。神坛前的地面上用一截截干芦苇圈成一个个同心圆，最大的圆直径达到 12 ～ 13 法尺。

大祭司站在神庙的门槛处，目视着东方。在主持这场盛宴之前，他得跳进密西西比河三次。他身穿桦树皮做成的白袍，腰间系着蛇皮腰带，头上原本戴的老猫头鹰标本换成了一只小猫头鹰的标本。只见祭司一边缓缓摩擦着两块干柴，一边用低沉的嗓音念着咒语。两位执事站在祭司身边，手里端着两个装满黑色果汁的高脚杯。神庙外，部落所有的女人面朝西方，一手搭在木锹上，一手抱着孩子，在神庙门前围成一个巨大的圆圈。

这一仪式颇有一种威严的气势，看来真正的上帝也能让异教徒真切地感受到他的存在。不管怎样，祝祷之人总是令人尊敬的。这些人献给神灵的祝祷词如此神圣，于是不论他们是否犯下过罪孽、遭遇过不幸，身上仿佛都蒙上了一层神圣的光芒。丰收时节，整个部落齐聚郊外，感谢全能之神的恩赐，赞颂造物主让太阳每日都普照世间，让创世的记忆永葆新鲜。这是多么感人的一幕！

人群保持静默，大祭司则专注于天象。当曙光的颜色由淡红变为深红，耀出最夺目的火焰，并显得越来越有生命力时，祭司便加速摩擦手里的两块干木柴，并备好用老木髓做成的引火棍。两位主持仪式的司仪迈着整齐的步伐，分别朝大酋长和女酋长走去。他们不时地鞠躬致意，最后在大酋长和女酋长面前停下脚步，一动不动地站着。一股火焰从东方喷薄而出，太阳已经从地平线露出了头。就在这时，祭司发出了神圣的“哦啊”声，火星从摩擦生热的木块中迸出，点燃了引火棍。神庙外的女人们突然转身，同时向着太阳举起她们的孩子和农耕工具。

大酋长和女酋长喝下司仪呈上的黑色果汁。巫师点燃芦苇垛，面前立刻燃起了螺旋上升的火焰。他把神坛上摆放的橡木也重新点燃，这股新火就是来年用作焚烧全村旧物的新火种。大酋长朝着太阳唱起赞歌。

待到芦苇垛燃尽，大酋长的赞歌也唱完后，女酋长起身走出神庙，来到排成一队的姑娘们前面，带领她们走向大丰收的公共田地，勇士们则不准跟过来。她们前去采摘第一批玉米，用来当作供奉神庙的祭品，并用剩下的玉米制作晚宴上享用的死面面包。

来到田地后，姑娘们各自在自家分到的地块采摘最好的玉米。这是一种极好的作物，茎秆能长到 7 法尺高，秆上葱翠的绿叶里裹着金黄的籽粒，酷似姑娘们献给村里教堂的饰有丝带的拉线棒。上千只蓝羽的画眉，还有羽毛灰中带褐、有如黑鸫般大小的鸽子，全都落在玉米秆上。前来收割的姑娘们几乎被淹没在高大的玉米丛之中，那些歇脚的鸟儿，只在她们走近时才急忙飞走。有时，黑狐狸也会来玉米地洗劫一番。

姑娘们头上顶着一捆捆最新鲜的玉米，陆续返回神庙。大祭司收下祭品，将它们放到神坛上。他把圣所的东门关上，然后打开西门。

日落前，人群纷纷聚集到西门，排成一弯新月的形状，月牙弯向太阳。执事们高举右臂，把死面面包献给天边的曦轮。巫师唱起黄昏的赞歌来赞美落日：它初升的光芒让玉米生长，它临别的光芒使玉米蛋糕成为圣餐。

夜幕降临后，人们燃起篝火，火上烤着幼熊、火鸡、松鸡和野鸡。这个时节的幼熊被野葡萄喂得正肥，吃起来最是香美。火鸡是从草原猎到的，松鸡的羽毛长得乌黑油亮，野鸡的个头则比欧洲野鸡要大。这样烤出的野禽就叫作“白人的食物”。晚宴上的饮品有菝葜汁、枫糖汁、梧桐汁和白胡桃汁，而水果则有五月果和胡桃。苍茫的大地全给火焰照亮了，四面八方不时传来奇奇库埃鼓、手鼓和横笛的乐声，与舞蹈者的歌声以及人群的喝彩声交织在一起。

热闹之中，如果有哪位不幸的人儿悄然离场，独自远观平原上欢闹的人群，酋长就会走到他的面前，问他为何郁郁不乐。如果他的伤痛不是无药可救，酋长就会尽力帮其抚平伤口，即使不能痊愈的话，至少也会让苦痛的程度有所减轻。

采摘玉米之时，既可把整株玉米连根拔起，也可从地上两法尺处切断茎秆。摘下的玉米保存在兽皮或铺有芦苇的地洞中。通常，人们会把玉米棒整根地贮藏起来，需要时再去皮脱粒。如果要把籽粒研磨成粉，可用臼捣或用石碾。野蛮人还会使用从欧洲人那里买来的手磨机。

玉米丰收之后，紧接着就到了野燕麦（又叫野稻米）的丰收期。不过我已在别处介绍过收获野燕麦的情景。

采集枫糖

野蛮人一年之中要有两次枫糖收获期。根据种植枫糖树的部落所在的纬度不同，第一次可在二月、三月或四月的月底。枫汁要在夜里霜降之后采集，经大火熬制之后，枫汁就能转化成枫糖。这种糖透着绿色，尝起来酸酸的，易于消化而且味道可口。枫树的品质往往决定了枫糖的味道。

第二次收获期正值枫树的汁液还未达到制作枫糖所需的稠度之时，人们采集这时的汁液，将其浓缩成一种糖蜜。这种糖蜜加水冲调，可作为夏季清热消暑的一种饮品。人们细心地呵护着红枫和白枫。那些树皮发黑且长满结痂的枫树往往是产糖量最大的，这些结痂在野蛮人看来，其实是红头啄木鸟啄食所致，因为它们常常在枫树汁液分泌最旺盛的时候前来啄食树皮，野蛮人因此也把这种啄木鸟看作是一种善良的灵鸟。

人们在距离地面 4 法尺的树干上凿出两个洞，每个深四分之三法寸，洞口斜向上深入，以使汁液更快地流出。

这两个树洞朝向南边，然后再凿出两个朝向北边的树洞。不久后，人们选取能够分泌汁液的树，把这些树干上的洞口钻至两个半法寸深，并在南北两面的洞口处各放一个木槽，然后把接骨木茎枝的一段插入树洞，另一端伸入木槽，以使汁液流入槽中。

每隔 24 小时，人们会把收集的汁液取走，拿到用树皮搭成的小屋里，倒入锅中加水煮沸，同时小心地撇掉浮渣。待到锅内的水分蒸发过半，再把汁液倒入另一锅中，继续熬煮，直至汁液变为糖浆状。然后将其从火上取下，静置 12 小时。待到沉淀完毕，再把糖浆倒入第三个锅里，倒的过程中切莫搅了底层的沉淀物。

随后要把第三个锅放到红热的木炭上加热，并在锅里加一点肥油来防止糖浆沸溢。当糖浆变得十分黏稠时，需再次倒入第四个锅中，这最后一个木质的小锅就被称为“冷却锅”。加热期间，一名健壮的女子要不停地用雪松枝搅动糖浆，直至锅内析出糖晶。然后，她就把糖浆倒入树皮做成的模具里，让糖浆凝固成圆锥形的糖块。到此，熬制工序全部完成。

若要制作糖蜜，则只需完成前两次煮制过程即可。

枫汁能够连续分泌两星期，这两星期就是连续的节日。枫树林通常生长在河畔，每天清早，人们都会到枫林里来。男男女女在树下散开，年轻的跳起舞蹈或者玩起游戏，孩子们则在酋长的照看下到河中嬉戏。从这些野蛮人兴高采烈的神情中，从他们半裸的身子上，从他们轻盈的舞步中，从孩子们吵闹的摔跤游戏中，从河水的凉爽还有那枫树古老的年纪中，你会感觉仿佛看到的是诗人笔下牧神同得律阿德斯[①]欢闹的一幕：

继而在一群野兽之中
瞧见了半人半羊的牧神。

捕 鱼

野蛮人捕鱼的本事丝毫不逊色于狩猎。他们知道使用渔网和鱼钩，还懂得怎样放空池塘。此外，他们还开展大规模的集体捕捞活动，其中最著名的要数在密西西比河及其支流捕捞鲟鱼。捕捞活动从“渔网娶妻”开始，六位勇士和六位主妇抬着渔网走到人群中，指着两位姑娘，请求她们嫁给他们的儿子——渔网。

两位姑娘的父母表示同意后，巫师按照惯常的仪式把姑娘和渔网结为连理。这一仪式跟威尼斯总督迎娶大海的习俗颇为相似。

婚礼过后，人们跳起民族风情舞。而后，人群向着停有木舟和渔船的河岸走去。此时，新娘被裹在渔网中，由领头的人抬着。备好火把与燧石后，人们纷纷上了船。渔网、新娘、巫师、大酋长、四位酋长和八位负责划桨的勇士开出一艘大船，作为整个船队的先锋队。

船队朝着鲟鱼经常出没的河湾驶去。一路上，他们见鱼就捕，用拖网来捕鳟鱼，用鱼钩来捉硬壳鱼。对付鲟鱼就要用鱼叉了，他们把鱼叉绑在绳上，绳的另一端固定于木舟之上。鲟鱼被鱼叉刺到后，挣扎着要逃脱，连木舟也给拖得到处走。不过，它

① 森林女神的统称。

的速度一点点减弱，最后渐渐浮到水面，不久就咽了气。渔船所处的位置各种各样，有的聚在一起，有的单独行动，有的能看到船舷，有的只露出船头或是船尾。捕手的身姿，船桨的摇动，风帆的摆动，渔船的位置，这一切交织成一道独特的风景，连平静的河岸也情愿给这幅张力十足的画面充当背景。

入夜后，木舟上燃起火把，明晃晃的火光映照在水面上。一只只木舟聚在一起，给泛红的水面投下一片片阴影。看着这些木舟中的印第安渔民，你会觉得他们好像就是他们自己口中的神灵，就是那些诞生于迷信和野蛮人梦境的神秘的灵。

到了午夜，巫师发出返航的信号，示意大家渔网要跟两位妻子安寝了。木舟立刻排成两列纵队，每两个并排的桨手左右各自对称地插上一支火把，这些火把与水面齐平，随着波涛上下起伏。火焰时隐时现，宛若一把把熊熊燃烧的船桨，使木舟划得更快了。

这时，人们对着渔网唱起了结婚颂歌，赞颂这位身披荣光的新郎征服了一只头戴王冠、身长 12 法尺的鲟鱼。颂歌中还描绘了鱼群溃败的场面：乌贼扭动着触手拼命反抗，“沙乌萨隆”挥舞着尖端中空的锯齿状长矛，“阿蒂美哥”摇动着白色的战旗，螃蟹则负责冲锋，为鱼群开路。不过如今它们都成了渔网的手下败将。

随后，颂歌又描绘起这些鱼儿的不幸来。

丧偶的鱼儿啊，
学得游泳有何用！
再也见不到亲爱的夫君，
再也不能与之一起畅游海底。

苔藓为床，
清水作幔，
再也不能在此与夫君同枕共眠。

最后，取得赫赫功绩的渔网受邀到两位妻子的怀抱里过夜。

舞 蹈

就像古希腊人以及那些最原始的民族一样，舞蹈已经融入野蛮人生命的每个瞬间。他们在婚礼上跳舞，连女人也可以参加。客人来了，他们跳舞迎接，抽烟斗前也要舞蹈一番。他们手舞足蹈地欢庆丰收，他们迈起舞步庆祝孩子的降生。最特别的是，他们在人死之时也要跳舞。外出狩猎前，猎手们总要尽情舞蹈。这是一种模仿目标猎物的动作、习性和叫声的舞蹈，他们像熊一样爬行，像海狸一样挖洞，像野牛一样来回奔跑，像狍子一样蹦跳，像狼一样嚎叫，像狐狸一样尖叫。

在勇者之舞（又名战争之舞）中，全副武装的勇士们站成两排，一个手握奇奇库埃鼓的男孩从勇士们面前走过。这个受善良之神或邪恶之神托梦的男孩，便是“梦之子”，会占卜和预言的巫师走到勇士们身后，来为大家解梦。

舞蹈者围起了两个同心圆，一齐轻声低语。站在圆心的男孩垂下眼睛，口里说着外人听不懂的语言。当男孩抬起头时，勇士们纷纷跳起来，提高了嗓音，他们在向憎恨和复仇之神“阿塔恩吉克”宣誓效忠。一位领头人拍着手鼓打出节拍。有时，舞蹈者还会把从欧洲人那里买来的小铃铛系在脚脖上。

如果他们即将远行征战，男孩所在的位置就换成了一位酋长。酋长向勇士们慷慨陈词，同时用木棍击打画在地上的简陋人像或敌人神灵的画像。而后，舞蹈再次开始，勇士们纷纷攻击画像，装出与其打斗的样子：有的挥舞着手中的木棍或斧头，有的摆弄着火枪或弓箭，有的比画着刀子，扭着身子厉声号叫。

凯旋而归时，人们会跳起一种更加可怕的战争之舞。地上的木桩挂上人头、心脏、残肢以及连着头发的血淋淋的头皮。胜利的勇士们就围着这些战利品起舞，而那些即将被烧死的战俘则只能眼睁睁地看着这幕恐怖的狂欢。我会在《战争》一节里另行讲述一些这种形式的舞蹈。

游　戏

玩是人类再普遍不过的行为，它的诱因分为三种：天性、社会和情感，由此就形成了三种类型的游戏：儿童的游戏，成人的游戏，无聊或冲动时的游戏。

儿童的游戏是孩子们创造出来的，这种游戏全世界都有。我见过野蛮人的小孩，贝都因人的小孩，黑人的小孩，法国人的小孩，英国人的小孩，德国人的小孩，意大利人的小孩，西班牙人的小孩，受压迫的希腊人的小孩，压迫者土耳其人的小孩，他们都会玩扔球和滚环的游戏。是谁教会这些孩子，这些来自不同种族、不同国家，生活习性又如此不同的孩子同样的游戏的呢？是万物之主和人类之父，是他教给孩童这些游戏，好让他们的身体变得更加强壮，他让游戏成为天性之所需。

第二种游戏用以教会人们一种技艺，是应社会之需而产生的。这里面包括古代的体操、战车比赛和海事演习，包括中世纪的混战式武斗、马上长矛比武、骑士锦标赛和骑士决斗，包括现代的羽毛球、击剑、赛马和其他考验技巧的游戏。不过，盛大而华丽的戏剧就是另一回事了，神灵将其归为自己的得意之作。此外，诸如跳棋和象棋等智力游戏也属于这一类。

第三种游戏又叫赌博，是一种赌上财富、荣誉、自由乃至生命来玩的游戏，参与其中的人简直如痴如狂，似疯还癫。这种游戏能够满足你的情感需要。古代的掷骰子，现代的扑克牌，北美野蛮人的骨头游戏，都归于这类危害甚大的消遣。

我所讲的这三种游戏在印第安人中也很流行。我们的孩子会玩的游戏，他们的孩子也会玩：打网球[①]，赛跑，用弓箭射击，如此等等，应有尽有。除此之外，他们的“羽毛游戏”不禁让我们联想起古代骑士玩的一种游戏。

游戏时，勇士和姑娘们围着四根柱子起舞，柱身绑了各种颜色的羽毛。勇士们时不时地停下舞步，到柱子跟前拔下一根羽毛。他们相恋的姑娘戴了何种颜色的羽毛，他们便拔一根那颜色的羽毛，然后把羽毛插在自己的头上，再次加入舞蹈的队伍。从羽毛的位置和舞步的韵律，姑娘们就猜出了恋人所暗示的幽会地点。有的勇士所选的羽毛颜色同任何一位姑娘所戴的羽毛都不同色，这就表明没有一位姑娘是他喜欢的，或者没有一位姑娘喜欢他。这种游戏不允许结了婚的女人参加，她们只能做个旁观者。

至于第三种无聊或者冲动之人的游戏，我仅在此描述其中的一种，叫作骨头游戏。

这第三种游戏能让野蛮人赌上他们的妻儿乃至他们的自由之身。押上赌注后，一旦输了游戏，他们必定认赌服输。真是前后不一啊！这些连最神圣的誓言也常常背弃的人，这些嘲笑法律的人，这些欺骗邻居甚至朋友的人，这些崇尚谎言和伪善的人，竟然认为遵守那些一时冲动许下的约定是高尚之举。即便他们的内

---

① 详见《纳契人》。

心因此而感到内疚，可是他们依然对那些诱使自己毁灭、诱使自己堕落的同谋帮凶推心置腹！

骨头游戏又名“盘子游戏”，游戏时，两名参与者单手相握，其余的参与者选择其中一人进行下注。两位对手各有一位记分员为其记分，游戏的地点就选在桌子或平地上。

握手的两人会分到 6 个或 8 个桃核般大的骰子，每个骰子磨出 6 个大小不一的面，最大的两个面各涂成白色和黑色。

把所有骰子放到一个凹面的木盘中后，参与者转动盘子，然后猛击桌面或地面，使骰子蹦到空中。

骰子掉下时，若朝上的一面全部呈同一颜色，就赢了 5 分；若 6 个（或 8 个）骰子中有 5 个同色，就赢 1 分；若第二次仍出现 5 个同色的骰子，就算该参与者通吃，以 40 分赢得比赛。

一人赢几分，另一人便要减几分。赢家继续保持握手的姿势，输家把位置让给身边更厉害的人，接替的人选由输家的记分员随意指定。在这一游戏中，记分员尤为关键，需仔细遴选，而那些被最强大、最神通的神灵所庇护的人会优先受到考虑。

挑选记分员时会引发激烈的争吵。如果一方选出的记分员拥有很强大的保护神（即运气），对方就会坚决反对这一人选。有时，如果有人预感某人拥有很厉害的保护神，那么即便曾与此人交恶，他也会暂时抛开既往，基于利益而选择此人做自己的记分员。

记分员手中有一个小木板，得分情况就用红粉笔记在上面。两名对手周围挤满了看客，每个人都目不转睛地盯着木盘和骰子，每个人都向善神祈祷许愿。印第安人的赌注有时大得惊人：有些人押上自家的棚屋；有些人脱光衣服，用自己的衣服押赌对手的衣服；还有一些人，在输掉全部家当后，面对一点点小注，竟要押上自己的自由，甘愿让赢家奴役自己数月甚至数年之久。

倾家荡产之前，参与者还要举行一系列的宗教仪式。他们斋戒，守夜，祈祷。未结婚的人远离恋人，结了婚的人躲开妻子。他们对所做的梦也格外留意。参赌之人各自准备一个小包，把自己梦到的任何东西都放到包里，此外还要加上木块、树叶、鱼的牙齿等一百多种有吉祥寓意的东西。游戏期间，每个人的脸上都写满了紧张，那股忧虑之情，简直就像整个民族正处在生死存亡的关头。他们把记分员团团围住，每个人都拼命想要摸一把记分员，好沾一沾他的好运气，场面真是狂热至极。掷骰子前总是鸦雀无声，骰子落地后又响起震耳欲聋的欢呼。赢的人向记分员鼓掌致谢，输的人朝记分员破口大骂。平素言语温和之人，也能吐出极端下流的污言秽语。

到了决定胜负的时候，赌徒们常常会停下来。其中一方宣称目前时机不佳，还不能让骰子蹦起来。有的赌徒朝骰子喊话，责备它们心怀恶意，还威胁说要烧掉它们；有的赌徒表示，等他往河里扔一点烟草时，才能继续赌局；还有几个大声喊叫着要求立刻开局。不过，按理说只要有一人反对，赌局就得暂停。最后，当双方似乎都同意不再赌下去时，其中一人大喊道："等一下，等一下！是我家里的家具给我招来了厄运！"于是他跑回棚屋，把所有家具都砸得粉碎并扔到门外，然后回到人群中，高喊着："开赌了！开赌了！"

赌徒常常会凭臆测而断定自己的厄运源于某一个人，这样一来，那人就必须要远离赌局，除非他是游戏的参与者。此外，如果赌徒能够找到一位拥有强大保护神的人，而且此人的保护神能够战胜引起厄运的那人的神，同样无人需要离开。在观看这种令人不快的游戏时，加拿大的几位法国指挥官曾经被迫离开现场，就为了满足一个印第安人一时兴起的想法。然而，这一类的突发奇想可不容轻视，否则，整个部落都会为之据理力争，宗教会介入其中，还免不了一场流血冲突。

最后，当决胜局开赛后，却很少有人能够鼓起勇气观看最终的结果，大多数人会躺到地上，紧闭双眼，捂上耳朵，等待着命运的揭晓，仿佛等待的是生死判决。

年历、时辰的划分和自然历

年　历

野蛮人把一年划分为 12 个月。月亮在一年中盈亏 12 次，自然就把一年分为 12 个部分，这种划分方法在全世界都普遍存在。不过太阳历，也就是公历，并不是依据太阳本身的变化而制订的。

时辰的划分

12 个月份的名称来源于野蛮人的劳作和苦乐生活，代表着大自然的馈赠和灾难。因此，习俗各异的部落有着各自独特的月份名。夏洛瓦对此做了不少记录，现代的一位旅行家——贝尔特拉米先生，则给出了苏族人和契帕瓦人的月份名。

苏族语表示的月份名（音）

三月	威斯特利欧西亚斯亚－欧逆	眼疼月
四月	莫格拉霍安蒂－欧逆	游戏月
五月	莫格拉霍昌达－欧逆	筑巢月
六月	沃主斯蒂西亚西亚－欧逆	草莓月
七月	查帕斯亚－欧逆	樱桃月
八月	坦坦卡契欧克－欧逆	野牛月

九月	瓦斯皮－欧逆	野麦月
十月	斯安沃斯塔皮－欧逆	野麦结束月
十一月	塔契乌卡－欧逆	狍子月
十二月	阿埃西亚契乌斯卡－欧逆	狍子蜕角月
一月	乌威卡里－欧逆	勇敢月
二月	欧威西亚塔－欧逆	野猫月

契帕卡人以阿尔冈昆语表示的月份名（音）

六月	霍德伊明－奎希斯	樱桃月
七月	米金－奎希斯	烤果子月
八月	瓦特巴奎－奎希斯	叶黄月
九月	伊纳奎－奎希斯	落叶月
十月	毕纳哈莫－奎希斯	传球月
十一月	卡斯卡迪诺－奎希斯	降雪月
十二月	曼尼托－奎希斯	小神月
一月	基契曼尼托－奎希斯	大神月
二月	瓦梅宾尼－奎希斯	鹰翔月
三月	瓦巴尼－奎希斯	冻雪月
四月	波考达奎米－奎希斯	雪靴月
五月	瓦毕贡－奎希斯	开花月

年份用雪或花来编排，因此，从出生年份的名称中，老人和姑娘们就能找到自己年龄的象征。

自然历

在天文认知方面，印第安人几乎不知道北极星以外的星体。

他们把北极星叫作“一动不动的星星”，夜晚依靠它来指引方向。欧塞奇人发现并命名了一些星系。白日里，野蛮人根本不需要指南针。草原上，野草向南倾斜；森林里，苔藓往树干的北面聚拢，因此南北两极很好判断。他们在树皮上绘出地图，并标明从一地到另一地需步行多少个夜晚。

他们的领地边界各异，有的以河流和山脉为界，有的以条约规定的岩石为界，有的以林边的坟墓为界，还有的以峡谷中神灵的洞穴为界。

飞禽、走兽和鱼类就是野蛮人的晴雨表、温度计和日历。他们说，海狸教会了他们建筑和统而治之的艺术，狼獾教会了他们如何用猎狗打猎（狼獾总是与狼群一起猎食），芦苇莺则教会他们用一种油来引诱鱼儿上钩。

成群结队的鸽子和长着乳白色鸟喙的美洲丘鹬向印第安人预示着秋天的来临，鹦鹉和啄木鸟发出颤抖的叫声时，便预示着将有一场大雨。

如果从四月开始，一种叫作“莫卡威斯”的鹌鹑鸟从早到晚叫个不停，而且叫声持续整整一个月，塞米诺人就知道晚霜已经结束，可以让女人进行夏季播种了。不过，夜里，如果莫卡威斯停在谁家的棚屋上，就表示这家棚屋的主人命不久矣。

如果白鸟在天空展翅高翔，说明暴雨将至。傍晚时分，如果白鸟飞到旅行者面前，使劲拍打着翅膀，仿佛受了惊吓，这就意味着旅行者将有危险。

在国家的关键时期，巫师会断言说，基契-曼尼托已乘着他最爱的坐骑，现身于云层之上。神的坐骑是一种唤作瓦康的天堂鸟类，长着褐色翅膀，尾部还有四根细长的绿色和红色羽毛。

从对大自然的观察中，印第安人逐步形成了丰收、游戏、狩猎、舞蹈、酋长集会、婚嫁仪式、出生礼和葬礼等一系列的习俗。显然，这些习俗给印第安人单调的语言注入了一丝优雅和诗意。至于我们欧洲人，则有蛙塘狂欢，爬油杆比赛，在四月中旬收割粮食，在圣菲亚克节种植洋葱，在圣尼古拉节结婚等习俗。

医　药

对野蛮人而言，医学就是一种组织，被称作“伟大的医学”。要想成为懂医术的医师，需要先获得组织的接纳。这种如同共济会一样的组织，同样有着自己的秘密、教条和仪式。

如果抛开治病过程中那些迷信的惯例和祭司的骗人把戏，可以说印第安人已经掌握了治病的关键知识，我们甚至可以认为，他们的医术与文明国家的医术同样先进。

他们熟悉许多种能够愈合伤口的草药，还懂得使用一种叫作“加伦-欧根”的草药。因其形状特殊，有时又管它们叫“阿巴苏常扎”，这便是中国人口中的人参。他们用檫树的嫩皮来治疗间歇热，用剪秋萝的根来缓解腹胀，用加拿大的一种菊花来消除坏疽。这种菊花有6法尺高，叶表布满沟状组织，不论是磨成粉末，还是捣烂生敷，都能够彻底治愈溃疡。与贝利斯有着同样功效的草药是岩黄蓍，这种植物长着三片叶子，红色的花朵紧密排列，远看就像是一个玉米棒。

印第安人认为，草药的形状要么与它们能够治愈的人体部位类似，要么与某种动物类似。如果一种草药能够中和某种动物的毒液，那么它的形状就与这种有害动物相似。这一看法似乎值得关注。这些原始的部落不像我们那样无视上帝的示意，所以他们治病时比我们少出差错。

对付疾病时，印第安人最常用的方法之一就是蒸汽浴。他们先搭起一个棚屋，管它叫作“流汗屋”。这屋用树枝盖成，底端围成圆形，顶端聚拢，形似圆锥。屋子外面覆盖着各种动物的毛皮，靠近地面的位置留出一个极小的口，病人只能由此匍匐钻入。在这个蒸笼的中央，放着一个盛满水的锅。扔入烧红的石头后，锅里的水开始沸腾，并冒出滚烫的蒸汽，不一会儿病人便满身大汗了。

印第安人精通草药学，却不太擅长外科学。他们没有我们外科手术用的那些工具，不过，他们仍能借由巧妙的办法来弥补工具的匮乏。对于如何利用绷带来处理简单的骨折，他们就很有一套。

他们使用有如柳叶刀一般锋利的骨头为伤者放血，为风湿患者刮痧；他们用兽角来采血，并且按需而取；他们在瓜瓢里放上易燃物，点燃后就成了拔火罐；他们用狍子的筋来挑开水泡，并用各种动物的膀胱吸出脓液。

欧洲人曾利用烟箱来救治溺水之人，而印第安人也深谙此道。他们找来一段大肠，一端系死，另一端插入一小截木管，肠子里灌满烟雾后，便将烟雾导入溺水者的体内。

每家每户都备有一个“医药袋”，里边装满各种灵体和灵验的草药，打仗时人们会带上它。在营地里，它是勇士的保护神；在棚屋里，它是家庭的保护神。

女人到净化屋里准备分娩时，会由主妇来照顾她们。这些接生婆有着丰富的经验来应对顺产，然而难产时，她们却没有必要的工具。如果胎位不正又没法调整，她们采取让产妇窒息的办法，利用她断气前的猛烈抽搐来产下胎儿。出此下策时，她们总会事先通知产妇，这种情况下，产妇会毫不犹豫地选择牺牲自己。有时，产妇没被憋死，就意味着胎儿和英勇的母亲同时获救了。

遇到这种危急的情况，还常常采取惊吓产妇的办法：一群年轻人悄悄走进净化屋，然后突然大喊冲锋的口号。可惜对于胆大的产妇，这种程度的惊吓往往并不奏效，勇敢的产妇还不在少数。

野蛮人生了病，所有的亲戚都会前去探望。当着病人家人的面，永远不能提“死”这个字，因为对一个人最大的冒犯，就是对他说“你父亲死了”。

我们已经展现了野蛮人医学中严肃的一面，接下来该讲讲其中滑稽的一面了。要不是这滑稽之中透出一股莫名的酸楚，让我们意识到人类的身心天生脆弱不堪，我们会觉得这些都是某位莫里哀似的印第安人笔下的情节。

当病人陷入昏迷时，印第安人便认为病人已死。病人的亲戚按照亲疏远近围坐于病人身边，发出震天的哀号，几乎在半里格之外都能听见。一旦病人苏醒过来，哀号立刻停止，待到病人再度昏迷时，才会继续。

见病人醒来，巫师急忙赶至。病人于是询问巫师自己能否康复，每逢这时，巫师总是回答说，只有他才能让病人恢复健康。病人觉得自己行之将死，便开始对亲戚说一些临终之言，还安慰他们，劝他们不要伤悲，不要因此而吃不下饭。

接着，人们在病人身上盖上杂草、树根和树皮。巫师用一根烟管朝着病人身上患病的部位吹气。他趴在病人嘴边轻声低语，希望能够赶走病人体内的恶灵。

病人亲自安排葬礼的酒宴，要求大家吃光他棚屋中所有的食物。首要之事便是杀死猎狗，好让猎狗去拜见伟大的神灵，告诉他自己的主人随后就到。尽管这些做法颇为幼稚，然而从野蛮人质朴的临终表现里，却又透着一种伟大。

巫师总是声称病人将会死去，这样一来，如果病人真死了，人们也不会责备他医术不灵，而如果病人康复了，人们就会对他敬佩有加。当发觉病人已度过危险时，他什么也不多说，自顾自念起咒语来。

一开始，他会说些无人能懂的话，然后高呼："我必找出附体的恶灵，我必迫使基契-曼尼托从我面前逃走！"

说完，他离开棚屋，跑到流汗屋去进行神圣的发汗仪式，病人的亲属也一路跟随。亲属们忧心忡忡地围在蒸汽屋外，一言不发，听着屋内的牧师时而咆哮，时而歌唱，时而大喊，还用奇奇库埃鼓为自己伴奏。不久，巫师光着身子从屋里爬出，只见他口吐白沫，眼睛上翻，带着浑身的汗水，一头扎进冷水里，继而到地上打起滚来。接着，他开始装死，遂又复活，起身冲向自己的棚屋，并告诉亲属们到病人的家里等候他。没多久，就见他赶到病人的棚屋，嘴里衔着一块燃烧过半的木炭，手中还拿着一条蛇。

巫师在病人身边扭动一番，便扔掉木炭，高呼："醒来吧，我允你生命！伟大的神灵已向我示明那害你死去的恶灵。"巫师像发狂的疯子一样扑到这位受着愚弄的病人怀里，用牙齿狠咬他的胳膊，然后从口里吐出一小块骨头，高呼道，"这罪魁祸首，我已从你的肉中取出！"其实，骨头是由他事先藏入口中的。随后，巫师要求准备狍子和鳟鱼，并说，如果没有这两样食物，就无法医好病人。亲属们只好立即动身去捕鱼打猎。

美餐一顿后，巫师依旧不满足，他告诉亲属们说，如果他们不能在一小时内呈上一位酋长的斗篷，且这位酋长的住所离这里有两三天的路程远，那么病人的病就会复发。巫师明白这个要求根本没法实现，但既已提了要求，他便想了个补偿的办法，他告诉病人的亲戚们，他们可以不去取回上天要求的圣衣，只要用他们自己的四五件俗衣来代替即可。

病人自己渐渐痊愈，不过他的古怪行为更增添了这种疗法的荒唐与离奇。只见他从垫子上跳起来，跑到棚屋的家具后，四肢着地到处乱爬。面对朋友们的问询，他一概不理，只是继续转圈，并发出奇怪的喊叫。朋友们只好抓住他，把他拉回垫子上，觉得这恐怕是疾病复发所致。他刚在垫子上安静地躺了一会儿，谁知又突然起身，朝着一个池塘跑去，纵身跃入水里。亲属们费了好大力气才把他拉上来，连忙给他递水喝。他指着一位亲戚说道：“把它给那只麋鹿喝。”

巫师努力寻找引起病人精神错乱的原因。“我睡着后，”病人面色凝重地说，“梦见腹中有一头野牛。”听到这里，病人的亲属仿佛像挨了晴天霹雳一样。不过，在场的人又立刻吵嚷起来，纷纷说自己也被某种动物附体了。一人模仿驯鹿的叫声，又有一人学起了狗吠，还有一人发出狼嚎声，病人自己则装作野牛一样地哞叫，一时间闹声震天。之后，病人喝下用鼠尾草和冷杉枝熬制的药剂，以便发汗。在朋友们的悉心照料和配合下，病人的妄想症渐渐痊愈，他告诉大家野牛已经离开了他的身体。夏洛瓦提到的这一幕幕闹剧，每天都会在印第安人中上演。

为什么同一个人，在认为自己命不久矣时表现得如此得体，而在得知自己能够康复时却又表现得如此滑稽呢？

为什么圣明的老者、聪颖的勇士和智慧的主妇，都甘愿忍受一个神志不清之人的摆布呢？这就是人类的神秘之处了，是人性的伟大与卑微同时存在的明证。

语　言

北美按照地域大致可划分为四大语系，分别是东北方的阿尔冈昆语和休伦语，西方的苏语，以及南方的契卡索语。不过，同一地区的不同部落之间，口音又有所不同。

古纳契语不过是契卡索语的一种更为柔和的异化变种。就像休伦语和阿尔冈昆语一样，古纳契语只有阴性和阳性之分，而没有中性。对于给万事万物都赋予了含义的人来说，这样的划分是理所当然的。他们从大自然的声音中听出了喃喃的絮语，他们让植物有了爱恨情仇，使流水有了欲望，令动物有了不灭的灵魂，让岩石有了思想。纳契语中的名词几乎没有词尾的变化。以辅音结尾的名词，在变为复数形式时，要在词尾加字母 k 或者加单音节词 ki。

动词通过屈折词缀和词前增音来实现变化。比如，纳契人用 T-ija 表示"我走路"（一般现在时），用 niTija-ban 表示"我走了路"（一般过去时），用 ni-gaTija 表示"我要走路"（一般将来时），用 ni-kiTija 表示"我刚刚走了路"（现在完成时）。

有多少个实词，就有多少个动词与之对应。所以，吃玉米用"啃"，吃鹿肉用"咬"。形容在林中走的动词，与形容在山间走的动词是截然不同的。说"我爱朋友"时，要用动词 napitilima，暗含"尊重"的意味；而说"我爱情人"时，则用动词 nisakia，暗含"这使我感到幸福"的意味。这些仍旧处在自然与原始状态的人们，在他们的语言中，动词要么异常丰富，要么少得可怜。

然而，不管动词是多是少，构成动词的字母总是多种多样，而且含义各异。不论是父亲、母亲、儿子，还是妻子、丈夫，都尽量使用不同的词汇来表达不同的情感。他们根据各自情感宣泄的需要，对上帝造人时赐给人类的原始话语做些修饰。这原始的话语就是所有语言的“一”，一简而概繁全。继而，人们在其中注入丰富的变化，才形成了不同的语言。虽然如此，不同的语言中仍能找到一些看似不同、实则如一的词汇，这也算是一种能够证明人类有着共同的起源的证据吧。

作为纳契语的语源，契卡索语中不存在字母 r，当然，那些从阿尔冈昆语中吸收的外来语除外，例如 arrego，意即“我打仗”，念起来要发颤音。在表达诸如憎恨、恼怒、嫉妒等强烈情感时，契卡索人会使用大量的送气音。然而在表现细腻柔情或描述自然时，他们的口音又变得高雅而动听。

按照苏族人的说法，他们经由墨西哥来到密西西比河上游，也把他们的语言从密西西比河一带传播到了西边的落基山脉以及北边的红河——这里住着讲阿尔冈昆语的契帕瓦人，他们和苏族人是死敌。

苏语中含有大量的擦音，听起来一点也不悦耳。不过，加拿大西部的河流和地区几乎全是用苏语来命名的，比如密西西比、密苏里、欧塞奇等等。迄今为止，对于苏语的语法，我们几乎还是一无所知。

阿尔冈昆语和休伦语，是从密西西比河的源头到哈得孙湾再到卡罗来纳一带的大西洋海岸之间所有部落的母语。前往这片超过 1800 里格的土地旅行时，只要通晓这两门语言，就能在没有翻译的情况下与这里的 100 多个部落都聊上几句。

从东南方的阿卡迪亚和圣劳伦斯湾到北部和西南部，这片将近 1200 里格的土地就是阿尔冈昆语的分布地区。弗吉尼亚的土著也讲阿尔冈昆语，不过到了卡罗来纳一带，契卡索语就占了上风。阿尔冈昆语北至契帕瓦人的部落，再往北的话，就出现了爱斯基摩人的语言。在西边，阿尔冈昆语的分布一直延伸至密西西比河左岸，右岸则是苏语的天下。

阿尔冈昆语不如休伦语那么硬，而是更加柔和、清楚和优雅。签订条约时通常会使用阿尔冈昆语，它是荒原上公认的一种高雅古典的语言。

讲休伦语的是休伦人和受休伦人管辖的易洛魁人，休伦语的名称便来源于休伦人。

休伦语一直在发展完善着，有动词、名词、代词和副词之分。简单动词有两种变位，即独立变位和反身变位。第三人称有阴性和阳性之分，数和时态遵循希腊语的规则。及物动词可无限增加，这一点类似契卡索语。

休伦语没有唇音，全是喉音，几乎所有的音节都要送气。双元音 ou 构成了一个独特的音节，发音时要求嘴唇完全不动。对于这个音节传教士们不知道该如何标音，于是便用数字“8”来表示。

这种语言的高贵与巧妙之处，就在于它把动作人格化了，使被动有了主动的意味。神父拉兹勒举了下面这样一个例子。如果你问一个欧洲人上帝为何创造他，他会告诉你：“为着认识上帝，爱上帝，服侍上帝，以期获得永恒的荣光。”而一个野蛮人则会用休伦语回答说：“伟大的神灵想到我们——让他们认识我，爱我，服侍我，此后我便让他们进入我那幸福的乐园。”

休伦语（或说易洛魁语）有五大方言。这种语言有 a、e、i、o 四个单元音和一个双元音 8，不过这个双元音有点类似英语中的辅音 w。辅音共有六个，分别是：h，k，n，r，s，t。

在休伦语中，几乎所有的名词都相当于动词。没有动词原形一说，动词的词根被用作直陈式现在时的第一人称。

基本的时态有三种，即直陈式现在时、未完成过去时和肯定式简单将来时，其他时态都是在此基础上形成的。

抽象名词较少，仅有的几个也明显是由实义动词的人称变化而形成的。

休伦语像希腊语一样存在双数，第一人称有复数和双数之分。休伦语中没有助动词和分词，也没有被动态，被动态都用主动态来表示，比如说，表达“我被人爱”的意思时，会说“有人爱我”。休伦语中没有代动词，其意义只能通过改变动词的首字母来实现，而首字母则会根据动词人称与数的变换而改变，因此其变化可谓无穷。这种变化就是休伦语的关键所在，如果你掌握了这些（要知道它们都有固定的规律），你就会发现休伦语其实并不难。

比较特殊的一点是，动词命令式存在第一人称的形式。

休伦语中的所有单词都能彼此结合构成复合词。这里有个规律可以表述为：动词的宾语如果不是专有名词，那么就要与该动词结合成为一个复合词，之后，动词采用该宾语的变位，因为所有的名词都有变位，而且一共有五种变位。只有极少数的情况才不遵循这个基本规律。

这种语言有大量的虚词，这些词本身并没有意义，但用在谈话中却能增添力量和准确度。男人和女人使用的虚词并不一样，每个性别各有自己的专属虚词。

休伦语有两性之分，男人和女人分别使用高贵的性和低贱的性，动物则分雄性和雌性。要形容一个懦夫是女人，就把“女人”一词阳性化；要形容一个女人好似男人，则把“男人”一词阴性化。

在第三人称单数、双数和复数中，都要区分高贵的性和低贱的性。也就是说，在各种时态和数中，动词和名词的第三人称都有两个特性的变化，即高贵的和低贱的。

共有 4 种变位，分别是独立变位、反身变位、相互变位和相对变位。我仅举如下一例：

独立变位（直陈式现在时）

单数

Iks8ens　我憎恨

双数

Tenis8ens　你和我都憎恨

复数

Te8as8ens　你们和我们都憎恨

反身变位（直陈式现在时）

单数

Katats8ens　我憎恨我自己

双数

Tiatats8ens　我们憎恨我们自己

复数

Te8attats8ens　你们和我们（或你们和他们、我们和他们）都憎恨自己

对于相互变位，只需在反身变位的基础上添加 te，再把第三人称单数和复数中的 r 变成 h。这样便有了：

Tekatats8ens 我憎恨自己，某一个人也憎恨我

相对变位（直陈式现在时）

单数

Kons8ens 我憎恨你/他……（第一人称对其他人称单数、双数或复数）

Taks8ens 你憎恨我/他……（第二人称对其他人称单数、双数或复数）

Raks8ens 他憎恨我/你……（第三人称阳性对其他人称单数、双数或复数）

8aks8ens 她憎恨我/你……（第三人称阴性对其他人称单数、双数或复数）

Ionks8ens 某人憎恨我/你……（第三人称不定词对其他人称单数、双数或复数）

双数

双数对双数，或双数对复数的相对变位全部是复数形式。因此，我仅在此介绍双数遇到单数时的相对变位。

Kenis8ens 我们俩都憎恨你/他/她（双数对其他人称单数）

第三人称双数对其他人称单数，与复数对其他人称的变位一样。

复数

K8as8ens 我们（多于两人）憎恨你/他……（第一人称复数对其他人称单数、双数或复数）

Tak8as8ens 你们（多于两人）憎恨我/他……（第二

人称复数对其他人称单数、双数或复数）

Ronks8ens　他们（全部指男性且多于两人）憎恨我/你……（第三人称阳性复数对其他人称单数、双数或复数）

Ionks8ens　她们（多于两人）憎恨我/你……（第三人称阴性复数对其他人称单数、双数或复数）

名词的变位

单数

Hieronke　我的身体

Tsieronke　你的身体

Raieronke　他的身体

Kaieronke　她的身体

Ieronke　某个人的身体

双数

Tenïeronke　我们的身体（我的和你的）

Iakeniieronke　我们的身体（我的和他/她的）

Seniieronke　你们俩的身体

Niieronke　他们俩的身体（两个男性）

Kaniieronke　她们俩的身体

复数

Te8aieronke　我们大家的身体（我们俩的和你们俩的）

Iak8aieronke　我们大家的身体（我们俩的和他们俩的）

所有的名词都遵循这一变位规则。把这个名词的变位同动词 Iks8ens（我憎恨）的独立变位相比较，会发现它们之间有着共同的变化规律。第一人称单数含有 k，第二人称单数含有 s。

对于第三人称，高贵的性含有r，低贱的性含有ka。双数含有ni。对于复数，再添加te8a，se8a，rati，konti，也即把k换成te8a，把s换成se8a，把r换成rati，把ka换成konti，等等等等。

在涉及亲缘关系时，总是按照长幼顺序排列，例如：

我父亲：rakenika　　那个把我当儿子的人（第三人称在前，第一人称在后）

我儿子：rienha　　我把他当儿子的那个人（第一人称在前，第三人称在后）

我叔叔/伯伯：rakenchaa　　那个把我当……（第三人称在前，第一人称在后）

我侄子/外甥：rion8atenha　　我把他当……（第一人称在前，第三人称在后）

易洛魁语中没有表达“要做某事”的词，而是说“认为做某事”（ikire），因此，“我要去那里”这句话翻译成易洛魁语便是：Ikere etho iake（我认为去那里）。

在易洛魁语中，表示某一事物在说话人说话的时刻已经不存在时，不使用动词的完成时态，而只能用未完成时态表示。比如ronnhek8e，意为“他过去活着”，以此来表示他现在不再活着（他现在死了）。

以此类推，如果要表示“我过去爱某一个人，而且我现在依然爱他”，那么就要用完成时kenon8ehon。倘若我现在已经不爱他了，则要用未完成时kenon8esk8e，表示“我过去爱他，但是现在不爱了”。

以上就是时态的用法。

至于人称，表示某人被动做某事时，不能用第一人称叙述，而要用第三人称。因此，我们说“我打喷嚏”，而易洛魁语则说te8akitsionk8a（第三人称叙述，直译为“那东西使我打喷嚏”）。我们说“我打哈欠”，而易洛魁语则说te8akskara8ata（低贱的第三人称叙述，直译为“那东西让我张口”）。

对于可接双宾语的动词，则依靠动词词尾的丰富变化来准确地传词达意。变化虽多，但都遵循固定的规律。

Kninons	我买
Kehninonse	我为某人买（某物）
Kehninon	我从某人那里买（某物）
Kattennietha	我送（某物）
Kehnieta	我让某人送（某物）
Keiatennietennis	我送某人（某物）

仅从语言来看，这些被我们称作野蛮人的印第安部落，显然有着更为先进的、基于概念组合的文明。有关他们政府架构的细节，则更能证明这一结论的正确性。①

① 我所讲述的这些关于休伦语的奇特的语法现象，绝大多数是我从一份描述易洛魁语法的手稿中摘录的。住在下加拿大蒙特利尔市圣路易瀑布的马尔库教士，创作了这份手稿并将其馈赠予我。此外，耶稣会士创作了一些介绍加拿大地区的印第安语言的重要著作。跟休伦人一起生活了50年的肖蒙神父也写了一本讲解休伦语的语法书。神父拉兹勒在阿贝纳基斯村待了10年，期间给我们留下了宝贵的易洛魁语资料。他完成的法语易洛魁词典现已被语言学家视为珍宝，此外，他还留下了一份英语易洛魁词典的手稿，然而不幸的是，手稿的第一卷，也就是从字母A至L的部分，如今已经失传。我也从这些手稿或著作中摘录了一些细节。

狩　猎

当酋长们决定外出猎取海狸或熊的时候，他们便派一位勇士挨家挨户地通知村民们说，“酋长们将出发狩猎，现在要选择跟随他们的人，请把身体涂成黑色并进行斋戒，好从梦之神那里获悉今年熊和海狸出没的地方。”

消息一经公布，勇士们全都用混着熊油的煤灰把自己的身体涂黑，开始了为期八天的斋戒。此次斋戒异常严格，期间甚至连一滴水都不能喝，还要不停地唱歌，以求做个好梦。

斋戒期过后，勇士们进行沐浴，同时举行盛大的宴会。他们纷纷讲述各自所做的梦，如果大多数人的梦都指向某一处狩猎地点，那么他们就打定主意前往那里狩猎。

临行前，人们会向之前曾被猎杀的熊献上祭品，借以抚慰它们的灵魂，同时祈求它们“施恩”于即将出征的猎手，也就是说，他们在祈求死去的熊保佑他们能打死活着的熊。接着，每位勇士各自唱起歌来炫耀自己之前的狩猎成果。

高歌完毕，全副武装的勇士就该启程上路了。他们来到河岸，手握船桨，两两并排坐到木舟之上。待酋长给出信号，木舟便列队排开。倘若需要逆流而上，就由领头的木舟来冲破河水的阻力。每次外出狩猎，勇士们都不忘带上猎狗、绳子、捕兽网和雪鞋。

到达目的地后，猎手们把木舟拖上河岸，并以树枝和草皮覆盖。酋长把人群分成人数相等的几个小队，又把猎区也划分成块，让每个小队负责一小块猎区。之后，各狩猎分队便奔赴相应的猎区，前去搭建各自的棚屋。

每个小队都把棚屋建在自己猎区的中心位置。选好位置后，他们把地面的积雪扫除，然后插上长杆，再把一块块桦树皮靠在长杆上当作棚屋的墙壁。越往上，层层树皮越向内倾斜，最后只留出一个小口用来排烟，这就成了不错的屋顶。大雪落在搭起的树皮上，把树皮间的缝隙堵了个严实，倒省得刷石膏和泥浆了。猎手们在棚屋正中央生起火，并在四周的地面铺上兽皮，让猎狗睡在他们的脚边。在这棚屋里，不仅不冷，反倒是热得透不过气。不过棚屋里浓烟密布，弄得猎手们不管是坐是躺，都得尽量压低身子以避开烟层。

大雪过后，西北风吹散了阴霾，吹来了一层冷霜。此时，猎手们就要开始捕捉海狸了，在此之前，猎手们则主要捕捉狼、狐狸和麝鼠。

勇士们利用大小厚薄不一的木板布置捕捉野兽的陷阱。他们先在雪地里挖一个洞，然后准备三块木条，其中的一块缚上诱饵，再把木条两两搭在洞口，搭成数字“4”的形状，最后将木板的一端搭在三块木条上，另一端伸向洞口外的平地。野兽被吸引过来，顺着木板一点点爬向诱饵，它一旦触到诱饵，便会触发机关而丧命。

对付不同的动物要用不同的诱饵：捉海狸用山杨木块，捉狼和狐狸用生肉块，捉麝鼠则用胡桃一类的干果。

猎手们在通道的入口或灌木丛的出口设置捕狼的陷阱，在离兔子洞不远的山坡上设置捉狐狸的陷阱，在白蜡树林设置捕麝鼠的陷阱，在草原的水洼和池塘的芦苇荡布置捉水獭的陷阱。

每天清晨，猎手们总会去查看陷阱。还有两个小时才天亮，不过猎手们已经起身离开棚屋。他们利用雪鞋在雪地行走，这种鞋有 18 法寸长 8 法寸宽，前端呈椭圆形，后部渐渐变尖。猎手们把桦树枝放在火上烘烤，使之弯曲定型，这样就做成了雪鞋的轮廓；然后在做好的轮廓上分别缠 6 条横向和 6 条纵向的皮带，并以柳枝加固；最后再用三根软带就能把雪鞋固定在脚上。如果没有这一巧妙的发明，在这一带的雪地里几乎寸步难行。不过这种靴子刚穿时既磨脚又累人，因为穿着它们走路时，既要使劲张开双腿，又不得不向内弯曲膝盖。

进入 11 月和 12 月后，猎手们依旧每日前去查看陷阱中的猎物。不过到了这个时节，暴风雪、冰雹和飓风就成了家常便饭，常常连 6 法寸之外都看不见。遇上这种天气，猎手们总是一言不发地往前走，只有猎狗的叫声不时地响起，这说明它们嗅到了附近猎物的味道。陷阱深埋于积雪之下，猎物也被积雪覆盖，要找到它们可真得使出浑身解数。

猎手们在距离陷阱不远处停下脚步，静待黎明的到来。他们在暴风雪中背风而立，一动不动，并把手指伸到口中。他们身上所披的皮毛挂满了冰碴，头发也冻成了一顶冰做的头盔。

只待天边泛起第一缕晨光，猎手们就能看到陷阱是否已经触发。如果陷阱已经倒下，猎手们就急忙上前取出猎物。狼和狐狸被砸断了脊梁，朝着猎手们露出雪白的牙齿和深长的喉咙，猎狗很快扑上来结束了它们的痛苦。

猎人们把新降的积雪清理掉，重新用诱饵布置陷阱，并小心翼翼地把机关设在背风处。有时，陷阱明明已经触发，却没有捉到任何猎物，这便是狡猾的狐狸所为。它们懂得从木板的两旁靠近诱饵，而不是从木板下方爬向诱饵，这样，它们只消伸出爪子，就能安全顺利地取走诱饵。

要是此行运气不错的话，猎手们便满带胜利的喜悦返回棚屋，场面十分喧闹。他们重新清点清晨捕获的猎物，又大声向神灵祷告。他们齐声吼叫，欣喜若狂，连猎狗也跟着狂吠起来。对他们来说，第一次就成功捕到这么多猎物，将来肯定要有好兆头。

雪停之后，冰冻的大地在阳光下晶莹闪烁，这时狩猎队伍便宣布要开始猎取海狸了。他们首先向大海狸庄严祈祷，并献上烟草作为祭品。出发时，每人都带上一根破冰的木棍和一张困住海狸的大网。尽管加拿大的冬季如此寒冷，仍有一些小湖泊从不结冰，这种情况要么是因为湖底温泉众多，要么就是因为所处的地理环境较为特殊。

我已在博物志里提到过，有些湖泊之所以不结冰，常常是因为湖里栖息着海狸。这些出自上帝之手的温顺动物是怎样惨遭屠戮的，我将在下文予以描述。

猎人们来到那些栖息着海狸的池塘，将池边的堤岸钻出一个大洞，让池水慢慢流干。勇士们手握木棍，站在堤岸上严阵以待，猎狗也在其身后跃跃欲试。随着池水一点点流尽，海狸的栖息地也逐渐暴露出来。这些水陆两栖的小动物们很快意识到水面在急剧下降，虽然不知原因为何，不过它们觉得大概是堤岸有了裂口，便准备去填堵裂口。它们纷纷行动起来，有些游到堤岸那里，想要查看裂口的大小；有些游向岸边，去收集填堵裂口所需的材料；其他的则爬到岸上，想着给陆地上的伙伴们汇报这一情况。只可惜，这些不幸的小动物已经被彻底包围。堤岸上想要修补裂口的那些直接被乱棍打死，打算到岸上逃命的那些也不好过，猎手们撒下的粉末迷了它们的双眼，随后扑来的猎狗立刻结束了它们的性命。征服者的吼声在林中回响，此时池水已经流干，猎人们向着水底的城堡发起攻击。

如果池塘结了冰，要捕捉其中的海狸就得用另一种办法。猎人们首先在冰面凿出一个个洞口，这样，困在水晶屋里的海狸们就会争先恐后地游向洞口来透一透气。猎手们早已在冰面堆起芦苇并小心翼翼地藏身其中——要是不采取这种措施的话，他们准会被海狸发现。猎手们的伪装骗过了海狸，于是它们渐渐向着洞口游过来。由于它们游动时会产生涡流，因此猎人们一看见涡流，就知道海狸已经来到洞口，于是迅速把胳膊伸进水里，一把抓住海狸，就势将其拖出水面并狠狠摔在冰面上。周围不是猎狗就是猎手，海狸被这些谋杀犯紧紧包围。人们会把捉到的海狸挂到树上，由其中一人把它的皮活生生地剥下来。如此一来，这张皮就能漂洋过海，成为伦敦或巴黎市民头上的皮帽。

猎杀海狸之旅结束后，狩猎队伍拿出手鼓和奇奇库埃鼓，在鼓点的伴奏下唱起大海狸的赞歌，一路欢歌地返回临时搭起的棚屋。

剥皮仪式要当众举行。人们先把两根杆子插在地上，然后将两只后腿被缚的海狸分别挂到每根杆子上，再派两名猎手分别站在杆子的一侧。酋长一声令下，这些惨遭杀害的动物就给开膛破肚，剥掉了皮。

倘若被打死的海狸中有雌海狸的话，便会引起极大的恐慌。捕杀雌海狸不仅是宗教所不容的罪行，而且构成法律意义上的政治犯罪，往往会引发部落间的战争。虽然如此，对猎物的贪恋，对烈酒的喜爱，以及想要用皮毛换取火器的欲望，还是胜过了迷信和法律的力量。大量的雌海狸遭到捕杀，迟早会让整个物种都遭到灭绝。

猎手们以一顿海狸宴结束了他们的狩猎之行。宴会上，由一位擅长雄辩的人为死去的海狸致悼词，好像它们的死跟他一点儿关系都没有似的。他简要总结了我所讲的那些有关海狸的习性，并颂扬了它们的机敏与睿智。“那由你们从海狸勇士中选出来为你们制定律法的首领，从今以后，你们无须再受其使唤。虽然你们的语言从此消失于深邃的湖底，但我们的巫师已完全掌握了它们。你们也无须再与凶残的敌人狗獾进行抗争。都不用了，海狸们！但是，你们的皮毛将被用来购买武器，你们的肉将被做成烟熏火腿喂给我们的孩子。你们的骨头这般坚硬，我们绝不让我们的猎狗啃断它们。”他致辞道。

从印第安人的话语和他们的歌词中，能看出他们常与野兽进行交流。他们使野兽有了独立的人格和自己的语言，还把野兽看作导师，看作有着智慧灵魂的生命。《圣经》中还常常把野兽的本能视为人类的榜样。

冬季是猎熊的好时节，而对野蛮人来说，猎熊乃是最受重视的狩猎活动。出行前，人们照例进行很长时间的斋戒，接着是神圣的涤罪仪式和一场盛大的宴会。出发后，猎手们便专挑崎岖险径而行。他们踏湖边，攀峭壁，脚下往往就是隐于积雪的万丈深渊。险径之上，他们给荒漠之神献上祭品，据说最能打动神灵的祭品便是一条活狗。他们将这条狗悬于树枝之上，任由它在愤怒中挣扎着死去。每逢傍晚，猎人们便匆匆搭起临时歇脚的棚屋。在这简陋的棚屋里，他们身子的一边冻得冰冷，另一边却热得出汗。为了避开烟气，他们只能趴到地上，把脸埋在地上铺的皮毛里。猎狗饿得叫个不停，在主人的身边不停地跑来跑去。有时猎手们刚拿出一点儿吃的打算充饥，机敏的猎狗就会立刻从他们手中夺过来吃个精光。

松林掩映的平原是熊经常出没的地方，猎手们抵达这里时，已是筋疲力尽，可他们很快便忘掉了一路的艰难险阻，立刻投身到猎熊的行动中来。

猎手们彼此散开，围成一个巨大的圆圈。他们从各自的位置上，以固定的速度向着圆心走去，边走边仔细查看沿路中空的树干里是否栖息着熊。熊在雪地爬行时，呼出的鼻息会在雪地留下痕迹，从这种痕迹就可判断附近是否有熊出现。

印第安人发现藏有熊的松树后，立即呼叫周围的同伴，同时爬到树上，在离地面 10 ～ 12 法尺的树洞里发现了熊的踪影。如果碰巧熊在睡觉，猎人便能一下劈开它的头骨。闻声赶来的两名猎手跟着爬到树上，帮助先上去的猎手将死熊从洞里拖出并扔到树下。

随后，最先发现并砍死熊的那位勇士匆匆爬下来。他点燃随身携带的烟斗，并将烟斗伸入熊的口中，接着朝烟管吹气，好让烟气充满熊的喉咙。随后，勇士开始呼唤死熊的灵魂，祈求这灵魂原谅自己杀死了熊，还拜托这灵魂不要阻挠他日后的狩猎行动。勇士陈辞完毕，便切下熊的舌系带。他会把舌头带到村里烧掉，从舌头燃烧时发出的响声，就能知晓熊的灵魂是否得到了抚慰。

然而，并不是所有的熊都在松树的树干中安家，它们还常常到洞穴中去，然后把洞口封死。有些熊体形肥硕得几乎无法走路，尽管已经大半个冬天没吃食物了。

分散在不同地点的勇士们，最终在圆心处相遇。有些人把战利品扛在肩上或拖在身后，有些则驱赶着猎物走过来。不时能看见年纪轻轻的野蛮人用棍子赶着一头笨拙的熊，让它在雪地里费力地前行，待到玩够了，他们便将刀子一把插进这可怜的动物的心脏。

跟猎取其他动物一样，猎熊行动也以一顿神圣的佳肴而告终。人们按照惯例，烤上一整头熊供大家享用。四周的松树积雪覆盖，勇士们来到树下，在雪地上围坐成一圈。他们把熊头涂上红色和蓝色，并插到一根杆子的顶端，然后纷纷对着熊头讲话。他们一边赞美死去的熊，一边狼吞虎咽地吃着熊肉。“什么样的身手爬得上大树之巅！什么样的膂力藏于你的臂弯！什么样的恒心好似你斋戒这般！披着厚皮毛的勇士啊，春天里多少姑娘想博你所爱。虽然如今你已不在，但你留下的宝贝仍让拥有者欣喜不已。”

这种时候，常常能看见猎狗、熊和温顺的獾在野蛮人中间杂乱地坐着，一齐享受着烤肉大餐。

在猎熊的途中，印第安人各自许下誓言，然而有些誓言却很难做到。比如，他们发誓说，在杀死第一头熊并把熊掌带给妻子或母亲前，自己绝不吃一口饭。可他们的妻子和母亲，有时距离熊被杀的树林有三四百英里之远。遇到这种情况，他们便向巫师求教。巫师看在他们送来礼物的份儿上，便调整了誓言。这样，冒失的起誓人只需把他们许诺要送给亲人的那部分熊肉烧掉，拿来向大野兔表示敬意，便可以违反当初的誓言了。

将近二月底时，猎手们结束了猎熊之旅，随即迎来了捕捉麋鹿的季节。小松林中分布着成群的麋鹿。为了捕捉麋鹿，在一块相当大的空地上，野蛮人用高大的木桩密密围成一大一小两个三角形。两个三角形通过相对的顶角互相连通，而捕兽网就设在这个通道之间。较大的三角形底边不设木桩，而是由一排勇士守在那里。一旦有麋鹿闯进这个木桩围成的空地，勇士们就开始往里走，边走边发出震天的喊声，还敲起鼓来。麋鹿吓得急忙寻找出口，却怎么也找不到。当它们来到两个三角形相交处的通道，就会被致命的兽网缠住。即便有些聪明的麋鹿能躲过捕兽网并逃到小三角里，也会立刻被乱箭射死。

捕捉野牛则要等到夏天，在密苏里河及其支流沿岸的草原一带进行。印第安人使劲踩踏草原，把牛群往河边赶。如果野牛不肯听话，猎手们就放火点燃野草。当野牛发现自己被困在大火与河水中间时，几千头笨拙的野牛同时怒吼起来，想要冲出火海或跳进河里，结果不是被枪弹打死，就是被木桩刺透，场面尤为壮观。

对付野牛，野蛮人还有其他办法。他们可以扮成狼来接近野牛，也可以通过模仿公牛的叫声吸引母牛前来。到了晚秋时节，河水刚刚上冻的时候，两三个部落便联起手来，一齐把牛群赶到河边。此时，混在牛群中的一位身披牛皮的苏族猎手，开始踩着河面的薄冰向河对岸走去。野牛被他的装扮所蒙蔽，纷纷跟在他的后面，可脆弱的冰面根本承受不住这些笨重的野兽，它们在漂浮的碎冰中挣扎了一会儿，就被猎手结束了性命。对付落水的野牛，猎手们通常会使用弓箭。箭离弦时无声无息，所以射向野牛时不会吓到它们。而野牛死后，猎手又可以从它们身上拔下箭来再次使用。步枪就没有这种优势，使用时既消耗火药和枪弹，又会发出巨大的响声。

猎手们总是小心翼翼地从下风处逐渐接近野牛，因为野牛在很远之外就能分辨出人类的气味。公牛受伤以后仍会继续攻击人类，它会奋力保护母牛，常常为掩护母牛而牺牲自己。

苏族人游荡在密西西比河右岸的草原地带，从河流的源头一直到圣安东尼瀑布都能看见他们的足迹。他们放养西班牙马，并利用这种马来围捕野牛。

在围捕野牛的时候，苏族人不时能发现身边来了奇特的同伴，这些同伴便是狼。狼群跟在印第安人的身后，专门捡拾他们遗弃的猎物，有时也伺机捕获那些掉队的牛犊。

不过，很多时候，狼群也靠自己的本事捕捉猎物。如果它们发现附近有头母牛，其中的三只狼便朝母牛做出滑稽的动作来吸引它的注意。正当这头天真的母牛聚精会神地看着这些骗子在一旁耍闹的时候，另一只趴在草丛中的狼便一跃而起，咬住母牛的乳房不放。于是，母牛就想抬起头来甩掉这个攻击者，说时迟那时快，就在这时，攻击者的三名同伙扑了过来，咬住了它的喉咙。

几个月后，在这片狩猎之地又将进行一次捕猎活动，这次的行动虽然不那么血腥，却依旧十分残忍。此次的目标猎物成了野鸽。野鸽们在由北向南迁徙的途中，常常落在附近的树上歇脚，夜里人们便利用火把来捕捉它们。

到了春天，勇士们就该返回村里了。如果狩猎之行硕果累累，接下来就是值得欢庆的日子。他们回到来时乘坐的木舟那里，将木舟用熊油和松脂修补一番，并把皮毛、熏肉和行李放入舱内。此时，河水猛涨，急流和瀑布早已消失不见，航行者们就任由木舟顺流而下。

快要抵达村子了，一位印第安人急忙上岸通知村里的人。女人、孩子、老人和留在家中的勇士，听闻后立即赶往河边。他们高呼一声欢迎船队的归来，猎手们也大声回礼。木舟并排散开，船头靠岸。猎手们纵身跳到岸上，按照出征时的顺序排好队列，依次返回村子。每个印第安人都唱起歌来赞美自己：“像我一样猎熊的才是真男人，带给家里这么多皮毛和食物的才是真男人。”族人纷纷鼓掌喝彩。女人扛着猎物，走在最后。

人们把皮毛和兽肉当众分配开来。他们点燃“归来之火”，然后把从熊的口中割下的舌系带扔进火堆。如果这些舌系带肥厚鲜嫩，并在火中发出噼啪声，便是一个大吉之兆。但如果舌系带十分干瘪，烧起来也没有声响，则说明部落要遭遇大灾大难。

跳完烟斗之舞后，印第安人开始举办狩猎之行的最后一场盛宴。这次的美味是一只从猎区带回的活熊，人们将其直接放入一顶巨型大锅里蒸煮，既不剥皮，也不去除内脏。他们要把熊肉、熊皮和熊内脏吃得一点不剩，并且一根熊骨也不能折断，这有点类似犹太人的习俗。此外，他们还必须将煮熊的热汤一滴不剩地喝光。有的野蛮人实在不习惯这种吃法，便叫同伴帮忙来吃。这顿全熊宴耗时 8 ～ 10 小时，吃完离开时，所有人都十分难受，有些人甚至因为这一迷信的疯狂嗜食而丧了命。最后，酋长发表了一番讲话，宣告宴会到此结束。

“勇士们，大野兔已见识到了我们的箭法。你们展现出了海狸的机智、熊的审慎、野牛的伟力和麋鹿的迅捷。回去吧，在火之月享受捕鱼和游戏的乐趣。哦啊！哦啊！哦啊！”最后，酋长连喊三遍带有宗教意味的呼语，结束了讲话。

皮毛为野蛮人所用的动物有獾、灰狐、黄狐、红狐、囊地鼠、浣熊、灰兔、白兔、海狸、鼬鼠、貂、麝香鼠、狼獾、虎猫、水獭、猞猁、黑足雪貂、黑松鼠、灰松鼠、条纹松鼠、熊，以及好几个品种的狼。

用来制作皮革的毛皮则取自麋鹿、大角羊、狍子、黇鹿、驼鹿和野牛。

战　争

野蛮人，不论男女，不论老少，全都携带着武器。不过，军队人数大体只占部落总人数的五分之一。

一旦年满十五岁，野蛮人就要服兵役。对于野蛮人而言，战争高于一切，也是他们政治生活的全部内容。野蛮人战争的目的是为了保护猎场和耕地。相比于文明民族，战争在野蛮人那里更显合法化，因为为了生存部落间几乎总是会有交锋。然而，由于印第安人追求战争这门与死神共舞的艺术，他们互相残杀，酿出了部落间难以消除的敌意。这就是为了维持家庭生计而产生的冲突。同时，由于军队人数有限，每个人都记得敌人的名字和样子，加之性格不合和个人恩怨，于是仇恨便被放大并且上升为私仇，双方交战起来就更为激烈。生活在同一片原野上的人们产生了内部纷争，并把这种仇恨带入到对外战争中。

除了这个首要及常见原因外，野蛮人还会因其他缘由拿起武器，比如出于迷信的动机、内部的纷争以及同欧洲人通商而产生的利益纠葛等。对于北美印第安部落而言，宰杀母河狸也足以成为发动战争的合法理由。

野蛮人宣战的方式奇特又可怕。四个全身抹成黑色的战士在漆黑的深夜悄悄溜进敌方部落。抵达军营后，他们将染成红色的印第安战斧扔在屋内的地上。斧头上刻着酋长们都认识的宣战符号，表明了战争动机，这和罗马人向敌人领地投掷标枪来宣战的方式如出一辙。接着，这些印第安武装战士如幽灵般立刻消失于黑暗之中，留给敌人他们惯用的战争呐喊声。这呐喊声无人不知无人不晓，只见一只手捂着嘴，拍打嘴唇发出颤音，那声音时而低沉时而尖锐，最后以一句难以形容的咆哮声收尾。

宣战之后，如果敌军力量单薄，难以抗衡，就会弃战而逃；如果他自认为有能力对抗，就会坚守阵地，立即着手于战前准备，进而拉开了例行仪式的帷幕。

人们在公共场地上点燃一大堆篝火，上面架着一口大锅。这种锅和土耳其禁卫军用的锅一模一样，被称为“战争之锅”。每位战士都往大锅里扔自己的东西。此外，人们还立起两根杆子，杆子上挂着弓箭、战斧和羽毛。根据敌军来袭的方位，杆子被竖立在场地的东南西北某一个方向。

接着，人们会把战药分发给每位战士。这是一种烈性催吐药，用两夸脱①的水稀释后，必须一口吞下。之后，年轻人分散在四周不远的地方。军队首领往自己的脸和颈上抹熊油和木炭渣滓，然后去蒸汽房里待上两天两夜。在蒸汽房里不停流汗的首领进入了冥想状态，整整两天不茶不饭。在这两天里，妇女禁止接近战士们，但是她们可以拜访首领并与其交谈，以便从他那里得到一些缴获而来的战利品，野蛮人从不怀疑其凯旋而归的可能性。

妇女们带来各种各样的礼物，把它们放在首领的脚边。首领用珠子和贝壳记录下她们不同的请求：一个姑娘想认领个战俘来代替战死沙场的兄弟；一位中年妇女请求得到敌人的带发头皮，以告慰亲人的在天之灵；一个寡妇想要个俘虏做丈夫，或者要一

---

① 夸脱是个容量单位，主要在英国、美国及爱尔兰使用。1 夸脱 =1.136 升

个外族寡妇当奴隶；一个失去孩子的母亲希望能收养个孤儿做孩子。

两天闭关的日子过去了，到了年轻战士来见军队首领并向其交代自己参战意图的时刻。尽管部落会议已经决定开战，但决议并不强迫任何一个人，参不参战全凭个人意愿。

所有战士都在身上涂上黑色和红色，他们认为这样可以震慑敌人。有些战士在脸颊上画了竖条或横条，有些画了圆形或三角形，还有的画上了蛇形。战士敞开的胸膛和裸露的手臂记录着他的战绩。他们用特别的记号来表示自己拿下过多少块敌人的头皮，参加过多少次战斗，遇到过多少次危险。这些难解的符号由蓝点组成，由细针刺在皮肤上，再用松树胶灼烧而成，一旦完成就没法抹掉。

战士们或赤裸着身体，或穿着无袖外衣，他们把羽毛插在头顶仅有的一绺头发上作为装饰。他们的皮质腰带上插着剥皮刀和战斧，左手拿着弓箭或卡宾枪，右肩上背着装满箭的箭筒，或是装着火药和子弹的兽角。辛布里人、条顿人和法兰克人[①]也曾这样装扮自己，以威慑罗马人。

做完蒸汽浴的军队首领从房里出来，手里拿着一串红色珠子，他向一同战斗的弟兄们发表了一篇慷慨激昂的战前演说。“伟大的神灵啊，”他说，“让我张开双唇吧。上次的战斗中，我们的亲人被屠杀，他们的血迹都还未被擦去，他们的尸首尚未回归故土。我们必须出击，把他们从蝇臭中救出！我已下定决心，与敌人一战到底。我老是梦见熊，梦见善灵们答应帮助我，恶灵们也不会阻拦我。我这就踏上征程，吃掉敌人的肉，吸干敌人的

---

① 辛布里人、条顿人和法兰克人均属于日耳曼民族。

血，俘获许多战俘。如果我死了，或者有谁追随着我与我一同献身了，我们的灵魂将被神灵的大地接受，我们的尸首不会被弃于尘泥之中。谁若帮忙掩埋死者，谁就将得到这串红色珠子！”

首领将红色珠子扔在地上，最负声望的那些战士冲上前去争抢，而那些没有作战经验或战绩一般的战士则都不敢上前参与争夺。最后，那个赢得红珠的战士成了首领的副官，一旦首领阵亡，他就将指挥军队。

然后，赢得红珠的战士发表了热情洋溢的演讲。有人送来一桶热水，年轻的战士帮首领洗去抹在脸上和身上的黑色颜料，接着在首领的脸部、前额和胸部用彩色粉末和黏土画上图案，并为他穿上最好的长袍。

在一阵欢呼声中，首领开始低声吟唱著名的死亡之歌，即将遭受火刑的人通常会哼唱这首歌：

“我勇敢，我无畏，我不怕死，我蔑视所有苦难！只有懦夫才会害怕，那是娘们儿才会干的事，甚至还不如娘们儿！让愤怒之火呛死敌人吧！让我一口吞下他们，吸干他们的血吧！”

首领唱完死亡之歌后，他的副官开始吟唱战争之歌：

“我要为国而战，我要带回敌人的头皮，我要吸干敌人的脑浆……”

根据自己的性格特点，每位战士都会为战歌添入一些歌词，使歌曲听起来更加可怕。有些战士唱道：“我要咬断敌人的手指，烧掉他们的腿脚。”有的唱道：“我要让蛆虫爬进他们的伤口，我要剥下他们的头皮，撕碎他们的心脏，再塞进他们的嘴里。”

我们基本上只能在北方部落听到这些让人毛骨悚然的歌曲，而南方部落则更喜欢用烟熏死俘虏。

副官唱完战争之歌后，又开始吟唱赞美祖先的家庭之歌。每当这时，首次参战的年轻战士都会保持沉默。

这些仪式结束之后，首领便去参加酋长大会。酋长们围坐一圈，嘴里都叼着红色烟管。首领询问他们是否坚持要让战士们举起斧头参战。经过再三讨论，酋长们最终还是做出了参战的决定。事后，首领又跑回公共场地，向年轻战士们宣布酋长们的决定。听到这个消息后，战士们都高声欢呼起来。

人们解开绑在柱子上的圣狗①，把它献给了战神阿瑞斯。在加拿大部落中，人们会宰杀这只圣狗，把它丢进锅里煮熟，然后分给参加誓师大会的男人们吃。这是个神圣的宴会，绝不允许妇女参加。宴会结束后，首领宣布，他将率领大家在某天日出或日落的时候出征。

突然间，野蛮人天生的懒散都被惊人的行动力所取代。年轻人的乐观心态和军事热情感染了整个民族，不少制造雪橇和小船的工棚拔地而起。

雪橇是用来运送行李、病号和伤员的，由两块薄木板制成，长约十八英寸，宽约七英寸。雪橇前端翘起且带有支架，支架两侧绑有皮绳以固定所载物品。野蛮人将两条皮绳绑在马车的前部，然后把皮绳套在胸前，拉着无轮马车缓慢前行。

木船分为大小两种，它们的建造过程如下：

野蛮人把一些弯曲的木材首尾相接，做成一个短径约 8.5 英尺、长径约 20 英尺的椭圆。在这个主体框架中，绑上红雪松质地的薄木条，再铺上柳条以加固，就像编篮子那样。木船的骨架成形后，再往上铺树皮，这些树皮是人们在冬季从榆树和桦树上剥下来的，取树皮前人们会往树上浇沸水，因为这样更容易使树

---

① 有些印第安人部落视马为圣狗。

皮剥落。人们用松根把树皮缝合在一块，这些松根特别柔软且不易变干。接缝处里外都是用一种松脂黏合的，对于这一制作工艺，野蛮人是严格保密的。木船制造完毕，再配上一对枫树制成的船桨，就可以在湖面及河面上快速前行了，活像一只轻盈优雅的水蜘蛛。

每位战士都要随身背着十磅重的物品，包括玉米或其他粮食、睡铺、护身符和药袋。

出征的前一天是“告别日”，休伦族部落和阿尔冈昆族部落会举办感人的告别仪式。之前一直在公共场地或像战神广场之类场地驻扎的战士们回到村落中，分散在村子里，挨个向每户人家告别。大家都以最温情的方式款待战士们，并希望从他们身上得到一件随身物品。有人拿走战士的披风，送给他们更好的披风，还有人和他们交换长管烟斗。战士们应享用离别的美食，喝杯告别酒。每户人家都会给战士们送上特别的祝愿，战士们也要回以相应的祝福，以感谢大家的热情款待。

当战士回到自己家中进行告别时，他就在家门口停下。如果母亲健在，那么她第一个走向前去和儿子道别。战士会轻吻母亲的眼睛、嘴唇和胸膛。接着他的姐妹们走向前，他抚摸她们的前额。然后他的妻子会跪伏在他跟前，他给予妻子祝福。他的所有孩子中，只有男孩会被领来跟他见面，战士把自己的战斧交给他们，一言不发。最后走上前的是战士的父亲，他是一位老酋长。父亲拍了拍儿子的肩膀，说了最后一番话以激励他为家族增光添彩：“我就站在你身后，就像你会站在你儿子身后一样。如果敌人找上我，他们会食我的肉，饮我的血，这对你可是一种侮辱啊！”

“告别日”一过便是出发的日子。天刚破晓，首领便走出屋子，发出死亡的呼啸声。如果天空出现一片乌云，或是他做了不吉利的梦，看见了任何象征厄运的鸟兽，那么出发之日便会推后。此时，这声呼啸唤醒了整个军营，战士们立马起身，背上武器，整装待发。

各部落的首领都举起军旗。军旗是用圆形树皮做成的，旗子固定在长矛的一端，旗面上粗糙地画着一些图案，都是一些被信奉的神灵、乌龟、熊和海狸等形象。各部落的首领都是一些将士，他们服从将军及其副将的指挥。此外，还有一些不被正规军队承认的队长，他们是游击队员性质，身后跟着一干子爱冒险的家伙。

到了清点和统计参战人数的时候。每个战士走过首领跟前时，都会递给他一个有特殊印记的木牌。上交自己的木牌前，战士们都有退出参战的自由和权利。但是在上交木牌后，若有谁再退出战斗，就会声名扫地。

接着大祭司带着一群法师和医生赶到，他们拿着漏斗形的草筐以及许多装满了药草和树根的皮袋子。战士们盘腿而坐围成一圈，中间站着祭司和法师。

大祭司挨个点出战士的名字，被叫到的战士站起身来，把自己的护身符交给他。然后祭司把护身符装进草筐里，口里念着阿尔冈昆咒语："啊嘱——哦呀哈——啊噜呀！"

野蛮人的护身符代表着他们的爱好和梦想，所以它们也在不断地发生变化。护身符可以是填满稻草或棉花的老鼠皮，可以是白色小石子，可以是鸟类标本，是野兽或鱼类的牙齿，是一块红布头，是一段小树枝，是玻璃器皿或是欧洲装饰品。总之，天下万物，任何形式，都可以被野蛮人用作护身符。这些护身符成本虽极其微小，但却能鼓舞士气。有了护身符，哪怕只是一根稻草，也好像获得了命运之神的庇佑，永保平安，免受灾害。在封建制度下，我们的祖先就曾通过一条小木棍、一根稻草、一个戒指、一把小刀等物品来获取某项权利。

这些护身符都被存放在三个草筐里，由军队首领和各部落酋长保管。

收集完护身符，到了用药用植物和手术工具为战士们赐福的环节。大祭司手持皮袋子或水牛皮编织袋，让战士们一一从袋子底端走过，又命令他们跪伏于地，接着大祭司与其他法师一同围着战士们跳舞。他们拍打着大腿，神情恍惚，时而咆哮，时而念叨着奇怪的词语。最后，大祭司宣布他已经赋予心地纯洁之人超自然的能力，而他自己也有了让战士们起死回生的能力。大祭司咬破自己的嘴唇，吸去唇上流出的鲜血，撒上了药粉，于是伤口仿佛在瞬间愈合了。有时，人们把号称已死的狗带去给祭司看，在他动了手术之后，那狗便一跃而起，人们激动得欢呼起来，直呼那是奇迹。然而，真正英勇之人并不会被这种粗俗的骗局所迷惑。在法师们的把戏中，野蛮人只看到神灵发挥了作用，其他的都没有注意到。野蛮人即使有自愈伤口的能力，他们还是不耻于寻求神灵的帮助。

同时，妇女们也开始准备出征宴。这最后一餐和之前那餐一样，吃的都是狗肉。在享用神圣的菜肴前，首领向大家发表了演说：

“弟兄们，我知道我还未成为一个真正的男人。大家都知道我看到过敌人好几次了。在之前的战役中，我们失去了许多战友，他们的忠骨都还没有从蝇臭中救出，我们必须要去把他们安葬好。我们怎么能一直躺在床上坐以待毙呢？我的护身符命令我去报仇雪恨。年轻人，请鼓起勇气吧！”

首领唱起了战神之歌[①]，年轻战士们齐唱副歌。唱毕，首领隐退回一个山丘顶部，躺在一块兽皮上，手里拿着红色烟斗，烟锅朝着敌人的方向。大家开始跳起战争之舞，表演战争哑剧。第一支舞蹈叫作“发现之舞”。

一个印第安人单独走向前，步子缓慢，来到观众中间。他表演的是战士出征的场景，出征的战士们白日行军，日落扎营。战士们发现了敌军，匍匐向前，给对方来了个出其不意。攻击开始了，他们奋力交战，有的被擒获，有的被杀死。一边是落荒而逃，痛苦离去；一边是平静撤退，凯旋归来。

表演这个哑剧的战士最后唱了一首歌，来歌颂自己和自己的家族：

“20 年前，我有 12 个俘虏；10 年前，我救下首领。我的祖先们英勇显赫：我的祖父是部落的智者，在战场上吼声如雷；我的父亲犹如青松，挺拔有力；我的曾祖母是五位战士的母亲，我祖母一人的才智就抵得过整个酋长会议；我的母亲煮的玉米粥可是美味极品。而我，我比所有的祖辈都更强大更聪明。”这首歌和斯巴达人之歌有异曲同工之妙：“我们曾经年轻，我们曾经勇敢，我们曾经果断。”

战士唱完歌后，其他战士也站了起来，用相同的方式歌唱自己的功绩。歌唱得越是华丽夸张，就越是备受称赞。战士们是最崇高、最美丽的人，他们具备所有优秀的品质和美德。有的战士认为自己是最优秀的人，但他又会为另一位号称超越一切的战士鼓掌喝彩。斯巴达人也曾有这样的习俗，他们认为，公开赞扬自己的人会努力做到言行一致，最终得到大家的称赞。

---

① 请参看《纳奇兹人》。

于是全体战士都起身，加入到舞蹈中来。在铃鼓、横笛和印第安小鼓的伴奏声中，行军之舞跳得越发热闹。他们借助栅栏表演了攻城的场面：有人纵身一跳，就像越过壕沟一样，有人仿佛在水中游泳，还有人伸手帮助战友冲出障碍。棍棒相击发出哐啷声，小鼓的声音变得急凑，战士们拔出匕首，开始转圈。起初转得很慢，然后越转越快，最后快得让人眼花缭乱，同时可怕的喊声刺破苍穹。这些凶猛的野蛮人挥舞着匕首，直逼对方喉咙，让人不寒而栗。他们的脸上涂着黑色或画有条纹，身上穿着稀奇古怪的衣服，嘴里发出悠长的呼啸声，这构成了一幅野蛮的战争画面，震慑人心。

表演者跳到精疲力竭、汗流浃背时，舞蹈才告结束。接下来，轮到年轻战士们接受考验了。人们用最肮脏的话语辱骂他们，把滚烫的炉灰倒在他们头上，又用鞭子抽打他们，往他们脸上烫铁红的烙印。他们要经受住这些考验才行，如若有人表现出不耐烦的样子，那么他将被认为不配参与战争。

出征前的一系列仪式以第三次圣狗宴画上句号，这也是被奉上的最后一只圣狗。这一餐不能超过半小时。宴会由首领主持，战士们默默地吃着。不久，首领便结束用餐，战士们立刻跑去拿行李，带上武器。亲友们默默地围着战士，一言不发。母亲看着儿子往雪橇上搬运行李，目光一直追随着他，热泪默默滑下脸颊。战士的家人们坐在地上，其他人站在一边，所有人都关注着出征前的准备工作。虽然人们的情感不一，但从每张脸上都能看出，他们在内心问着同一个问题：我还能再见到他吗？

终于，首领全副武装，从自己的屋里走出来。作战部队进入军事状态。大祭司带着大家的护身符，走在队伍的最前头，军队首领走在他后头。接着走来的是第一部落的旗手，他高举的旗帜在风中飘扬，后面跟着该部落的战士。其他部落排成纵列，跟在第一部落后面行进。他们拉着装载着军锅、睡铺和玉米袋的雪橇，战士们四人一组或八人一组，扛着大大小小的木船。而那些身上涂着颜料的姑娘，她们带着自己的孩子跟随军队出征。她们也拉着雪橇，但皮带子不是套在胸前，而是套在前额上。副官则独自走在队伍的旁边。

队伍没走多远，首领便命令战士们停下，对他们说道："都给我高兴起来！当我们迈向死亡时，应该心存感激，你们要继续服从我的指挥。表现突出的人可以得到大量的烟草作为奖赏。我还会把自己的睡铺交给一位勇士，让他帮我背着。如果我和副官都被敌人扔进锅中，就让这位勇士来指挥军队吧。来吧，让我们拍打大腿，连吼三声！"

接着，首领把自己的睡铺和玉米袋交给了他指定的战士，于是该战士就获得了在首领和副官死后掌领军队的权力。

军队继续前行。村里的居民通常会护送军队去河边或湖边，那里是船只出发的地方。离别的场景又一次上演：战士们脱去身上的衣服，把它们分给家人。在这最后的时刻里，他们让自己放声痛哭。每个战士都被亲人团团围住，亲人们爱抚着他，紧紧地抱着他，用最亲切的名字叫着他。这一别也许就是永别，离开前，他们原谅了彼此曾经犯下的错误。留在家中的人向神灵祈祷，希望早日和亲友重逢。出征的人祈祷雨水惠及他们的故土，他们甚至还不忘为家畜祈福。木船被放进河中，战士们登上船只，船队启程了。但妇女们仍然站在岸边守候，朝着自己的丈夫、父亲和儿子挥手告别，看着他们离去，直到他们消失在视野里。

在前往敌国的途中，军队并非总是采取径直路线，有时候，最远的线路反而是最安全的。大祭司根据吉兆或凶兆决定是否行军。如果他看到了一只猫头鹰，他就会命令军队停止前行。船队驶入河湾，战士们登陆，竖起栅栏，点火煮饭。晚饭过后，军队在神灵的庇佑下驻营。首领建议战士把战斧放在身边，睡觉时不可大声打鼾，需时刻保持警惕。他们把护身符挂在栅栏上，也就是那些塞草的老鼠、白石子、麦秆和红布头。接着大祭司开始祈祷道：

“神明啊，请时刻警惕着，睁开您的眼睛，竖起您的耳朵。如果战士们遭到突袭，这将成为您的耻辱。酋长们可能会说，我们的守护神竟被敌国的守护神打败了！您一定明白，这是多么大的耻辱啊！不会有人再为您奉上食物了，因为战士们想要得到比您更强大的守护神。您的职责就是小心站岗。如果我们在熟睡时被敌人剥了头皮，我们不会被指责，被指责的是您！”

对神灵一番警告后，所有人都回去休息了，他们认为，有了神灵的庇佑就安全了，没什么好怕的了。

和野蛮人一同作战的欧洲人感到十分好奇，不明白为什么他们会如此信任神灵，于是便问同铺的战友是否从未在营里遭遇过突袭。“经常的事，”他们回答。“既然这样，安排哨兵站岗不是更好吗？”欧洲人又问。“这也太过小心了吧。”野蛮人说，说完翻了个身就睡了。印第安人就是这般德性，他们懒惰散漫，毫无远见，以为只要有上天的庇佑就安全了。

军队的休息和行动是没有固定时间的。如果大祭司半夜大叫着说他看到柳叶上有一只蜘蛛，那军队战士就必须立刻醒来。

当军队碰巧来到了一个猎物丰富的地方，战士们就解散开来，去打猎觅食。只有行李及托运行李的人留在营里，若他们不幸遇敌，就只能看敌军是否仁慈了。但在日落前两小时，所有打猎的战士都必须回到军营，这种精准把握时间的能力，也只有印第安人拥有。

如果正好来到“刻痕小路”（又叫“贸易小路”），就会有更多的战士分散开来。这条穿过树林的小路是有记号的，两旁树干上的同一高度处都有刻痕。正是在这条小路上，来自不同地方的红种人可互通有无，或是和白人进行交易。部落之间有一条规定：这条小路是中立的，走进这条小路的人永远不应受到骚扰。

同样，“血腥小路”也是中立的，它是用火烧灌木开出来的路。路旁没有一间房屋，是最适合军队远征的路线。就算敌对双方在路上相遇，他们也绝不会在那里开战。侵犯“贸易小路”或“血腥小路”的规定，是对亵渎神灵的部族开战的导火索。

如果有人发现盟军部落的人正在睡觉，他们就会静静地在帐篷的栅栏外站着，直到他们醒来。当他们醒来后，盟军部落的首领会走到来客的身边，送给他们几块特意为此会见预留的头皮，并说道“你们在这里有行动”，言下之意是，“你们可以通过了，你们是我们的兄弟，你们保住了荣誉”。“我们在这里有行动。”来客回复道。于是军队重新启程。谁若把盟军误认为敌军，不小心惊动了对方，那他就是无知懦弱之辈，是会受到谴责的。

如果军队要借道穿过中立部落的领地，就需要征得对方的同意。军队代表会手持烟斗前往该部落的主要村子进行谈判。代表声称彼此部落的祖先亲手种下了象征着和平的大树，大树的浓荫庇佑了两个部落的人民，战斧就埋于树下，两个部落应继续友好交往，一同享用这神圣的烟斗。如果中立部落的首领接过烟斗吸了烟，那就代表同意对方通行。军队代表一路上手舞足蹈，返回自己的部落传达喜讯。

军队继续前行，朝着即将成为战场的敌军部落逼近，没有一丝恐惧，也没有防御措施。有关敌军的第一手情报通常是这样得到的：当猎人看到了敌人出没的踪迹时，他便匆忙跑回军营报告。首领立即发布命令，军营里所有人都必须停下手头的活儿，不许发出任何声响。然后，首领会带上最有经验的战士出发，前去侦察敌情。野蛮人能在不可思议的距离之外听到声音，并发现干涸沼泽和裸露岩石上留下的脚印。除了他们，其他人的肉眼是发现不了的。他们不仅能看出敌人的印记，还能说出他们是哪个部落、在什么时候留下的。如果两脚间距较大，那表明伊利诺伊人曾路过这里；如果脚后跟的印子较深，大脚趾较大，那他们应该是奥特奇帕威人；如果脚印横斜，那肯定是波特瓦特梅人经过；如果野草几乎没有被践踏的痕迹，只有草的末梢被折弯，那便是休伦人逃亡时留下的；如果脚印的脚尖朝外，且两步间隔36英寸，那就是欧洲人的脚印；印第安人的脚尖朝里，两只脚印平行。而根据脚印的深浅长短，还能推测出敌军战士的年龄。

如果被踩踏过的苔藓或野草变干，那脚印定是头一天留下的；如果昆虫已经在踩踏过的野草或苔藓上爬来爬去，那这些脚印已留下四五天了；如果植物开始发新芽，草儿们长出新叶，那么脚印应该有八到十天甚至十二天之久。就这样，单是几只昆虫、几片新叶和几天时间，就可以抹去一个人留下的印记和功绩。

仔细地辨别完脚印后，印第安人接着把耳朵贴在地面上，去听微弱的声响，判断敌军的方位。欧洲人的耳朵根本听不到这些声音。

回到军营后，首领命令熄灭灯火，禁止说话和打猎。他让大家把船只拖上岸，藏进灌木丛里。战士们默默地吃饭，然后躺下休息。

首次侦察到敌人行踪的这个夜晚叫作“托梦之夜”。所有的战士都应该做梦，第二天要讲述梦的内容，也许梦可以帮助判断这次的远征是否成功。

军营里于是出现了奇特的场景：野蛮人半夜爬起来，在漆黑的夜里来回踱步，嘴里呢喃着死亡之歌。他们给那些死亡之歌加上了一些新的歌词：我要吞下四条白蛇，我要撕下红鹰的翅膀。歌词正是战士刚刚做的梦，他把梦中所见编进了歌中。他的战友们要解析他的梦境，否则他就会被解除兵役。在这个梦中，四条白蛇象征着四个欧洲人，做梦者要杀死他们。红鹰代表着一个敌人，做梦者要取下他的头皮。

在“托梦之夜”里，有个战士梦到了一条耳朵着火的狗，并把这个故事加入了死亡之歌中。他没法解释自己的梦境，便索性离开军营回家了。这种孩子气的做法在欧洲人看来也许是懦弱的表现，但在美洲野蛮人看来却并没有什么不妥。印第安人认为，这种自由直率、异想天开的行为是他们永不丢弃的一个品质，任何人都会在某一时刻听从自己的理智或怪想。

在“托梦之夜”里，年轻战士们十分担心大祭司做到不好的梦。因为就算大家已经行军 600 英里，只要大祭司做了不好的梦，军队就得返程。如果有战士梦见祖先的灵魂，或是听见他们的声音，他同样也会要求军队撤退。野蛮人的行为是受绝对的自主和蒙昧的宗教支配的。

如果没有梦境的干扰，行军队伍就会重新上路。女人们被留下来照看船只。还有二十来个战士要留下来，他们要履行帮伙伴们掩尸的承诺[①]。整个军队秩序井然，保持着绝对的肃静。战士们列队前进，每个人都踏在前面人的脚印上行走，这样就可以避

① 参见《纳奇兹人》。

免留下不同的脚印。还有更为谨慎的做法：走在队伍最后头的战士往身后撒落叶和尘土，以覆盖留下的脚印。首领走在队伍的最前头，紧紧追踪着敌军留下的痕迹。他穿过树林，蜿蜒而行，活像一条精明的侦探犬。行军队伍时不时停下来，仔细探听敌情。在欧洲人那里，打猎好比作战；而对野蛮人来说，作战就好比打猎。印第安人是通过追踪敌人而学会追踪熊的。在大自然中，最伟大的统帅必定是最强壮、最勇猛的猎手。而在社会生活中，聪明过人、足智多谋、善于做出成熟的判断，才能造就最伟大的统帅。

被派去侦察敌情的战士，有时会带回几包新割的芦苇，于是挑战来了。人们数着芦苇，芦苇的数量代表敌人的人数。有些部落之前曾发出过挑战，像休伦人，他们在军事上一向正直，所以芦苇的数量真实地表现其军事实力。相反，有些部落因政治手腕出名，像易洛魁人，他们给的芦苇数量和实际兵力有所出入。

如果发现敌军前一晚扎营的场地，人们会仔细察看。从营地的搭建情况来看，首领可以分辨它是属于哪个部落的，是否为盟军留下来的。如果屋子入口处只有一根柱子，那就是伊利诺伊人扎营的地方。若再多上一根柱子，根据它的倾斜状况，首领就可做出准确的推断。圆形屋子是奥托威人留下来的，屋顶又高又平的房子是白人住过的地方。有时会发生这样的事情：在敌军落入对方手里之前，他们已击败了该部落的盟军。为了恐吓追赶自己的军队，他们会留下代表自己战绩的记号，以威慑对方。一天，有人发现一棵剥去了外皮的桦树。裸露的白色树干上画着一个椭圆，椭圆里面用黑红两种颜色画着这样一些图形：一只熊，一只蝴蝶正在吃桦树叶，十个圆圈，四张睡席，一只飞鸟，玉米穗上有个月亮，一条木船和三间屋子，一个脚印和二十间屋子，一头猫头鹰和一轮落日，一头猫头鹰和三个圆圈还有一个躺着的人，一把战斧和三十个排成一列的人头，两个站在小圆圈上的人，三个在一张弓里的人头和三条直线。

这个带有难解符号的椭圆象征着伊利诺伊部落的首领。此人名叫阿塔布，因脸上画有这些特殊的符号而著名。图形中的熊是该首领的守护神；蝴蝶吃桦树叶是伊利诺伊部落的标志；十个圆圈代表着一千名战士，每个圆圈代表一百名；四张睡席代表的是四个优势；一只飞鸟象征着伊利诺伊人的离去；玉米穗上的月亮意味着他们在玉米尚青时趁月色离开；木船和三间屋子是指一千名战士已走水路离开三天了；一个脚印和二十间屋子意味着已在陆地上行军二十天；猫头鹰代表着契卡索人；那轮落日表明伊利诺伊人已经到达契卡索部落营地的西部；那头猫头鹰、三个圆圈和一个躺着的人，表示三百名契卡索人在夜里遭到了突袭；一把战斧和三十个排成一列的人头，代表着伊利诺伊人杀死了三十个契卡索人；两个人站在一个小圆圈上，表示他们带走了二十个俘虏；三个人头在一张弓里表明伊利诺伊人方面有三人牺牲，三条直线代表着三个伤员。

战争首领应该具备快速且精准地解读这些符号的能力，根据他对敌军及其盟军实力的了解，他应该要能判断这些历史战绩的真实性。如果他决心前进，不管敌军的这些战绩是否真实，他都要做好战斗准备。

新的侦察工作又开始了。人们时而俯身跑过树林，时而匍匐前行。他们爬上最高的大树远眺，一旦发现敌军的营地，便立马赶回军营，向首领报告敌军的位置。如果敌方的阵地易守难攻，那就要想出对策，迫使敌军离开阵地。

最常用的一个策略就是模仿野兽的叫声。年轻战士们分散在树林中，模仿着野鹿、水牛和狐狸的叫声。野蛮人对这种把戏很熟悉，由于他们热衷于捕猎，又十分擅长模仿动物的叫声，所以对方也常常落入圈套。当敌军离开营地扑向猎物时，便立马中了埋伏。如果他们能找到有天然屏障庇护的地方，比如沼泽地的堤道，或是两湖之间的狭窄地带，那他们将会重新集结。

敌军被围困在狭小的地方，他们并没有杀出一条血路的打算，而是自得其乐地玩了起来，仿佛是在自己村子里一样。不到最后关头，敌对双方是不会交战的，他们更喜欢比耐性、比策略。等到双方都弹尽粮绝时，不是封锁山间隘路的一方被迫撤退，就是被围困的一方突出重围杀出一条血路。

交战的场景十分可怕。每个战士挑出一位对手和自己决斗，就像古时竞技的殊死搏斗那样。决斗双方怒目而视，恐怖的气氛蔓延开来。战场上回旋着死亡的恸哭声、辱骂声和战争之歌。战士们像荷马笔下的英雄人物那样互相谩骂对方，他们能叫出对方的名字。“那天，你恨不得跑得像风一样快，好躲过我的箭击。难道你忘了吗，老娘们？要不要我送你点装在空心芦苇里的肉汤啊？”对方反击道：“吹牛皮的骗子！大家都知道你爱穿女人的裙子，你的舌头就像白杨叶一样，没完没了地摇摆颤抖！”

战士们还互相攻击对方的先天不足，骂对方为跛子、斜眼和矮子等。这伤害了他们的自尊心，使他们的怒气之火越烧越旺。还有更加残暴的行为，那就是取下敌人的带发头皮，这也使得战斗更为残酷。胜利者踩在失败者的脖子上，左手抓住印第安人头顶标志性的发束，右手握着利刀沿着头顶的发际线割上一圈，用力一扯头皮，头盖骨就割了下来。于是，头骨就裸露在了空气中，连刀尖都没有碰到。

当敌对双方在旷野相遇时，若双方实力相差悬殊，较弱一方就会挖地洞，与对方在地洞里交战。在这些交战要塞中，战斗堡垒的高度几乎与地面持平，所以留给敌方进行攻击的空间就很小了。而攻方朝守方堡垒射箭就像发射炮弹一样，箭都击落在堡垒顶上，特别精准。

杀敌最多的战士将被授予军事荣誉，立功的人被允许佩戴鹰羽。为了公平起见，每个战士的箭上都刻有特殊记号，所以当箭头从敌人体内拔出时，一眼就能辨别出射箭的人是谁。

火力武器则无法证明主人的功绩。当敌人被弹炮、战斧或棍棒打死，只能靠计算取回的头皮数来衡量功绩。

战斗过程中，很少有人服从军事首领的指挥，就连首领自己也忙着追求个人利益。战斗结束后，胜利方很少会去追捕战败方，他们会留在战场上忙着搜刮死者身上的财物，捆绑俘虏，又唱又跳地庆祝胜利，以及哀悼死去的战友。人们悲叹恸哭着，把战友的遗体安放在大树枝上，而敌人的尸体则被弃于尘土中。

军队派出一名战士，让他回去告诉部落人民军队凯旋而归①的消息。酋长们听到喜讯后便召开酋长大会，军事首领在大会上汇报了此次远征的情况，酋长们将根据他的报告来决定是继续战斗还是议和。

如果部落决定议和，那么他们就会留下俘虏，作为议和的条件。但如果部落决定继续战斗，战俘们就会被处死。关于印第安人残忍处死俘虏的细节，我建议读者参阅《阿塔达》和《纳齐兹人》以了解详情。妇女往往会更加淋漓尽致地表现仇恨。她们用指甲刮伤俘虏，用家务工具刺伤他们，或烤或煮他们的肉吃，食人者知道俘虏身上哪里的肉最为鲜美。那些不吃俘虏肉的人，最

---

① 关于这个部分请参见《纳奇兹人》的第十一册。

后也会喝他们的血，还把他们的血涂在自己胸前和脸上。

然而，妇女还有一项至高无上的特权，尤其是那些在战争中失去了兄弟和丈夫的妇女。这个特权便是：她们可以留下俘虏，将之作为自己的兄弟或丈夫。这种认领是顺从自然法则的，也从未有过被认领的俘虏背叛新家庭的案例。俘虏拿起武器和自己原属部落作战时，会表现得和当地人一样积极。因此在交战中，经常有父亲发现站在对面的敌人竟是自己的儿子的情况。如果儿子获胜，第一次他会放走父亲，并对他说："你给了我生命，我也饶你一命，我们现在互不相欠。别让我再见到你，不然我会取下你的头皮。"

然而，被认领的俘虏并不是十分安全。如果他们效力的部落遭遇什么损失，他们就会被杀死。比如，养母一旦有了亲生儿子，就会举起斧头把养子劈成两半。

易洛魁人以对待战俘极其凶残而闻名。他们有一个可能是从罗马人那里学来的习惯，这充分显露出了一个伟大民族的天才之处：他们把战败的部落纳入到本部落内，但不奴役对方，他们甚至不会强迫战败者接受自己的法律，而仅仅是让他们接纳新的风俗习惯。

不是所有的部落都会焚烧俘虏，有些部落只会让他们当奴隶。酋长们是封建习俗的积极拥护者，所以对这种人道主义行为极其痛恶，他们认为这是古老美德的退化与堕落。随着基督教在野蛮人中的传播，野蛮人的残暴个性渐渐被软化了。传教士们也正是借助了上帝的名义，才废止了活人祭祀的陋习。他们插上十字架来取代行刑架，用耶稣基督的血来替俘虏赎罪。

宗　教

当欧洲人最初踏上美洲大地的时候，他们发现，野蛮人中存在的宗教信仰，而今已几乎不复存在。同秘鲁人和墨西哥人一样，几乎所有佛罗里达州和路易斯安那州的部族都有拜日的信仰。他们有寺庙，有教士，有法师，他们也举行献祭，只是他们在这南方的宗教信仰中融入了一些北方神祇信仰的传统。

公共祭祀会在河岸边举行，它们往往举办于季节交替之际，或是战争与和平时期。个人祭祀则在棚屋内进行。人们将代表世俗的灰烬撒向风中，将象征新生的火堆点燃。献给善神恶鬼的祭品包括兽皮、家用器具、武器、串珠等，都是些不值钱的东西。

所有的印第安人都迷信“大神”，这也是他们至今仍保留着的唯一的迷信。每个野蛮人都有他自己的“大神”，正如每个黑人都有他自己的物神[①]一样。这个“大神”可能是一只鸟，一条鱼，一头四脚兽，一个爬行动物，一块石头，一根木头，一块布条，一些有色彩的东西，或者是一个美洲或欧洲的装饰品等等。猎人们从不会去主动伤害或猎捕代表他们的“大神”的那个动物，倘若他不幸将其错杀了，他会竭尽全力、尽一切可能去安抚那死去动物的灵魂。但即便如此，他也不能全然放心，直至他又“梦见”了一个新的“大神”。

---

① 相当于护身符。

梦在野蛮人的宗教里扮演着相当重要的角色。解梦成了一门学问，梦中的幻景被认作是真实的。而在文明民族中，情况则恰恰相反，现实才是梦境。

在美洲新大陆的印第安人部落中，有关灵魂不死的清晰教义还没有形成，但他们对此已经有了一些模糊的看法，这在他们的习俗、神话传说、殡葬仪式以及对死者的敬重中都有所体现。对于灵魂不死之说，野蛮人不仅没有否定，反而将其范围扩大了，他们给无情的动物（从昆虫、爬行动物、鱼类和鸟类，到最大型的四脚兽）也都植入了灵魂。实际上，那些相信“神灵”是随处可见、随处可闻的部族，必然会设想有一个神灵是始终与自己相依相伴的，而那些与他们在孤独中相依偎的牲畜，也有着它们自己的神灵。

加拿大的部族中存有一个完整的宗教传说体系，欧洲人不无惊讶地发现，这些传说中竟存有大量希腊神话故事以及《圣经》史实的蛛丝马迹。

有一个故事是这样讲述的：某日，野兔大神在他的水上宫廷召开大会，麋鹿、雄獐、熊和其他野兽都列席其中。野兔大神从湖底取出一粒沙子，用它造出了大地，然后他又用各种动物的尸骨创造出了人类。

而在另一个传说中，阿瑞斯（或称阿格雷斯古埃）被视为战神、上帝或“大神”。

由于水神米查布（绰号大虎猫）的反对，野兔大神的“造人计划”一度受挫。最后，野兔大神将米查布打败了，但它的神力也受到了很大的消耗，最终他只造出六个人。这六个人中其中一个升入了天堂，在那里与美丽的复仇女神阿塔恩齐克埃坠入了爱河。后来，野兔大神发现复仇女神有了身孕，就一脚将她踢落到了凡间。复仇女神落在了一只乌龟的背上。

一些巫师坚信，复仇女神阿塔恩齐克埃生有两个儿子，其中一个将另一个杀害了。但更多人则认为，她只生了一个女儿，这个女儿后来又生下了塔胡埃·萨朗和茹斯克卡，而茹斯克卡将塔胡埃·萨朗杀死了。

阿塔恩齐克埃有时也会被看作是月亮女神，茹斯克卡则会被看作太阳神。战神阿瑞斯有时也会被视作是太阳神。在纳奇兹人那里，复仇女神阿塔恩齐克埃是恶神的“女首领”，而茹斯克卡则是善神的“女首领”。

到了第三代，茹斯克卡这一族几乎惨遭灭顶之灾，因为伟大之神发了洪水。梅苏，或称萨克查克，他惊于泛滥的洪水，就放出一只大乌鸦去打探洪水的情况。但乌鸦的任务完成得很糟糕，于是梅苏又派麝香鼠去。麝香鼠带回了一点河泥给他，靠着这点河泥，梅苏让大地又恢复了原貌。他向劫后犹存、依旧直立的树干射箭，那些箭就变成了树枝。出于感激之情，他与一只雌性麝香鼠结了婚，而正是从这次婚姻中，今天的人类诞生了。

这些传说有许多流传的版本。根据某些权威人士的说法，结束那场大洪水的并不是梅苏，而是阿塔埃恩齐克从天而降时砸到的那只乌龟。当时，这只乌龟一边游水，一边用脚把洪水拨开，让大地从中显露出来。倘若这种说法可信的话，那么复仇女神无疑就是人类新种族的始祖了。

仅次于野兔大神，海狸大神也是神力超强的“大神”，是他创造出了尼比辛格湖。渥太华河是尼比辛格湖的支流，它上面的瀑布群就是海狸大神造湖时修建堤坝的残迹，可惜他这伟业只做了一半就去世了。海狸大神被埋葬在自己修建的山顶上，但凡是路过他坟墓的人，都会在那里驻留，抽起烟草以纪念他。

水神米查布诞生于麦基诺岛，该岛连接着休伦湖和密歇根湖。米查布从麦基诺岛来到了底特律。为了捉到海狸，他在圣玛丽瀑布旁边筑起一道堤坝，把阿利尼皮根湖的湖水储存了起来，造出了苏必利尔湖。米查布从蜘蛛那里学会了织网，然后他把这项技艺传授给了人类。

有一些地方让众神感到尤其愉悦。沿着苏圣安托万的瀑布往南走两天，就能走到瓦肯提比，它就是大神的洞穴（也称“帝伯”）。这里面有一个深不可测的地下湖，若是向里面扔一块石头，野兔大神那可怕的声音就会回荡上来。洞内石壁上有“大神”刻出的许多形象。

苏必利尔湖的西面是一些连绵起伏的石头山，那些石块有如瀑布在冬季所结的冰晶般闪闪发光。在群山的背后，坐落着一个比苏必利尔湖更为宽阔的湖，米查布对这个湖和这座山情有独钟。[①] 可是，野兔大神还是把他的宫殿建在了苏必利尔湖。人们有时会看见他在月光里散步，他也喜欢采摘一些叫做红醋栗的果实，它们覆盖了整个湖的南岸。在那里，他时常坐在崖上的石块上，呼风唤雨。他住在湖中一个以他的名字命名的小岛上，将士们在沙场战死之后，英魂会来到这个岛上，在此享受打猎的乐趣。

在圣湖的中央，曾冒出过一座铜山。很久以前，野兔大神就把铜山移往别处了，但他在湖岸上撒下了一些铜矿石，这些铜矿石拥有一个奇特的性能，能够使携带石头的人隐身，大神并不希望别人接触这些铜矿石。一日，几个相当顽固的阿尔冈昆人偏要

---

① 这个古代传说中的山脉和大湖位于苏必利湖西北部，相当清楚地指出那就是落基山脉和太平洋。——原注

从中拿走一块。他们刚回到船上，一个身高 60 多肘[①]的神就从树林里追赶了出来。湖上的水没过了他的腰，他迫使阿尔冈昆人把带走的矿石扔进水里。

在休伦湖畔，大神能让野白兔像鸟儿一般歌唱，能让蓝鸟像猫咪那样叫唤。

复仇女神阿塔恩齐克埃在伊利湖的岛上种下了毒车前草。假若一个战士看到了这草，他就会发烧，假若他摸了这草，他的皮肤就会如火灼一般。阿塔恩齐克埃还在伊利湖边种了白雪松，想以此来消灭人类，这种树的水汽能让胎儿在年轻母亲的腹中夭折，就像暴雨将葡萄从葡萄树上击落下来一样。

野兔大神将智慧赋予伊利湖的猫头鹰。这种鸟在夏天捕捉老鼠时，会先把老鼠的身体弄残，然后在把它们带回自己的巢洞。它会把它们养得肥肥的，以备冬季食用。这画面与统治人民的统治者何其相像！

易洛魁人的庄严之神居住在尼亚加拉瀑布旁边。

住在安大略湖附近的雄性斑尾林鸽一大早投入到杰纳西河中。到了晚上，它们就被差不多同等数量的雌性野鸽追随，它们一同去寻找美丽的仙女昂达埃，仙女昂达埃在其丈夫的歌声的吸引下离开了神灵之国。

安大略湖的小鸟同黑蛇展开了一场恶战，他们之间的恩怨是这样结下的：

洪迪乌恩是易洛魁人的一位著名首领，他擅长修建屋棚。见到少女阿尔米劳，洪迪乌恩顿生爱慕之情，但与此同时他又愤怒不已，因为阿尔米劳是休伦人的女儿，而休伦人是易洛魁人的死

① 法国古长度单位，从肘部到中指端，约有半米长。

对头。洪迪乌恩回到自己的棚屋，嘴上说：“她有什么让我喜欢的呢？”但此话并非他的心声。

他在床上躺了整整两天，辗转反侧不能入眠。到了第三日太阳出来时，他终于合上了双眼。他在梦中看到了一只熊，他准备慷慨赴死。

洪迪乌恩站了起来，他带上武器，穿过树林，来到阿尔米劳的棚屋前。此时已是深夜。

阿米尔劳听到脚步声，便唤起丈夫的名字：“阿库埃桑，坐到我的席子上来吧。”洪迪乌恩听后一语不发，坐了下来，他的心被复仇女神阿塔恩齐克埃和愤怒所占据。阿尔米劳张开手臂，抱住洪迪乌恩，寻找着这位易洛魁人的嘴唇，她并没有认出这男人不是自己的丈夫。洪迪乌恩深深地爱上了阿米尔劳。

阿库埃桑来了，他是阿贝纳基斯族人，而他们族是休伦人的盟友。阿库埃桑摸着黑前行，这时候，那对情人已处在酣睡中。阿库埃桑轻轻进到阿尔米劳的被窝里，在她的身边躺下，并没有发现洪迪乌恩，因为洪迪乌恩此时正蒙头睡在兽皮之下。看着自己的情人沉入梦乡，阿库埃桑心醉异常。

洪迪乌恩醒了过来，一伸手就摸到了一个战士的头发。战争的嘶吼声震天动地。当休伦族的酋长们赶到时，阿库埃桑已被洪迪乌恩杀死了。

洪迪乌恩，这位易洛魁人的首领，被绑在了俘虏柱上。他置身烈焰，唱起了死亡之歌。他唤起阿尔米劳的名字，请她来吃下自己的心。阿尔米劳流着泪笑了，俘虏的生与死全由她的嘴唇来决定。

野兔大神让洪迪乌恩的灵魂进入黑蛇体内，让阿尔米劳的灵魂进入安大略湖的小鸟体内。小鸟对黑蛇发起攻击，它用喙一啄，黑蛇就死了。阿库埃桑则变成了海底人鱼。

野兔大神在阿贝纳斯基人的领地用黑色和绿色的大理石建造了一个洞窟，并在洞口附近的咸湖里（实则是海）种了一棵树。纵使白种人使尽九牛二虎之力，也不能将这棵树拔起。每当漫无边际的湖上掀起狂风骤雨时，野兔大神便会从蓝色的大山上下来，来到树下悲泣洪迪乌恩、阿尔米劳和阿库埃桑的命运。

这便是野蛮人宗教传说中的一例。正是这些传说，将旅行者从加拿大五湖岸边带到了大西洋彼岸。摩西、卢克莱修[①]、奥维德[②]，这些古代智者似乎给予了野蛮人巨大的影响，其中，摩西留下了他最早的传说，卢克莱修留下了他的错误哲学，奥维德留下了《变形记》。不过，在野蛮人的（寓言）传说中，却并没有充斥着太多的宗教、错误哲学和诗歌，它们给予族人的更多的则是教诲和心灵的慰藉。

---

① 卢克莱修（约前 99 ～约前 55 年），罗马共和国后期时的哲学家、诗人，著有哲学长诗《物性论》。

② 奥维德（前 43 ～约前 18 年），古罗马诗人，著有《变形记》《爱的艺术》等作品。

政府、纳奇兹人[①]及自然国度里的独裁统治

自然国度几乎总是被混淆为野蛮国度，正因为这一错误看法，人们才会认为野蛮人是没有政府的。在野蛮人那里，每个家庭只是由酋长或者父亲管理，只有偶尔的远征狩猎或者战争才会把有共同利益需求的家庭号召到一起，而一旦利益得到了满足，目的得到了实现，这些家庭又会回复到与外界隔绝、独立生活的状态。

其实，这些都是严重错误的看法。我们发现，在野蛮人的国度，可以找到文明民族所熟知的所有政府形式：从专制政府到共和政府，从君主立宪到君主专制，从选举制到世袭制，如此种种不一而足。

北美印第安人熟悉代议制君主制和共和制，而联邦制是他们最常采用的政体形式。对我们来说，人口过剩毁坏了政治体制的科学性，而对印第安人来说，毁掉他们政治制度科学性的，是其广阔的荒野。

在野蛮人政府的政治存在这一问题上，人们错得离谱。这些野蛮人应该已经受到过希腊和罗马历史的启发，所以在王国建立之初他们就有非常复杂的政府机构了。

在人类历史上，政治法律是先于民法诞生的。人们可能会认

① 纳奇兹人：印第安人部落之一，原居美国密西西比州西南部，现已灭绝。

为民法的出现更早一些，不过，事实是，权力的建立是先于法律的，因为，在确定彼此之间的关系之前，人们首先需要保护自己不受到专制的迫害。

政治法律伴随着人类的诞生而自发出现，它的形成史无前例。这在最野蛮的部落里得到了体现。

而民法则是依照习俗制定的。比如，年轻男女的结合，婴儿的出世，还有家里的长辈去世时需要遵守的宗教习俗，所有这些都随着时间的流逝而衍变为法律。虽然狩猎民族并不知道私有财产这一概念，不过它照样成为民法的来源之一，因为在自然国度里，民法得以创立的依据原本就是不足的。同样地，北美印第安人也缺少用来规范犯罪和处罚的法规，一旦有人对其他人或物犯下了罪行，都由家庭做出惩罚，而不通过法律。而且，复仇在野蛮人那里是正义之举，因为他们认为自己是在执行上天赋予的权利。

让我们首先来概括一下野蛮人所有政府形式的共同点，然后再讨论一下每种政府形式的细节。

印第安民族分成很多个部落，每个部落都有一个世袭的酋长。世袭酋长不同于军事首领，因为后者是通过选举得以当权的。

每个部落有自己特定的名称，比如秃鹰部落、熊部落、海狸部落等。部落徽章用来区分各个部落，战时则成为战旗上的标志，议和时则成为条约上的签章。

部落的酋长以及各个部落分支的首领的命名是根据他们的某个特点、某方面的不足或者生活环境的某个方面。所以，有的叫作白牛，还有的叫作断腿、平唇、黑天、射手、好声音、海狸屠手、火热的心等。

希腊人也有同样的起名方法。在罗马时代，抗战英雄克拉克斯[①]的得名，是因为他的两只眼睛之间的距离很近，或者是因为他失去了一只眼睛；西塞罗[②]的得名是因为一颗疣或者祖先的辛勤劳作。而在罗马现代史中，国王和战士们则被称为秃顶、结巴、红色、脖子、战槌或者锤子，还有卡佩、大头等。

印第安民族的议会成员包括各部落酋长、各军事首领、女总管、演说家、预言家或巫师，还有医生。由于各个部落的内部构成不尽相同，所以各个议会的具体组成也有所差异。

野蛮人的议会是一个很独特的场景：吸烟斗仪式结束后，演说家开始对大家讲话。议会的成员们或坐或躺在地上，姿势千奇百怪：有的几乎赤裸着身子，只披了块水牛皮；有的从头到脚都是纹身，活像埃及雕像；有的身上挂着羽毛、鸟喙、熊爪、水牛角、海狸骨头、鱼牙等装饰品，有些装饰品来自欧洲；有些人的脸上涂了各种色彩，有些是黑白相间的。他们很专心地听着演讲，演讲每停顿一次，大家就会鼓掌欢呼："哦哈！哦哈！"

人们也许会认为，这样简单的民族没有能拿出来进行讨论的政治议题。可是事实上，文明国度里，没有一个像这些野蛮国度一样，一次需要处理这么多事务。比如，他们需要派遣大使去祝贺打了胜仗的其他部落，需要确定联盟条约是可以终止了还是重新签订，需要为侵犯别人领土的事情给出解释，需要派代表团去悼念一位逝世的酋长，还需要在餐桌上投票、选举酋长或是除掉一个竞争者。此外，他们还需要调解两个部落之间的矛盾或者接

① 克拉克斯，古罗马时代的一名军官，因为在台伯河的一座桥上抵御公元前6世纪克鲁西城国王波希纳的入侵而为人们所尊敬。

② 西塞罗（前106～前43年），古罗马政治家、雄辩家、著作家。

受其他部落的调解，使双方都放下武器，维持部落间的平衡，以免一方过于强大而威胁到另一方的自由。所有事务都会很有规律地进行讨论，观点的利弊都会被陈述得很清晰。酋长往往非常熟悉这些事务，有很强的洞察力，并能给出精准的判断，在这一点上，欧洲只有少数政治家能做得到。

议会用绳子将审核意见用不同颜色的珠子标记并穿起来，这就形成了他们的档案馆，记录下了战争合约、和平合约、联盟合约等各种合约的签署情况，条约的所有条款也都详细在列。他们用其他的绳子记录每次议会上的发言。我在其他地方曾提到过，易洛魁人[①]懂得使用某种记忆术来记录冗长的长篇大论。这项工作被分配给很多名战士，战士们就利用一些小的骨头记录自己被指定去保存的那段话。他们会把这些话语镌刻在自己的记忆里。（读者可以参考《纳奇兹人》一文中对野蛮人在湖边岩石上的一次议会的描述，那段描述有很严谨的历史依据。）

部落酋长规定的条例有时会用谜一样的符号刻在树上。时间侵蚀着我们历代的编年史，同时也毁坏了野蛮人的历史记录，不过毁坏的方式是不同的。时间流逝，新生的树皮覆盖了记录在纸莎草[②]树干上的印第安人的历史。光阴荏苒，就这样，过不了几年，印第安人和他们的历史就消失在这棵树的浓荫下了。

接下来，让我们看看印第安政治发展史上出现过的那些特殊制度。让我们先从独裁开始。

我们首先应该注意到的是，凡是独裁专制出现的地方，比

---

① 北美印第安人。

② 纸莎草：一种水生植物，茎部不长叶子，可高达 4 米以上，是古埃及文明的一个重要组成部分，古埃及人用这种草制成的书写载体曾被希腊人、腓尼基人、罗马人、阿拉伯人利用，历 3000 年不衰。

如亚洲各民族，以及秘鲁和墨西哥，必定有某种物质文明占了上风。如果一个人既无权干预公共事务，自己的命运又掌握在主人手里，活得像个畜生或者受人管教的孩子，那么除了钻研物质财富，他就没什么可做的了。奴隶制使这些人只能拿着别人的武器替别人保家卫国，用别人的工具耕田、修饰房物、制作衣物和烹制食物。不过，当达到一定程度时，这种独裁文明就进入了停滞状态，因为那些至高无上的暴君喜欢某些特别的暴政，那就是一直保持着对自己臣民的生杀大权。不过，他们总是小心地保持低姿态，这样就不会引起人们对其权力的贪婪或者妒忌。

于是，独裁专制的王国里就滋生出了奢侈风气，诞生了行政机构，但这都限定在一定的领域和范围之内，因为这个王国既不允许发展工业，也不允许人们通过知识获得自由。

斐德南·德·索图在佛罗里达发现了有这种制度的一些部落，后来他在密西西比河的岸边去世了。沿着这条大河分布的，正是纳奇兹部的领土。纳奇兹人原本是墨西哥的土著居民，直到蒙特苏马王国垮台后才离开那里。纳奇兹人的迁徙是和契卡索人①的迁徙在同一历史时期发生的。契卡索人来自秘鲁，同样是被入侵的西班牙人赶出了自己的故土。

纳奇兹部族首领的姓氏为“太阳”，他们宣称自己的祖先降生于大地开始拥有光明的那一天。对于这个部族来说，王权是按母系来继承的，所以首领的儿子不能继承王位，必须由他的姐妹或者直系女性亲属的儿子来继承。人们称这位女士为“女酋长”，她和“太阳”共同拥有一支由年轻人组成的、叫作“阿洛兹”的

① 美国马斯科吉印第安人一个部落成员，过去住在密西西比州北部和田纳西州的部分地区，现在住在俄克拉荷马州。

护卫队。

“太阳”的下面统治着很多显要，分别是两位军事首领、两位祭司、两位负责条约的官员、公共事务和谷仓督察员（一位被称为“面粉酋长”的强大的人），还有各种仪式的四大掌管人。

人们一起收割，然后把收成都交给“太阳”保管，这就成为独裁制度产生的主要原因。“太阳”成为公共财富的唯一保管者，于是他就可以利用这些财富来为自己牟取利益。比如，他把一些人的财产给另一些人；他创造了地域的阶级意识，让很多人开始对权力感兴趣，让他们成为镇压别人的共犯。“太阳”的周围都是自己的眼线，随时执行他的命令。没过几代，国家的等级制度就确立了。阿洛兹的将军或官员的后代们都声称自己是贵族，公众们也接受他们的说法。于是，很多法律在那时成文，比如，每个人都有义务把自己渔猎所得的一部分献给“太阳”。如果“太阳”命令人们去做某件事情或某些事情，人们必须无偿地完成。在强制性地分配任务时，“太阳”还霸道地认为自己有对生命的审判权。如果他说，“把那条狗解决了！”他的护卫们就会服从他的命令。

“太阳”的独裁造就了“女酋长”的专制，也造就了贵族的霸道。奴隶化的国家一定拥有一套完整的统治链条，从最高阶级到最低阶级，呈梯级分布。“女酋长”的任意妄为呈现出独特的性别特征，通过各种行为无以复加地表现出来。“女酋长”认为，只要她高兴，她就有权利拥有很多丈夫和情人，同时她又可以随意杀死那些丈夫和情人。不久，人们又接受了下面这个事实：年轻的“太阳”一旦继承王位，他的父亲就可能被勒死，如果他的父亲不是贵族的话。

王位继位者母亲的堕落行为也影响到了其他女性族人。贵族们可能会侵犯处女，甚至是年轻的妻子，这种情况在全国各地都能见到。“太阳”甚至下达命令，允许女性在全国范围内从事妓女行业，就像在巴比伦的一些入会仪式一样。

最后一个一定要提及的罪恶就是迷信，纳奇兹人蜷伏在它的镇压之下，几近崩溃。祭司们千方百计地削弱大众的智力，以达到巩固独裁的目的。于是，人们认为在贵族的坟墓前自杀是一种荣耀，是一种值得赞扬的行为。在有些酋长的葬礼上，甚至出现一百多人殉葬的情景。这些压迫者似乎是为了享受死亡赋予的独裁专制，才放弃了对生的绝对权利。你看，人们甚至会听从一具尸体的命令，完全一副生来奴役命！他们甚至乞求那份陪伴“太阳”一起到冥界的荣耀，有人甚至提前十年就提出请求。不过，上天还是公正的，因为奴隶制度的创立者“阿洛兹”们自食其果了，大众的舆论迫使他们在主人的葬礼上把匕首捅进自己的胸口，上演了独裁统治下葬礼上的浮华盛况。可是，纳奇兹的王把自己的护卫带到另外一个世界，这又有什么好处呢？难道这能保护他不受那些被压迫者的永久复仇吗？

“女酋长”死后，她的丈夫如果不是贵族，就会被立即缢死。长女将继承她的位子，新的“女酋长”会下令掐死十二个孩子来陪葬。这十二个孩子的尸体就排列在酋长和她丈夫的尸体周围。然后，这十四具尸体就被放到精美的灵柩里。

伴随着十四个“阿洛兹”卫士抬着灵柩，送葬的队伍就出发了。走在最前面的，是被掐死的孩子的父母们，他们两两走在一起，手里抱着被谋杀的孩子。十四个自愿陪葬的女人跟在灵柩后面，手里攥着她们亲手做的致命绳索，围绕在他们身边的则是他们的亲人。走在队伍最后面的，是“女酋长”的家人。

每走十步，走在棺材前方的父母们会放下孩子的尸体，任由抬棺之人从上面践踏而过。如此一来，当抵达庙宇时，那些陪葬孩童的尸肉就会轻易地从骨头上一块一块脱落了。

等到了墓地，队伍便停了下来。十四位自愿陪葬的女人被扒光衣服，坐在地上。然后，各有一个“阿洛兹”卫士坐在一个女人的膝盖上，而另一个卫士则会把她们的手背到后面去。他们让这些女人吃三小块烟叶，喝一点儿水。卫士把绳索套在她们的脖子上，亲戚们则拉着绳子的两端，一边拉一边唱着歌。

很难想象，这些连私有财产为何物都不知道，同时对大部分的社会需求都感到陌生的民族，居然愿意承受这样的束缚！一方面，他们是赤裸的，本性是自由的；而另一方面，他们的榨取能力又是无与伦比的，他们的专制是文明国度所见识过的最可怕的一种。它有着一个处在发展初期的政府的纯真和美好，同时又有着一个腐朽政府的颓废和罪恶。这是多么怪异的组合啊！

于是，一场起义就自然而然地爆发了，它几乎不费吹灰之力就把纳奇兹人从镣铐中解脱了出来。贵族和“太阳”加诸在身的枷锁把他们压垮了，所以他们只得隐退到森林里，过起独居的生活，这让他们又重获了自由。被遗弃在那个伟大村落的“太阳”再也没有什么东西可以给“阿洛兹”卫兵了，因为公共的土地已经无人耕种了，他也被那些雇佣兵抛弃了。后来，一位很明智的王子继承了“太阳”的权位。王子没有恢复护卫队，而且摒弃了专制政策。他召回他的臣民，通过自己的统治赢得了臣民们的爱戴。他创建了由长者们组成的议事会，议事会废弃了专政独裁，立下了新的公共财产管理制度。

一直受到原始思想统治的野蛮部落对私有财产和社会秩序的建立怀抱着不屈不挠的反感，所以，印第安部落才会实行公共财产制度，有公共耕种的土地，人们可以按需使用储藏在谷仓的粮食。不过，这种制度的缺陷在于：财产管理权由酋长一人把握，这为他利用权力的便利来满足自己的野心提供了方便。

重生后的纳奇兹人发明了一种权宜之计，这种计策既能使人们享受到私有财产带来的好处，又能避免公有财产带来的麻烦。部族按照家庭数目分割公有农田，每个家庭把自己的农田获取的收成拿回家。于是，公有谷仓就此废除了，同时也不再有公有土地。由于每个家庭获取的收成并不一定来自他所耕作的那块田地，所以他们也就无法断言自己对获得的收成拥有专权。由此一来，部落不再是一个土地共同体，而是一个劳动力共同体，在这个新的共同体中，每个人（的劳动力）都是公共财产的一部分。

尽管如此，纳奇兹人旧有的体制并未消亡，其体制的外部形态仍旧保留着，君主制那一套，如“太阳”“女酋长”以及不同的社会秩序、不同的社会等级等依旧存在着。不过，这种存在只是对过去的一种纪念和记忆罢了，它对维护祖先的权威以及维护民族的统一是有好处的。永恒的圣火依然在庙宇里燃烧着，安放在那里的古老酋长的骨灰也从未被人触碰，要知道，侵犯去世之人的坟墓可是一种罪过。虽然长眠于此的是一位独裁的暴君，但他们的骨灰也会像其他人的骨灰一样，给予后人以深刻的教训，使他们警钟长鸣。

摩斯科格人

——一种自然状态下的有限君主制

在纳奇兹国以东居住着摩斯科格人。摩斯科格人的国家虽然仍属于某种专制政体，但在野蛮人统治的范围内，它却展示了一种符合宪法或受宪法约束的君主制的典范。

摩斯科格人和塞米诺人一起，在古代的佛罗里达州建立了克里克联盟。他们拥有一个共同的首领，称为米克，由他来担任国王或者治安官。

米克被公认为是这个国家最重要的人，他深受每个人的尊重。当他主持议事会时，人们对他表现出极大的敬意，其程度几近卑躬屈膝；当他缺席会议时，他的位子仍被保留在那里。

米克召集议事会，审议和平与战争问题。外国使节或陌生人来访，都要到米克面前拜见，介绍他们自己。

米克是被选举出来的，而且他还不能离开这一职位。元老们先挑选出米克的人选，然后再由武士团确认他们的提名。如果有人想登上米克的位置，那他就必须在战争中浴血奋战过，或者他拥有广博的知识、杰出的才能以及雄辩的口才等，这样他才能脱颖而出。米克对荣誉表现出了绝对的忠诚，这无疑提升了克里克联盟的威望。太阳照耀大地，赋予大地以生气，使之变得肥沃与富饶，而米克就像太阳一样，呵护、照耀着整个克里克联盟。

米克在穿着上与大众毫无差别。当他走出议事会时，他就是个普通的联盟首领，他与大众混在一起，跟大家聊天、抽烟，还和战士们一起喝酒。所以，一个陌生人根本不会想到他就是德高望重的米克。但在议事会上，既然如此多的荣誉都给予了他，那么他就必须行使表决权。他的所有影响都源于他出众的智慧。通常人们都按照他的建议行事，因为他的建议几乎总是最好的。

摩斯科格人对米克的尊崇达到了一种极端的程度。如果一个年轻人抵挡不住诱惑，试图做某种不光彩的事情，他的同伴就会对他说："小心，'米克'正看着你呢！"于是，这个年轻人就会克制自己的行为。这就是美德制下的一种无形专制，它确有功效。

然而，米克也拥有一种危险的特权。摩斯科格人一般都共同收割庄稼，每个家庭在得到属于他们的那一份额后，必须将其中的一部分上交到公共粮仓，而公共粮仓则由米克掌管和支配。我们在前面曾经提到，纳奇兹国的"太阳"也拥有一种类似的特权，特权被滥用，最后导致了暴政的出现。

整个国家中仅次于米克的最高权利，被赋予给了议事会的长老们。议事会决定和平与战争问题，并执行米克的命令，这是一种奇特的政治机构。在文明国度的君主政体中，执政权属于君王，而立法权则属于议事会或者国民代表大会。但这里的情况正好颠倒了过来，它由君主制定法律，而议事会则负责执行法律。这些野蛮人可能考虑到，由长老们来行使执政权更加安全，若是将它托付给个体，则比较危险。另外，过去的经验也证明，一个成熟的、拥有良好判断力的个体，能比一个互相协商的团体更加精心地制定法律，所以摩斯科格人将立法权授予了君王。

不过，摩斯科格人的议事会有一个致命的缺陷：它由大祭司直接领导，而大祭司则是通过巫术和释梦来对议事会施加影响的。此外，该国的祭司还创立了一个强势的社团，它有篡夺各种权力的危险。

军事首领通常独立于米克，他对军队拥有绝对的指挥权。尽管如此，倘若国家面临最迫在眉睫的危险，米克可以代替将军出征，因为他是国家首席治安官。

这就是独立的、自治的摩斯科格政府的一些情况。作为一个联邦政府，它还有许多其他事务需要处理。

摩斯科格人是个骄傲且充满野心的民族。来自西部的他们，在打败了佛罗里达州的前任居民雅美斯人之后，就成了这里的主人①。此后不久，他们又和东部地区的塞米诺人缔结了联盟关系。由于摩斯科格人的势力更加强大，他们迫使塞米诺人加入了他们的联邦。塞米诺人派代表到摩斯科格，这些代表在一定程度上要听从米克和议事会的管理和指挥。

这两个联盟国被欧洲人称为克里克联邦，他们还把它分成两类，即：地位较高的摩斯科格人和地位较低的塞米诺人。摩斯科格人的野心并未得到满足，于是他们又对切罗基人和契卡索人发动了战争，迫使他们加入联盟。位于北美南部地区的这个联盟，和位于北美北部地区的易洛魁人的联盟一样赫赫有名。就像欧洲各国需要携起手来共建一个统一的联邦政府一样，野蛮人本应该将所有印第安部落联合起来，组成一个联邦共和国。然而我们所看到的，却并非如此。

在与白人达成的协定中，摩斯科格人严禁白人将酒出售给联

---

① 有关印第安人迁移的这种说法并不确切，也互相矛盾。有些学者认为，佛罗里达州的部落，曾是阿里汉尼斯王国的遗民。他们居住在密西西比河沿岸和俄亥俄河流域，大约在 12 世纪或 13 世纪遭到了勒尼勒拿普斯人（即易洛魁人和特拉华州的野蛮人）的驱逐。勒尼勒拿普斯人是一个尚武的游牧部落，他们来自北部和西部，也即来自白令海峡的海滨附近。

盟各部落。在这种严格的禁令下，只有一位欧洲商人曾在克里克人的村庄里居住过，而且他的一举一动还受到了一定的监视。不过，只要他能严守摩斯科格人的禁令，遵守当地的规矩，他就来去自由，生命、财产安全都会得到保障。

摩斯科格人生性懒散，喜欢沉溺于欢宴之中。他们在土地上辛勤耕作，养殖西班牙品种的牛马，也蓄有奴隶。农奴们在田野上耕耘，在花园里栽种果树和鲜花，此外还要帮助打理房间，烧火做饭。他们的衣食住行都跟他们的主人一样。如果他们结了婚生了子，那么他们的子女则不必再做奴隶，而是拥有了自由身，因为“生而自由”是一种天赋人权。摩斯科格人不存在奴隶世袭制，因此父母的不幸不会加诸到后代人的身上。在这一点上，野蛮人给文明人上了宝贵的一课！

然而，不管这种奴役看起来是多么文雅和温和，它依然摆脱不了奴隶制的本性。摩斯科格人英勇、喧闹、鲁莽，他们几乎不能忍受一点点反对意见。而身处被奴役地位的雅美斯人，却胆小、缄默、顺从、富于耐心，他们只能服从主子的安排，侍候、服务他们。身为佛罗里达州的前任主人，雅美斯人也隶属于印第安民族。面对摩斯科格人的侵略，他们曾经做出过英勇的抵抗，誓死保卫自己的家园。然而，命运依然遗弃了他们。是什么使得古代的雅美斯人和今天的雅美斯人形成如此大的差异呢？又是什么使得被征服的雅美斯人和征服者摩斯科格人之间产生如此大的差异呢？答案就是自由和奴役。

摩斯科格人的村庄建造得很独特。每个家庭几乎都有四栋房子或小屋。这四间小屋的外形非常相似，它们面对面地矗立着，一起形成了一座大约半英亩大小的正方形庭院，庭院的入口设置在院子的四角。这些小屋用木板建造而成，里面涂上灰泥，外面则涂了一种类似红砖颜色的泥浆。一块块龟壳状的柏树皮被铺在房屋上面，形成了这些建筑的屋顶。

主要村庄的中心位置，往往也是地势最高的地方。这里有一个公共广场，广场的周围被四条长长的长廊环绕。其中一个长廊是议事会大厅，这里每天都要举行议事会，处理各种事情。这个议事会大厅被一个纵向的隔墙分成了两个房间，其中离门较远的那个房间，由于采光不足，显得比较昏暗，而且只有一个低矮的门洞作为通道通往那里。这个房间其实是一个圣所，里面保存着宗教圣品和国家珍宝：有牡鹿角做的头冠、药杯，有象征和平的烟斗，印第安人独有的打击乐器沙槌，还有鹰尾做成的国家标志。除了米克、军事首领和大祭司之外，任何人都不能进入这个庄严的圣所。

议事会大厅的外室被三面横向的、齐胸高的隔墙分成了三部分。在这三个盒状的空间里，按职位高低分别摆放了三排座椅，它们都背对着圣所。座椅上铺有椅垫，它们是留给酋长和勇士们坐的。

除了议事会大厅之外，还有三个长廊也环绕在公共广场四周。像议事会大厅那样，这三条长廊也被分割成了三部分，形成了大小不一的三个房间，不过它们没有纵向隔墙。这些狭长的房间被称为宴会厅，经常有嘈杂的人群聚集在这里，进行各种各样的娱乐活动。

宴会厅的墙壁、隔墙以及木质的柱子上，都描绘着各种象形图画，它们包含了这个国家的宗教和政治秘密。这些图画描绘了姿势各异的人类、各种长着人头的飞禽走兽以及长着各种兽头的人类。这些图形的设计十分大胆，遵循着自然比例。它们色彩鲜明，但又毫不做作。由于各个部落的信仰不同，不同村庄的建筑物柱形也不尽相同。比如在奥塔西斯，建筑物的柱子是螺旋形的，因为居住在这个村子里的摩斯科格人信奉蛇。

摩斯科格国有一个“和平之城”，还有一个“血腥之城”。“和平之城”是克里克联盟的首都，它被称为阿帕拉楚克拉。这里不允许流出任何一滴战血。每当需要商讨或制定和平协议时，克里克的代表们就会被召集至此。

“血腥之城”被称作科维塔，距离阿帕拉楚克拉十几英里。每当需要做出各种战争决议时，人们就在这里举行会议。

在克里克联盟中，有一个名为尤切的美丽村庄显得格外引人注目。这个村庄共住着2500个野蛮人，其中有500个人是战士的身份，他们可以随时奔赴战场，卫国杀敌。这里的野蛮人说的是瑟瓦纳语或者叫瑟瓦纳提克语，它与摩斯科格人的语言迥然不同。在很多事情上，尤切的议会代表常常与议事会的其他成员意见相左，这自然引起了后者的不满。不过，双方都懂得克制，以免造成失和。

塞米诺人比摩斯科格人的人数要少，他们分住在弗林特河边的九个村子里。塞米诺人所在的地域是个美丽的地方，那里遍布着广阔的草原、深邃的湖泊、优质的泉水和清澈的河流。塞米诺人天性开朗，热情活泼，懂得知足常乐。他们步履轻盈，表情率真而祥和，举手投足间充满了活力。他们十分健谈，说出的话就像音乐那样悦耳动听。他们是欢快的一族，他们是充满旺盛生命力的一族，即便是在联盟的政治集会上，他们也很少摆出严肃的表情。

男性塞米诺人和男性摩斯科格人身材都很高大，而女性却特别矮小，是整个美洲最矮小的。她们的身高一般都不超过4英尺2英寸或4英尺3英寸，她们的手脚只相当于一个9岁或10岁的欧洲女孩的手脚大小。不过上天却弥补了这种不公，让她们拥有了一副傲人的身姿。无论是塞米诺女人，还是摩斯科格女人，她们的体形都非常优美，她们的眼睛乌黑又深邃，满含着谦逊与柔情，那略带羞涩的撩人眼神，令所有男人都为之倾倒。她们的声音柔弱而细小，话语中带着几分犹豫和腼腆，如果你只闻其言不见其人，你还以为是哪个小孩在说着含混不清的话呢。

克里克妇女们干的活要比其他印第安妇女干的活轻得多。平时，她们主要是做些刺绣、印染这样的轻活。有了奴隶的帮忙，她们就省去了繁重的耕种劳作，不过到了收获的季节，她们也会和战士们一起帮忙收割庄稼。

摩斯科格人以诗歌和音乐而著称。在收获新玉米后的第三个夜晚，他们通常会聚集在议事会厅里，讨论诗歌比赛的事宜，这其中最重要的一项议题，就是确定获奖人选。大家进行投票，得票最多的那个人就是获奖者，获奖结果由米克来宣布。就像古希腊人的奖品是一束橄榄枝一样，摩斯科格人的奖品则是一束常绿橡树枝。妇女们在诗歌创作和朗诵方面往往更胜一筹，常常成为获奖的候选人并最终赢得桂冠。有一首获奖颂歌至今仍广为传唱。

白种人之歌

这个白种人来自弗吉尼亚，他家财万贯，身穿蓝衣，带着火药、武器和法国毒药[①]。他看见了名妓特贝玛。白种人向那位涂脂抹粉的姑娘表白道：“我爱你！当我走近你时，我感到我的整个身骨都要融化了，我的眼睛开始变得模糊，

① 指一种烈酒。

整个人都要死掉了。”

那位涂脂抹粉的姑娘，她垂涎于白种人的财富，便回应道：“请允许我将我的名字印在你的唇间，将我的胸膛紧贴你的胸膛。”

特贝玛和白种人建了一间小屋。特贝玛挥霍完这名外地人的巨额财产后，就不再忠于他了。白种人知道一切，但他却不能敌过心中对特贝玛的爱意。他挨家挨户地去乞讨粮食，以使特贝玛免于饥饿。当他得到一些烈酒时，他就灌醉了自己，他希望借此忘记心中的痛苦与忧伤。

白种人依然爱着特贝玛，依然忍受着她的背叛与欺骗。后来，他失去了理智，在森林中不停地徘徊游荡。那位涂脂抹粉的姑娘的父亲，是一位颇有威望的部落酋长，他谴责了自己的女儿。当一个女人不再爱你时，她的心将变得比木瓜还要坚硬。

白种人回到了自己的小屋。他衣不遮体，胡子拉碴，眼神空洞，嘴唇发白。他坐在屋内的垫子上，等待着别人来喂食。白种人饥肠辘辘，出现了幻觉，他幻想自己是一个小男孩，而特贝玛则是他的母亲。看来，他距离发疯已经不远了。

特贝玛和另一个男人住到了白种人的小屋里，她再次获得了万贯家财。对于她曾爱过的那个男人，她深恶痛绝，并最终赶走了他。白种人坐在门前的一堆树叶上，咽了气。后来，特贝玛也死了。当塞米诺人询问那间荒草丛生的小屋的来历时，没有人能给出回答。

西班牙人将青春之泉放在了美丽的佛罗里达原野。我那时究竟是被什么占据了心思竟而冷落忽略了这片大地？

至于克里克人，这个正在向文明迈进的部落，在不久的未来，遭到了来自各个方面的威胁与挑战。读者很快就会看到这一点。

休伦人与易洛魁人

——原始状态下的共和国

如果说纳奇兹人展现了原始状态下的专制主义，克里克人展现了原始状态下的君主立宪制，那么休伦人与易洛魁人则是在这种状态下诠释了什么是共和主义。除了严格意义上的国家宪法外，休伦人与易洛魁人都和克里克人一样，有着自己的代表大会和部落契约。

休伦人的政府与易洛魁的略有不同，除部落会议外，前者还有一位按母系世袭的酋长（情况与纳奇兹人相似）。一旦酋长家族中出现后继无人的情况，新一任酋长将由部落中最德高望重的老妪重新指定。在这个国度里，无论是政治制度还是世袭方式，都赋予了这里的女性诸多特权，因而女性的影响力在此不容忽视。也正是出于这个原因，历史学家才会认为休伦人品性中的善恶或多或少是受这些特权影响的。

在亚洲国家，女性的奴仆地位令她们无缘从政。她们终日操持家务，却也由此免于在田间劳作。

在日耳曼国家，女性是自由的，除非为了勇气与荣誉。她们也一样很少干政。

而在北美洲的部落中，女性不仅参与政事，还须负担沉重的体力劳动（要知道，在文明的欧洲，这些可都是男人的职责）。可是对于这里的女性来说，她们尽管要在田间和狩猎场当牛做马，却能够享有自由，甚至成为家庭会议与部落会议的主宰。恐怕只有追溯回高卢人时期，才能在那里发现旗鼓相当的女性地位。

易洛魁人，这个由五个部落构成的种族[①]，在阿尔冈昆语中被称作“阿伽侬西欧尼人[②]”。他们曾是休伦人的分支，但在历史上某个未知的时期，他们脱离了休伦人，离开休伦湖，在距离尚普兰湖不远的奥雪来嘉[③]定居下来。再后来，他们又逆流而上搬至安大略湖附近，在那里占据着伊利湖与奥尔巴尼河源头之间的地区。

从被压迫到自我独立，这个过程可以令人类在性格上产生某种变化，在这一点上易洛魁人就是极好的证明。他们自从离开休伦湖后，便专注于农耕，并进而成为擅于耕作、爱好和平的民族。也就是在这个时候，他们有了“阿伽侬西欧尼人”这个称谓。

而他们的邻居阿迪隆达克人，也就是我们后来所说的阿尔冈昆人，却是一个尚武喜猎的民族。阿尔冈昆人统治着广袤的领土，尽管他们对这些休伦湖来的移民嗤之以鼻，却仍旧同这些人进行着农产品贸易。一次，阿尔冈昆人邀请易洛魁青年一起狩猎，却因易洛魁人表现出色而怀恨在心，最后竟将这些年轻人置于死地。

于是，易洛魁人第一次拿起了武器。尽管战争之初屡屡受挫，他们却下定决心，要么赢得自由，要么战死至最后一刻。虽

---

① 按照英国人划分标准，实际由六个部落构成。——原注

② 阿伽侬西欧尼为联盟的意思。

③ 奥雪来嘉：是一个在今日加拿大魁北克省蒙特利尔附近属于圣劳伦斯易洛魁族人的村庄。

然他们不曾意识到自身潜在的尚武精神，这种能量却在突然间迸发出来。于是，易洛魁人愈战愈勇，迅速展开反击。与此同时，受挫的阿尔冈昆人转而同与易洛魁人同源的休伦人结为联盟。就在双方交战至最为激烈的时候，雅克·卡地亚[①]与萨缪尔·德·尚普兰[②]先后抵达了加拿大。紧接着，这些外来者向阿尔冈昆人伸出援助之手，于是易洛魁人不得不同时应付阿尔冈昆人、休伦人和法国人三股势力。

不久，荷兰人也随后登陆纽约曼哈顿。于是，易洛魁人同这些新来的欧洲人结为盟友，从他们那里得到火器，并在很短时间内习得了绝不亚于白人的精妙枪法。这场战争持续了三个多世纪，在这场易洛魁人反击阿尔冈昆人与休伦人的战争中，阿尔冈昆人灭亡了，休伦人也沦为在法国枪炮下寻求庇护的难民。到后来，就连法国人在加拿大的殖民地也受到了易洛魁人的攻击。就在法国人快要支撑不住的时候，这些非凡的野蛮人几经考虑，最后决定将这块殖民地保留下来[③]。这样一场旷日持久、残酷无情的战争，在文明国家还不曾有过先例。

北美的印第安人最初或许由国王统治（同罗马人和雅典人一样），他们的君主制是在后来的过渡中逐渐演变为贵族共和制的。在休伦人与易洛魁人分布的主要村落中，居住的通常是贵族。他

① 雅克·卡地亚（1491～1557年），法国冒险家，1535年航行至现魁北克市。

② 萨缪尔·德·尚普兰（1567～1635年），法国探险家，地理学家，魁北克城建立者。

③ 在已知的其他传说中，易洛魁人被看作是列尼列纳普斯人大迁徙中的一支。由易洛魁人和休伦人组成的这一支或许曾经驱逐过加拿大北部的一些部落，其中就包括阿尔冈昆人。住在更南边的特拉瓦人或许南迁至大西洋沿岸，成为最早居住在阿勒格尼东西山脉的部落。——原注

们分属于三个贵族家庭，而这三个贵族家庭则又分属于三大部落。在这三个部落中，其中一个部落享有绝对特权，其族人以兄弟互称，对另外两个部落的族人则以表兄弟互称。

这三个部落仍旧沿用着休伦人部落的名称，分别为熊族、狼族和龟族，其中龟族又分为大龟族和小龟族。

在这里，政府由代表议会、长老议会和战士议会组成，尽管结构复杂，却构成了国家的主体。

代表议会由每个家庭选派一名代表参加，由于代表的选派工作由族中的女性掌管，因此这一角色往往由女性担任。加之代表议会是部落中的最高议会，女性也因此拥有最高权力，男人们只算得上是副手。不过，代表议会的提案须上报长老议会，并由长老议会做出最终决定。

易洛魁人认为，来自女性的帮助极为重要。在他们看来，女性思维敏捷，极富创造力，同时还十分擅于笼络人心。但他们同时也发现，女性往往感情用事，由她们做出的决定常常是带有偏见的，因此有必要将这些决定交由长老审议，从而使这些决定变得温和而理性。在我们的祖先高卢人那里，也曾有类似的女性主导的会议出现。

长老议会，即第二大议会，在代表议会与战士议会之间扮演着调停者的角色。

三个议会的成员都没有发言权，发言人由每个部落推举。这些演说家在会议上商讨国家事务并做出发言，他们不仅精通政治，还有着一流的口才。

易洛魁人的这些习俗，或许会阻碍他们步入欧洲国家那种文明自由的阶段，但对他们自己来说，这却是一种有效的维护秩序的手段。在这里，易洛魁人不会为了整体的自由而牺牲个人自由，议会成员也不会将个人感情掺杂进议会审议之中。与此同时，也没有哪个士兵会拒绝服从上级的指令。

易洛魁辖区内划分为五个部分，各区之间相互独立，每个区都有权决定是否发起战争。在交战的情况下，处于中立的区会出面为交战双方调停。

五个区不时地派出新代表，组成新的联盟。每个代表提供一份自己所在辖区的报告，代表们在汇总各区报告后，提出促进共同繁荣的办法。就这样，代表们在丛林中商讨关乎整个部落荣誉与安危的重大问题，并重新调整各区之间的利益关系。

易洛魁人的政治手段绝不亚于他们的军事才能。在介乎英法两国之间时，他们很快便察觉出两国间的敌对关系，并且十分清楚自己是英法两国争相结交的对象。最后，他们同自己不喜欢的英国人结盟，以抵制自己敬重的法国人。他们之所以这么做，原因在于法国人已经同阿尔冈昆人、休伦人联手。实际上，易洛魁人并不希望两股势力中任意一方获胜。因此，就在易洛魁人快要攻下法国在加拿大的殖民地时，长老议会下令停止作战并撤回军队。也是出于均势的目的，就在法国人将要攻下新泽西[①]的紧要关头，易洛魁人出动所有军队支援英国并取得了胜利。

除语言之外，易洛魁人与休伦人鲜有共同之处。休伦人活泼好动，机智聪敏，性情浮躁而轻佻。他们身材秀颀，举止优雅，仿佛与生俱来就是法国人的盟友。

与休伦人相比，易洛魁人则拥有更强健粗壮的体格。他们胸膛宽阔，四肢发达，肌腱强而有力；他们的眼睛大而圆，闪烁着自强而独立的光芒；他们眉宇间迸发着思想的光辉，那是高尚情

① 新泽西当时由英国人占领。

感与独立意志的完美结合。这一切，都足以呈现出易洛魁人所具备的英雄本质。当这些无惧无畏的野蛮人第一次面对强敌时，他们不曾被枪火的威力吓倒。冲锋在呼啸的枪林弹雨之中，他们果敢而坚毅，甚至对轰鸣如雷电的枪炮声置若罔闻。不过，他们一旦有机会接触火器，竟能比欧洲人更擅长娴熟。

不过，他们绝不会因为拥有枪炮而放弃使用刀斧和弓箭。卡宾枪、手枪、匕首、短斧、弓箭，武器似乎永远不能满足他们的需求。他们全副武装上欧美人的杀伤性武器，头插羽饰，耳朵残缺，满脸涂黑，双臂沾染鲜血。这些守卫新大陆的战士寸土不让，随时都准备着同河对面的入侵者交战，单是他们的样子就足以让敌人不寒而栗。

易洛魁人的美德源自教育。在长者面前，年轻人绝不会入座，这种对老人表达的敬意同吕库尔戈斯[①]引入斯巴达的美德如出一辙。易洛魁人在青少年时期就要学会适应最穷困的境遇，同时还要勇于面对最巨大的危险。他们以宗教之名长期进行斋戒，他们无休止地从事危险的狩猎，他们反复操练从而塑造刚强的体格，而这一切都赋予了易洛魁人不屈不挠的品格。在易洛魁部落中，小男孩们经常将胳膊并成一排，之后分别在每个胳膊上放上一块焦灼的炭，以此来比试谁的忍耐力更强。这里的女孩子如果做错事，她们的母亲很可能会往她们脸上泼水，单是这种惩罚有时就会令女孩上吊自尽。

易洛魁人对疼痛不屑一顾，甚至连生命都置之度外。曾经有位百岁高龄的长老面对凶猛的赤火烈焰毫不畏惧，他甚至还以言语刺激敌人令敌人更加残暴，而他自己就这样不屈不挠直至生命

① 吕库尔戈斯，是古代斯巴达著名的立法者。

的最后一刻。老人这种大无畏的做法，为的是给年轻的战士们树立榜样，为的是教给他们成为无愧于祖先的人。

可以说，易洛魁部落的一切都渗透着这种崇高的精神，连他们的语言也是如此。他们的语言由于以送气音为主，因而发声时嗓音极为浑厚洪亮、振聋发聩。在易洛魁人讲话时，他们的语调抑扬顿挫、铿锵有力，人们不禁会产生一种幻觉，仿佛是听到一位演讲者在热情澎湃地表达自己的思想。

以上我所说的这些，就是尚未被欧洲文明玷污和毁灭的易洛魁民族。

我曾经说过印第安人不懂得什么叫作民法与刑法，但尽管如此，当地约定俗成的惯例却在某种程度上弥补了这一缺陷。

对法兰克人来说，犯谋杀罪的杀人犯，可以依据双方身份缴纳一定数额的补偿金来赎罪。但这个方法在野蛮人那里是行不通的，他们必须要杀人者偿命才肯罢休。在中世纪的意大利，家族成员无论如何都只会站在自己人的一方，因此极易产生世仇，一旦世仇双方势力扩张，甚至会导致民族分裂。

而在北美洲的部落中，杀人犯的家人不会给予他任何帮助，而被害人的家属则誓死要报仇雪恨。在这里，杀人者不会受到法律的威胁，却也得不到大自然的庇佑，他完全找不到避难的场所。被害人的家属在搜捕他，其他部落的人会举报他，连他自己的家人都不会袒护他。他是那么无依无靠、孤立无援，或许在法庭上接受审判反而更好些，至少法庭可以对他进行判决，宣布他是有罪或无罪。即便法庭认定他有罪，至少在执行死刑前，他尚且能在监狱中安安稳稳地过上几天好日子。因此，当这里的杀人者厌倦了逃亡的日子却又苦于找不到地方给他定罪时，他会委身于一个家庭，并请求那里的人杀死他。在这里，即便没有警察逮捕犯人，罪行本身也会带着犯人来到法官和刽子手脚下。

不过，意外杀人者有时也可以通过其他方式赎罪。在阿贝纳基斯人的法律中，就有相关陈述：杀人者要公开向被害人的尸体谢罪，他须被捆绑在尸体面前示众，并且一连几天不得进食。

北美野蛮人的现状

如果要忠于实际，对美洲野蛮人当下的生存状况做一番真实的描绘的话，那我就只能欺骗读者了，因为我所描写的实际上是他们的过去而非现在。毫无疑问，在新大陆[①]的流浪部落中，人们或许依然能找到印第安民族某些独有的特征，但他们整体的行为方式、独特的原始习俗、部落统治的原始形式——总而言之，美洲赋予他们的所有天赋，都已经完全消失了。我已经讲述了他们的过去，接下来我要继续完成我的使命，写一写他们的现状。

如果我们把最早一批探索和开垦路易斯安那的航海家和殖民者对美洲的记述撇开，我是说，如果我们把有关佛罗里达、佐治亚、南北卡罗莱纳、弗吉尼亚、马里兰、特拉华、宾夕法尼亚、新泽西、纽约以及新英格兰、阿卡迪亚[②]和加拿大等所有地区的记述全部拿掉，我们可能无从得知，在最初发现这些地方的时候，密西西比河和圣劳伦斯河之间的大片土地上生活着三百多万美洲野蛮人。

目前，整个北美洲的印第安人，不包括墨西哥人和爱斯基摩人在内，仅有不到40万。历史上从未有人对新大陆上这片地

---

① 新大陆：尤指哥伦布发现美洲之后欧洲人对美洲各地区的统称。

② 阿卡迪亚：17世纪至18世纪，法国在北美洲大西洋沿岸的领地，范围覆盖北美洲东北部地区，包括加拿大沿海各省和缅因州以及魁北克部分地区。

区的原住民做过人口普查，我想我要试一试。许多原住民以及许多原始部落可能根本不会出现在统计册上，因为他们早已经成为历史。作为最后一个记述他们历史的人，我将从他们的消亡开始写起。

1534年，雅克·卡蒂亚[①]在航海过程中发现了加拿大；1608年，尚普兰[②]开始在这里建立魁北克城。此时，阿尔冈昆部落、易洛魁部落、休伦部落[③]，以及他们的联盟部落和附属部落，包括埃奇民部落、苏立魁部落、博西亚米特部落、帕皮纳克雷部落、蒙塔古埃部落、阿蒂卡麦格部落、尼皮辛部落、特米斯卡明部落、阿米科威部落、科尼斯蒂诺克斯部落、阿西尼博部落、波多瓦多米部落、诺凯部落、奥查格拉部落、迈阿密部落，所有这些部落共集结了近五万名战士与白人对抗。由此我们可以推断，当时这些野蛮人部落大概共有二十五万人口。根据拉洪坦的描述，易洛魁部落共有5个大村庄，每个村庄大约有14000名居民。而今天，在原来的下加拿大[④]地区只找到6个居住着野蛮人的小村庄，而且那里的居民都已经皈依了基督教。这些居民分别是：克雷特村的休伦人，圣弗朗西斯的阿贝纳基人、阿尔冈昆人、尼皮辛人，近阿巴拉契亚山脉大湖区的易洛魁人，以及奥索

---

① 雅克·卡蒂亚：法国探险家，1534年航行至现在的魁北克地区，登陆时，他询问当地的印第安人这是什么地方，对方回答是“Canada”，意为村庄或居住地，“加拿大”的名称由此而来。

② 尚普兰：萨缪尔·德·尚普兰，法国探险家，地理学家，魁北克城的建立者。

③ 阿尔冈昆部落、易洛魁部落、休伦部落：分布于加拿大魁北克地区的主要部落。

④ 下加拿大：从1791年到1841年对加拿大魁北克南部地区的称呼，1841年与上魁北克合并成今天的魁北克省。

卡奇人。这些人原本归属的几大种族都已消亡，仅有一些遗风遗俗残存下来。而如今宗教又将他们聚集到一起，这既证明了宗教的保护力量，同时也证明了人类强大的破坏力。

五大易洛魁部落的剩余居民如今生活在英国人和美国人的包围之中。上文中提到的所有野蛮部落的居民加起来最多只有2500到3000人。曾在1587年占领了阿卡迪亚（现在的加拿大新不伦瑞克和新斯科舍省）的阿贝纳基人；在1675年摧毁了所有白人定居点的缅因州野蛮人，他们的破坏活动一直持续到1748年；给新罕布什州带去同样灾难的游牧部落；曾与英国人展开激战的万帕诺亚格人和尼普马克人，他们曾一度包围了哈德利并袭击了马萨诸塞州的布鲁克菲尔德；1637年和1675年与欧洲人展开战斗的印第安人；康涅狄格州的佩科特人；曾经与纽约州、新泽西州、宾夕法尼亚州和特拉华州谈判并割让自己土地的印第安人；马里兰州的皮斯卡塔韦人；佛吉尼亚州波瓦坦人的从属部落；加利福尼亚的帕利乌斯蒂部落：所有上述这些部落如今都已消失[①]。

探险家费迪南·德·索托在佛罗里达（这里的佛罗里达是指包括现在的佐治亚州、亚拉巴马州、密西西比州和田纳西州在内的所有地区）发现的众多原住民族中，除了克里克部落、切罗基部落和奇克索部落之外，其余部落均已消失。

---

① 这些部落大多属于庞大的雷尼勒纳普民族，该民族的两大主要分支是北方的易洛魁人和休伦人，以及南方的特拉华印第安人。关于佛罗里达州的话题，《西佛罗里达大调查》一书提供了许多非常有价值的参考，书中对佛罗里达的地理、地形等情况做了介绍，并附有附录。附录中包括历史古迹、土地转让情况、运河开凿情况，还附有一张东海岸地图、彭萨科拉市规划图以及海港入口图。——原注

我曾经介绍过克里克部落的古老风俗，而这个部落如今已无力再召集 2000 名部落武士了。他们曾经拥有大片广袤的土地，而如今属于他们的只有佐治亚州不到 8000 平方英里的区域以及亚拉巴马州内大约同样面积的领地。切罗基部落和奇克索部落如今只剩下极少数人口，散居在佐治亚州和田纳西州的角落里，还有些奇克索人生活在海沃西河[①]两岸。

尽管势单力薄，克里克人在 1813 年和 1814 年曾英勇地同美洲白人战斗过。杰克逊、怀特、克莱伯恩、弗洛伊德等将军指挥的部队使他们在塔拉德加、希拉伯、奥托塞、博纳察卡，尤其是在恩托诺贝卡，遭受了重大损失。这些野蛮人在文明教化方面，尤其是在战争兵法上，取得了长足进展。他们学会了以高超的技巧部署和使用火炮。几年之前，他们曾经审判并处死了一位自己的首领（或者叫作国王），因为这名首领在未经部落成员商讨的情况下将土地卖给了白人。

美洲白人垂涎穆斯克古尔戈人和西米诺尔人富庶的土地，一直试图用一笔钱诱惑他们将这片土地割让出去，并提议割让土地后将他们迁徙到密苏里州西部地区。佐治亚州政府假装已经购买了这片土地，但实际上在申请产权时遭到了美国国会的阻挠。然而，克里克人、切罗基人和奇克索人已经被密西西比州、田纳西州和亚拉巴马州的白人团团围困，他们迟早会被迫选择流亡，或是最终灭绝。

从密西西比河河口到与俄亥俄河的汇流处，所有居住在两岸的野蛮人，包括比洛克西人、托利玛人、卡帕人、苏图维人、巴

---

① 海沃西河：源头位于佐治亚州北部的蓝岭山脉，向北流经北卡罗来纳州进入田纳西州，最后汇入田纳西河。

雅古拉人、巴拉比萨人、坦萨人、纳齐兹人以及雅族人，如今都已经消失。

在俄亥俄河的河谷中，仍有一些部落沿着俄亥俄河及其支流沿岸流浪。这些部落曾在1810年奋起反抗美洲白人的入侵。他们推举了一位男巫师（先知）作为自己的头领，以保佑他们获得胜利。而这位先知的哥哥，著名的特库姆塞[①]则亲自上阵杀敌。这一次共有3000名野蛮人集结到一起，为恢复部落独立而战斗。美国总督哈里森率领众多军士一直向前逼近，与部落士兵对抗。1811年11月6日，哈里森的部队在蒂帕卡努河与瓦伯什河的汇流处与部落联军遭遇。印第安人体现了大无畏的气概，而他们的领袖特库姆塞则表现出惊人的战争天赋。然而，他们最终还是被打败了。

1812年，美国与英国之间的战争重新点燃了生活在边疆沙漠上的印第安人对美国白人的敌意。几乎所有的野蛮人都站在了英国人的一边，而特库姆塞在此次战争中也为英国人效力，英国军官普罗特克上校指挥作战。在芝加哥、梅格斯堡和米尔登堡上演了野蛮残暴的一幕，威尔斯上尉的心脏在一次人肉宴上被人生食。哈里森总督火速赶到战场，在西蒙斯河附近的战斗中再一次打败了野蛮人部落。特库姆塞被杀死，而普罗特克上校则骑马逃走，侥幸躲过一劫。

1814年，美国和英国达成和解，并明确划定了两国边界，而美国人也通过一系列军事哨所确保了对野蛮人的统治。

---

① 特库姆塞：北美肖尼族酋长，出生于俄亥俄州，以骁勇善战著称，曾试图在美国中西部地区建立印第安部落联盟。1812年在英美战争中为英方效力，次年战死疆场，惨遭分尸剥皮。

从俄亥俄河河口一直向密西西比河的圣安东尼瀑布地区追溯，我们终于在密西西比河的左岸发现了野蛮人部落，其中索基部落共有 4800 人，福克斯部落共有 1600 人，维恩博格部落共有 1600 人，梅诺米尼部落共有 1200 人。上述这些部落有一个共同的祖先，那就是伊利诺伊人。

接下来是苏族人，他们属于墨西哥人种，共分为六大族群。第一族群居住在密西西比河上游的部分地区，第二、三、四、五族群居住在圣皮埃尔河的两岸，第六族群散居在密苏里河流域。这六大苏族人族群共计约 45000 人。除了苏族人外，在向新墨西哥延伸的部分地区还发现了一些其他野蛮人部落的遗迹，其中包括奥赛奇人、堪萨人、奥克托塔塔人、马克托塔塔人、阿主维人和波尼人。

阿西伯恩人曾以不同的名字在密苏里河北部源头到流入哈得孙湾的雷德河之间的大片土地上流浪，该族群大约共有 25000 人。

奇帕威人属于阿尔冈昆族，与苏族人世代为敌，在加拿大大湖区与温尼伯湖之间的荒原上以打猎为生，大约有 3000 ~ 4000 人。

以上就是我们所知的有关北美洲野蛮人人口的所有实际情况了。如果再加上居住在落基山脉另一边的那些鲜为人知的部落居民，整个野蛮人族群的人口仍然很难达到我们在最开始做这项统计工作时所说的四十万。甚至有一些旅行家推测，落基山脉这一侧居住的印第安人不足十万，而山脉的另一侧居住的印第安野蛮人，包括加利福尼亚的野蛮人在内，最多只有五万。

曾经被欧洲人驱赶到北美洲西北部的野蛮人部落，如今正在奇特的命运召唤下渐渐回归。他们曾在某个未知的年代登陆并占领了美洲，而如今他们又将消失在这片相同的海岸上。在易洛魁语中，印第安人称自己为“永恒之人”，而如今，这些“永恒之人”已经消逝。至于后来的这些陌生人，在不久的将来，他们能留给这个世界的未来继承者的也只不过是自己的墓地而已。

导致印第安人人口锐减的原因众所周知：饮用烈酒、恶习、疾病、战争。而这些都是现代人的入侵带来的，是他们摧毁了印第安部落。现代人在印第安人的原始丛林里建立了新的社会形态，但这并不能成为导致印第安民族毁灭的根本原因。

印第安人不是“野蛮人”，欧洲文明所面对的并非是“纯粹的自然形态”，而是“萌芽时期的美洲文明”。如果欧洲文明在到达美洲时没有与任何文明遭遇，那么它也许会创造出全新的文明。然而，它在这片新大陆上遭遇了印第安人的文明习俗，并最终将其摧毁。前者更强大，它不能接受将自己与弱小文明融合。

有人会问，假如当初美洲逃过了我们航海家的发现，那这些本土居民将会怎样？讨论这种问题实在是毫无意义，不过这确实是一个非常有意思的问题，我们不妨来研究一下。在俄亥俄河、马斯金格姆河、田纳西河、密西西比河下游以及塔姆贝克比河流域，极有可能存在过艺术非常发达的民族。那么，印第安民族会像这些曾经一度繁荣的民族一样悄无声息地消逝吗？

如果暂时将基督教的伟大原则和欧洲的利益搁置一边，一个拥有哲学头脑的人可能会更倾向于希望这些新大陆上的原住民们能够远离我们现代制度的圈子，孕育属于他们自己的文明。从这一点上来说，现代人如今已经处处受制于古老文明的陈旧形式了。我这么说并不是针对那些亚洲民族，他们的文明在专制制度下已经存在了四千年，发展水平却依然停留在幼年时期。而生活在加拿大、新英格兰和佛罗里达的野蛮人，他们的文明中已经有了类似希腊、罗马和希伯来习俗与法律的萌芽。如果到达美洲的不是我们，而是另一种文明，那么在新大陆上繁衍出的可能就是带有古老文明基因的人，或许他们会从某个我们尚未知晓的文明之源中汲取未知的文明之光，这也说不定。谁知道某一天会不会有位“美洲哥伦布”来到我们这片海岸，发现“旧大陆”呢？

随着部落人口的减少，印第安人独有的风俗传统不断衰败。他们的宗教传统变得更加混乱，最开始来此传教的加拿大传教士将外来的宗教思想与当地原住民的本土思想混在了一起，以至于今天我们只能通过粗糙的寓言故事来感知被扭曲的基督教教义。大多数野蛮人佩戴十字架只不过是为了装饰，新教商人卖给他们的东西是从天主教传教士那里得来的。为了我们国家的荣誉以及我们宗教的荣耀，在此我要说，印第安人十分依恋法国人，他们一直以来都为法国人感到惋惜。在美洲森林里，黑袍人（传教士）仍然受到印第安人的崇拜。在英美战争期间，英国人一定注意到了，几乎所有的印第安野蛮人都加入到英军的麾下，而其中的原因就是，魁北克的英国人当中仍然有法国人的后裔，而且他们占领的国家是由“翁翁蒂奥”[①]管辖的。在这片我们曾践踏过的土地上，印第安人依然爱着我们。我们曾是他们这片土地上的第一批客人，而我们走后也在这里留下了墓地。尽管不得不为新的加拿大统治者、法国人的敌人服务，但他们依然忠于法国。

在最近出版的一本有关到密西西比河源头游历的书中，我们找到了以下信息。该信息的权威性不容置疑，因为该书的作者曾在本书的另一部分中专门谴责了当今的耶稣会信徒。

---

① 翁翁蒂奥：意为“大山”，是印第安人对来自法国的加拿大总督的称呼。——原注

“为了宣扬真理，法国传教士们基本上都始终如一地过着中规中矩的模范生活，他们在方方面面都谨守教规，不曾逾越自己的身份。他们有着十分虔诚的宗教信仰，作为使徒一直坚持行善施恩，潜移默化地向人们传达仁慈和善意，对人怀有英雄式的耐心，远离宗教苦行和狂热，在各国基督教史册上都留下了令人难忘的时代印记。对于德尔·维尔德和沃迪拉之流，所有虔诚的基督徒都将在记忆中永远诅咒他们；而对于丹尼尔、布雷博夫等人在发现新大陆和传教过程中所做的贡献，历史已经公正地给予了应有的敬意，而人们对他们的崇拜也从未消减。正因如此，印第安野蛮人才对法国人有着特殊的偏爱。这种偏爱天生就埋藏在他们的心灵深处，而父辈们流传下来的传统也体现出他们对第一批加拿大（当时称为新法兰西①）传道者的支持。”②

这段描写证实了我之前在其他书中曾经描写过的加拿大的传教活动。法国人聪慧勇敢、公正无私、天性乐观、富于冒险精神，这些都与印第安人的天性相契合。但我们也不得不承认，天主教比新教更适合用于教化印第安野蛮人。

当基督教刚刚在文明世界中兴起、开始吸引众多的不信教人群时，它并没有华丽的外衣，只有严肃的宗教道德和玄奥的教义，这是因为当时基督教的传教目标是拯救那些被感官诱惑的犯错之人，或是那些被系统的哲学所误导的人。当基督教从罗马和雅典学院的乐土传播到日耳曼的原始丛林中时，它开始披上了华丽的外衣并有了偶像崇拜，为的是吸引那些尚未被教化的单纯的

---

① 新法兰西：16世纪到1763年《巴黎和约》之前法国在北美洲的领地。《巴黎和约》签订后，法国的所有领地都分给了英国和西班牙。新法兰西的最大疆域包括加拿大东南部的大部分地区、五大湖地区和密西西比河谷。

② 该段引用自贝尔特拉米写于1823年的《游记》。——原注

野蛮人。曾经统治美洲的各基督教新教政权极少关注对野蛮人的教化，他们只想跟这些野蛮人做买卖。对于已经开化、知识已经完全压倒习俗的民族来说，贸易会强化其文明，然而对于习俗仍然凌驾于知识之上的民族来说，贸易只会催生腐败。宗教显然是野蛮人的原始法则。若格神父、拉勒芒神父和布雷博夫神父，他们就是野蛮人的立法者，但他们与英国和美国商人的立法者截然不同。

欧洲人的入侵不仅扰乱了野蛮人的宗教观念，他们的政治机构也未能幸免。印第安人政府的萌芽是一个极其微妙而脆弱的过程，尚未来得及经受时间的锤炼和考验就被外来政治的入侵轻而易举地扼杀了。他们刚刚发展起来的用以平衡各方权力的各种委员会，那些由助手、酋长、女佣、年轻武士共同组成的利益平衡体，乃至于整个政治机器，所有这些都被入侵者扰乱了。现代人用礼物收买，用恶习腐化，用武器残害，用一切手段毁掉了这些掌握权力的人。

如今，每个印第安部落仅由一名酋长领导。一些组成联盟的部落偶尔会聚集起来召开部落大会，但是由于这种集会没有任何法律约束，所以在散会时几乎从未达成任何决议。他们总是会把自己看得无足轻重，而这种沮丧往往源于自身的软弱。

导致野蛮人政府衰落的还有另一个原因：英国人和美国人在森林中建立了军事哨所。在那里，哨所指挥官将自己视为印第安人的保护者，他只消送些礼物做诱饵就可以轻易地引诱印第安人现身。他宣称自己是他们的创造者，是“三个月亮”（野蛮人对西班牙人、法国人和英国人的称呼）之一派来的使节。这位指挥官通知他的“红皮肤的孩子们”，自己将在某某地方划定边界，开垦某某地方的土地，等等。野蛮人最终开始相信，他们不是这片土地真正的拥有者，别人在不征求他们同意的情况下就可以征用这片土地。他们开始渐渐习惯将自己视为次于白种人的种族，开始屈服于白人的命令，为主人们打猎、战斗。对于只知道服从命令的人而言，还有什么必要要求自治呢?

这样一来，一切都成了自然而然的事：野蛮人的习俗和礼仪自然而然地随着宗教和白人的统治而退化消亡了，所有属于他们的一切也都自然而然地被卷走了。

当欧洲人刚刚渗透到美洲的时候，野蛮人的衣服和食物都是打猎得来的，彼此之间从未进行过任何买卖交易。这些新来的陌生人很快就教会了他们用猎物交换武器、烈酒、各种家用器具、粗布衣服以及个人装饰品。一些声称自己是护林官的法国人，最开始只是陪同印第安人一起远足打猎，后来渐渐地组建了贸易公司，将装备先进的哨所不断向前推进，并在沙漠中开设了工厂。欧洲人的贪婪和文明国家的堕落裹挟着印第安人，一直渗透到森林的最深处。在欧洲人建立的仓库里，印第安人用自己打猎得来的珍贵毛皮换取不值钱的商品，这些商品渐渐成了他们的生活必需品。他们不仅拿手中现有的猎物与欧洲人做交易，甚至还提前出卖了未来打猎的收获，就像现代人卖掉还未长成的庄稼一样。

商人们带来的所谓进步使印第安人陷入了债务的深渊，他们遭受着生活在现代社会最底层的人可能遭受的所有灾难，同时也承受着作为野蛮人的所有痛苦。由于急于获得更多的猎物，原本轻松的远足打猎变得异常艰辛。他们甚至让妻子也参与进来。这些可怜的女人几乎承担了所有苦力活，她们要拉雪橇，还要去捡回打死的猎物，给猎物剥皮并晒制肉干。她们背负着最重的担子，同时还要在胸前或背后带着孩子。当孕妇临产的时候，为了加快分娩、尽早回去干活，她们将肚子顶在离地几英尺高的木梁上，头和脚向下垂，一个苦命的孩子就这样降生了，正如上帝对夏娃所下的最重的诅咒那样，“在苦难中诞下孩子”[①]。

欧洲人就这样通过贸易将文明引入了美洲野蛮人部落。这种文明非但没有启发他们的才智，反而将他们变得更加野蛮残忍。这些印第安人开始变得阴险奸诈、自私自利，生活上放纵堕落、四处行骗，而原本整洁的茅舍如今也变成了藏污纳垢之所。他们原来赤身露体，或是只用野兽皮毛作衣服，可那时候的他们为自己拥有的一切感到骄傲和自豪；如今，他们穿上了欧洲人贩来的破衣烂衫，可这些衣服不仅不能为他们遮羞，反倒证明了他们的穷困。在森林里，他们已经不配再被称为野蛮人了，而在文明世界，他们同工厂门前那些行乞的乞丐毫无区别。

最后，这片美洲大陆上还出现了混种人，他们是欧洲冒险家和女印第安人的后代。这些人因其独特的肤色而被称为“烧焦的木头”。他们为给予他们双重身份的两个民族充当经纪人和代理商；他们既学会了父亲的语言，也学会了母亲的语言，不仅为欧洲商人们充当印第安语翻译，还为印第安人充当欧洲语翻译；他们染上了两个民族的恶习。这些既流淌着文明血液又有着野蛮人天性的混种人，有时候为美洲人卖命，有时候又为英国人卖命。而英国人则利用他们牢牢掌握了对毛皮贸易的垄断权。他们使英国的哈得孙湾公司和西北贸易公司跟美国的哥伦比亚皮毛贸易公司、密苏里皮毛贸易公司以及其他公司之间处于激烈的竞争状态。他们自己有时也会替欧洲皮货商打猎，有时还会跟外贸公司雇用的猎人们一起打猎。

---

① 原文为拉丁文，引自《圣经·创世纪》第三章：我必增加你怀胎的苦楚，你生产儿女必多受苦难。

如今的打猎场面已经与过去印第安人远征狩猎的场面完全不同了。猎人们骑在马背上，后面跟着装运干肉和皮毛的篷车，而妇女和儿童则坐在用狗牵引的小车上。这些狗在北方地区非常有用，但却给主人们造成了一笔额外的开销。因此，一到夏天，那些养不起狗的人就会赊账把狗寄养在守林员那里，而这又让他们背上了一笔新的债务。这些经常忍饥挨饿的狗有时会从狗舍里逃走。由于不能捕猎，它们就会去捕鱼，有时能看见它们一头扎进河里，潜到河的最深处去抓鱼。

在欧洲，人们只知道美国独立战争使这个世界诞生了一个新的自由民族，然而他们却不知道，几个皮货商曾因一点蝇头小利就让这片土地溅满鲜血。1811 年，哈得孙湾公司将雷德河两岸的大片土地卖给了塞尔柯克领主，后者于 1812 年在这里建立了殖民地，而此事招致了加拿大西北贸易公司的不满。这两家公司各自与许多印第安部落结成同盟，并得到了混种人的支持，双方最终大打出手。这次小规模的民间战争发生在哈得孙湾沿岸的冰冻荒漠上，战况十分惨烈。塞尔柯克领主的殖民地在 1815 年 6 月被摧毁，而此时的欧洲也刚好爆发了滑铁卢之战。这两场战争，尽管一个名满天下一个默默无闻，带给人类的灾难却是相同的。两家公司在耗尽了自己的力量之后开始意识到，与其两败俱伤，不如联合起来，这样对双方都有好处。如今，这两家公司联起手来共同经营，将其地盘一直向西推进到哥伦比亚，向北到达了汇入北冰洋的河流沿岸。

简而言之，这些北美洲曾经最引以为豪的民族，如今除了语言和装束之外没有留下任何属于自己民族的东西，甚至就连他们的装束也已经发生了变化。他们学会了耕种土地和饲养牲畜的技术，闻名于世的部落勇士已经成为历史，如今的加拿大野蛮人已经变成了卑微的牧民，一种非常特别的乡村牧民。他们拿着特有的印第安战斧牧马，用他们的弓箭驱赶羊群。亚历山大大帝的继承者腓力，死时不过是罗马的一名教会牧师。易洛魁部落曾在美洲盛极一时，如今却为了几块钱在巴黎街头又唱又跳。谁也无法预言，今天的辉煌是否能延续到明天。

我在记述这段野蛮人历史的过程中曾不断提到加拿大和路易斯安那，我也曾仔细研究过早期的地图，试图在上面勾勒出法国在美洲建立的早期殖民地的版图。有个折磨人的问题一直困扰着我，我不停地问自己，我们的政府怎么会让那些殖民地毁灭消失？如果它们还在，现在一定可以成为我们取之不尽、用之不竭的财富源泉。

从阿卡迪亚、加拿大到路易斯安那，从圣劳伦斯河河口到密西西比河河口，新法兰西的领土包围了美国最初独立时的十三个州。而美国的其他十一个州，以及哥伦比亚、密歇根、西北地区、密苏里、俄勒冈和阿肯色地区的领土，过去也曾属于我们，或者说现在本应属于我们，而现在这些地区却是美国的领土。这些领土都是英国人和西班牙人割让给美国的，而这些英国人和西班牙人是我们在加拿大和路易斯安那地区最早的一批后代。

我们就从北纬43°和44°之间、位于北大西洋上新斯科舍省（原来的阿卡迪亚地区）的桑迪角开始看起吧。从这一点开始，沿着最早的美国十三州背部画一条线，经过缅因州、弗农市、纽约市、宾州、弗吉尼亚、卡罗莱纳、佐治亚，并沿着田纳西州一直到密西西比州和新奥尔良市，然后从北纬29°（密西西比河口所处的纬度）一直向上，经过阿肯色州到俄勒冈，接着穿过落基山脉，最后在北纬42°太平洋沿岸的圣乔治市结束。这条线圈住的广大地区，向东北延伸到大西洋，西北方毗邻俄国领土，北靠北冰洋，南临墨西哥湾。也就是说，整个北美洲超过三分之二的领土原本都是属于法国的。

如果当初拥有这些殖民地的是我们而不是美国人，结果将会怎样？美国还能够获得解放吗？如果当初法国还占有这些美洲殖民地，是会加速还是会阻碍这种解放？新法兰西是否也会解放？为什么不会？如果一个与我们有着相同的名字、使用相同语言的庞大帝国从自己的祖国独立出来，而且在另一个半球变得自由而繁荣，这将给它的祖国带来怎样的不幸？

我们曾经在海外拥有许多附属国，这些附属国本该成为我们祖国过剩的人口的栖息所，成为我们重要的贸易市场，成为我们海军的训练场。而如今，我们只能将那些经法庭审判的罪犯关押在本国的监狱里，徒然地渴望能有一小块地方来安置这些不幸的犯人。我们被排斥在新世界的大门之外，而在那里，人类已经开始了新的文明。在非洲、亚洲和南太平洋诸岛上，在南北美洲的大陆上，数以百万计的人用英语和西班牙语表达自己的思想。而我们用自己的勇气和天才获得的战利品却被夺走了，只能在路易斯安那和加拿大的一些小村庄里听到拉辛[①]、考伯特[②]和路易十四的语言，而且还受到外来语言的支配。尽管法语依然残存在这块大陆上，但也不过是我们倒霉的命运和错误决策的见证罢了。

法国就这样从北美洲消失了，就像那些与她同病相怜的印第安部落一样。我为曾经见到过这些残余的印第安部落而感到荣幸。自从我上次游历之后，北美洲大陆上又发生了怎样的变化？这正是我接下来要讲的。为了鼓励读者，在本书的最后，我将向

---

① 拉辛（1639～1699年），法国剧作家，古典悲剧大师。

② 考伯特，法国政治家，曾做过路易十四的顾问。

你们展开一幅不可思议的画卷。在这里你将会明白，当自由与宗教思想不再分离，当它们同时拥有了智慧和神圣的地位时，它们将为人类的幸福与尊严带来怎样的收获。

美利坚合众国

如果我有机会重返美国，我想我应该认不出它的容颜了。上次离开时的茂密丛林，如今大概已经变成农田了吧；当年我曾披荆斩棘的密林小路，想必今天也早就变成了康庄大道。密西西比河、密苏里河和俄亥俄河，这些河流曾经流经的土地，如今已经不再是荒野一片。巨大的三桅帆船航行于这些河上，此外还有 200 多艘蒸汽轮船来来往往，好不热闹。纳奇兹部落，如今兴许已经发展成了一个有着 5000 人左右的充满魅力的小镇。查克塔斯[①]也许已经成为议会的一员，现在他再前往阿塔拉[②]的居所就十分便利了，因为有两条路通往那里，其中一条最终通往汤姆贝克比堡寨的圣·史蒂芬大教堂，另一条则通往路易斯安那州的纳契托什市。道路指南上标有十一个站，包括华盛顿、富兰克林市、霍默切特市等。

阿拉巴马州和田纳西州已经做了行政区划，其中，前者被分成了 33 个县和 21 个城镇，后者则被划分成了 51 个县和 48 个城镇。一些城镇，比如阿拉巴马的首府卡托巴仍然保留着当初野蛮人为它们起的名字。不过，周围的环境已经发生了变化，出现了许多以其他方式命名的新城镇。比如，除了穆斯科古尔格、塞

---

① 查克塔斯是本书作者所著小说《阿塔拉》中的人物。

② 阿塔拉，作者所著小说《阿塔拉》的主人公。

米诺、切罗基和契卡索之外，我们还可以看到名为雅典、马拉松、迦太基、孟斐斯、斯巴达、佛罗伦萨、汉普顿的城镇，此外，还可以看到名为哥伦比亚或马伦戈的县。世界上所有有着光辉历史的国家，其名字都被安在了这些原本是一片荒原的城镇上面，此前，正是在这里，我邂逅了奥布里神父和那位神秘的修道院院长。

肯塔基州有个凡尔塞，有个县取名叫波旁，而他的首府则有一个更气派的名字——巴黎。那些流放者们和受压迫者们，当他们来到美国寻求庇护时，他们把对祖国的记忆也带到了这片土地上。

Falsi Simoentis ad undam
Libabat cineri Andromache①

古代欧洲与近代欧洲那些著名景点的形象与记忆，如今已被美国人揽入怀中，纳入自由女神的庇佑之下。比如位于罗马坎帕尼亚大区的皇家花园，罗马皇帝哈德良曾在园中建造许多纪念帝国伟业的雕塑。

值得注意的是，在美国，有许多县、镇、村乃至一个不起眼的小寨子都取名为华盛顿，由此可见美国人对开国元勋的感念之情。

俄亥俄河共流经四个州，它们分别是肯塔基州、俄亥俄州、印第安纳州和伊利诺伊州。美国国会里共有 30 名代表和 8 名参

---

① 拉丁语，出自古罗马诗人维吉尔（Vergil）的史诗《埃涅阿斯纪》（*Aeneid*），意为：安德洛玛刻在西摩伊斯河畔祭奠亡夫赫克托耳的灵魂。

议员来自上述这四个州。弗吉尼亚州和田纳西州有两处与俄亥俄河接壤。俄亥俄河的两岸分布着 191 个县和 280 个镇。如今，一条运河正在河的一边开凿，三年后竣工，届时河面上将可以行驶像“匹兹堡号”那么大的轮船。

正如古罗马那发达便利的交通一样，通往首府华盛顿的公路有 30 条之多。这些公路汇于华府，又从华府出发，通往美国的各个角落。你可以从华盛顿出发，抵达美国任何一个地方，比如，你可以从那里去往特拉华州首府多佛尔、罗德岛州首府普罗维登斯、缅因州的罗宾斯镇、康科德、康乃迪克州的蒙彼利埃；你可以从那里去往奥尔巴尼，然后再经蒙特利尔至魁北克；你可以从那里去往安大略湖的萨基茨港、尼亚加拉大瀑布和尼亚加拉堡垒；你可以从那里出发，经匹兹堡到底特律，再到伊利湖的麦基诺；你可以从那里，经密西西比州的圣路易斯至密苏里州的康瑟尔布拉夫斯；你可以从那里去往新奥尔良和密密西比河入口处；此外，你还可以从华府出发，来到纳奇兹、查尔斯、萨凡纳和圣奥古斯丁。以上这些道路合在一起，总共构成了 25747 英里的内陆交通路线图。这个数字真是令人吃惊！

从这些公路延伸的方向可以明显地看出，这里曾经是荒原地带，而现如今，它们已被开发为适宜人类居住的文明之域。有了这些数量众多的公路，人们就可以乘坐马车或驾车旅行了，只需花很少的钱，你就可以很方便地从一个地方去到另一个地方了。在过去我们那个时代，要想出行，你得雇用一个印第安人做向导或翻译；而现在，你只需靠着这些便利的公路，便可以顺利抵达俄亥俄州或尼亚加拉瀑布了。这些交通大动脉上还分布着许多支脉，它们同样提供了各种便利。这种便利不仅是公路带来的，而且还是各种水路带来的。在美国，到处都分布着河流或湖泊，因此除了马车之外，你还可以乘坐划艇、帆船或汽船去你想去的地方。

现在，有汽船定期往返于新奥尔良与波士顿、新奥尔良与纽约之间。此外，像加拿大各大湖，包括安大略湖、伊利湖、密歇根湖、尚普兰湖，也有了这样的定期汽船。想当初，也就是30年前，这些湖面上连野蛮人的木舟也难得一见，而现如今，却是现代化的汽船在来往穿梭。真是今非昔比啊！

在美国，蒸汽船不仅为商业和旅游所用，还被应用于国防领域。有些蒸汽船，身材十分庞大，上面装备了大炮和沸水，停靠在河口，就像中世纪的城堡和要塞一般威严。

我在上文已经介绍，美国的主干交通网共有25747英里长，除了这些主干道之外，美国国内还有419条地区道路和58137英里的水路。在水路方面，除了自然形成的江河湖海之外，人们还开凿了大运河。比如，米德尔塞克斯运河将波士顿港和梅里马克河连接了起来，尚普兰运河把尚普兰湖和加拿大海连接了起来，著名的伊利运河（或曰纽约运河）将伊利湖和大西洋连接了起来。此外，卡罗莱纳州和弗吉尼亚州也联手修建了连接苏提、切萨皮克和阿尔伯马尔的运河。美国河网密布，通过运河把宽广的河流连接起来简直是小菜一碟。众所周知，在美国，共有五条水路通往太平洋，其中有一条是流经西班牙在美国的属地的。

美国议会于1824年通过了一项法律，决定在俄勒冈州建立一个军事据点。美国人在哥伦比亚有一个殖民地，这块地域位于英属美洲、俄属美洲和西属美洲之间，横跨近6个纬度即666公里，从这里可以直通太平洋。

早期的美国历史可以说是一部殖民史，然而自然环境却在一定程度上限制了殖民化的步伐。让我们以密苏里州为例来说明这一点。密苏里州西部和北部有大片的森林，森林四周是茫茫的大草原，草原上杂草丛生，一棵树也看不到，目光所及，没有一丝人类文明的痕迹。然而，正是经由这片青翠浓绿却又形同沙漠的广阔地带，殖民者才得以成群结队地前往落基山脉和新墨西哥州。正如旧世界里将肥沃之地隔离开的那些沙漠地带一样，这片地域把美国大西洋彼岸同美国南海隔离开来。有个美国人提出，他愿意自费修一条高速公路，将密西西比州的圣路易斯市同哥伦比亚连接起来，前提是美国国会要答应他把这条路任意一边的土地割让给他十英里。最终，这个提议并没有被批准。

1789 年，美国全国只有 75 个邮局，而今这个数量已经攀升到了 5000 多个。从 1790 年到 1795 年这六年间，美国邮局的数量从 75 个激增至 453 个，1880 年增至 903 个，1805 年增至 1558 个，1810 年增至 2300 个，1817 年增至 3359 个，1820 年增至 4030 个。到了 1825 年，全美邮局的数量已经达到了近 5500 个。

邮件和包裹或是通过邮递员骑马或步行寄送，或是由邮车送抵美国的每个角落，一天下来，这些邮车行驶的总路程可以达到 15 万英里。

有一条邮政马车线路，很长很长，从缅因州安森市，经华盛顿，一直延伸到田纳西州的纳什维尔市，总长 1448 英里。另一条邮政马车线路则连接佛蒙特州的海格特市和乔治亚州的圣玛丽市，总长 1369 英里。华盛顿和匹兹堡之间也有邮政马车运营，总长 226 英里。很快，圣路易斯市（隶属于密西西比州）也将通邮。规划中的这条线路，经温森斯市和列克星敦市（隶属于肯塔基州），一直到达田纳西州的首府纳什维尔。沿途客栈干净舒适，设施齐全，其服务水平有时堪称一流。

俄亥俄州、印第安纳州、路易斯安那州、密西西比州、阿拉巴马州，以及密歇根州、密苏里州和阿肯色州的部分地区，都设有出售公共土地的机构。据统计，出售的土地中有 1.5 亿英亩适于开垦，此外还有大片等待开发利用的森林。如果以每亩地 10 美元的价格来计算的话，这 1.5 亿英亩土地总价为 15 亿美元，无论从哪方面来看，这个价格都不算高。

美国北部有 25 个军事据点，南部则有 22 个。

1790 年美国的人口是 3929326 人，1800 年是 5305666 人，1810 年是 7239300 人，1820 年则达到了 9609827 人，这其中还包括 1531436 名奴隶。

1790 年时，俄亥俄州、印第安纳州、伊利诺伊州、阿拉巴马州、密西西比州和密苏里州人口还很少，都不足以进行人口统计的。而到了 1800 年，光是肯塔基一个州就有居民 73，677 个，田纳西州则是 35691 个。10 年间，俄亥俄州的人口一下子从到 1790 年的零星几个增长到了 1800 年的 45365 人。1810 年，这个数目达到了 230760 人，1820 年则是 581434 人。从 1810 年到 1820 年，阿拉巴拉州的人口总数从 1 万增加到了 120901 人。

就这样，美国的人口一直处在增长中，从 1790 年到 1820 年期间，人口每 10 年的增长率是 35%。现在距离下一个 10 年即 1830 年还有 4 年的时间，到那时，俄亥俄州的人口将达到 850000 人，肯塔基州的人口将达到 750000 人，而整个美国的人口总数有望接近 12875000 人。

如果美国的人口继续这样增长下去，到 1855 年，美国总人口将达到 25750000 人。再过 25 年，也就是到了 1880 年，美国的人口总数将超过 5 千万。

1821 年，美国的出口总值达到了 64974382 美元。同年，美国的公共财政收入是 14264000 美元。扣除花销之后，美国该年度的净收入达到了 3334826 美元。同一年度，美国国家债务减至 89204236 美元。

当前，美国军队的总人数已经增至 10 万人，其中，海军拥有 11 艘巡洋舰、9 艘护卫舰以及 50 艘大小不一的其他战舰。

美国有这么多的州，每个州的法律法规又不尽相同，单是一本小书难以将其讲清楚，我们只要知道各州都有独立的制宪权就可以了。

美国公民都享有宗教信仰的自由，在这个国家里，并没有哪个宗教能一统天下。不过，国家还是希望每个国民都能信仰一点基督教。在西方国家，天主教则处在如火如荼的发展中。

接下来，让我们来看看美国在其他方面发展的情况。在我看来，出于国家面子的考虑，美国政府发布的统计数据和发展摘要难免有夸大其词之处。尽管如此，这个国家的繁荣程度及其取得的文明成就仍然值得我们学习和敬佩。

为了了解当今美国的繁荣程度，我们只需看一下波士顿、纽约、费城、巴尔的摩、萨凡纳、新奥尔良等城市就可以了。虽然到了夜间，这里依然灯火通明，大街上车水马龙，人群络绎不绝，一片繁华景象；港口云集着千万条船只，它们一刻不停地运输货物和旅人，一派繁忙的景象。让我们把目光再转向加拿大五大湖，从前这些地方荒凉一片，现如今湖面上航行着各种各样的舰船，还不时有印第安人的独木舟穿行其中。美国的其他水域同样如此。在森林中，在河岸上，一座座装点着希腊式柱子的教堂和民居拔地而起，张扬着人类进步的壮举。除此之外，在这片曾经为愚昧无知的野蛮人长期居住的旷野上，还建起了宽敞的大学校园和气派的天文观测台，以供人们进行科学研究。这是一片自由的国土，不同的思想观点在此碰撞交汇，不同的学理教派在此交融共处，大家虽观点不同、观念有异，却都能和平相处，为人类的进步和发展做出各自的贡献。这真是个大熔炉！这就是自由所创造的奇迹！

法国历史学家、哲学家，赫赫有名的雷纳尔神父曾经设赏问了这样一个问题：新世界（新大陆）的发现将对旧世界造成什么样的影响？

当前的学者们都沉溺于精确的计算与统计之中，他们感兴趣的都是些外在的、可以用数据计量的东西，比如贵金属的进出口数量、西班牙人口的减少、商业的发展与贸易的增长、海军的壮大等等。据我所知，还没有人对新大陆的发现和美利坚合众国的建立给欧洲带来的影响进行过认真的研究。一些学者视野狭窄、目光短浅，他们总是以一成不变的眼光来看待这个世界，他们的思维还停留在昔日的帝国想象中，他们把社会和人心都看作是一成不变的，他们不曾想到这二十年来人们的思想和观念早已发生了翻天覆地的变化。

美国留给世人的最宝贵、最有价值的财富就是自由。自由就像一座永不枯竭的宝藏，每个国家的人都被它深深吸引，都跑去美国挖掘这座宝藏。美国人发明了代表制共和政体，这个发明是人类历史上最伟大的政治发明之一。就像我在其他地方描述过的那样，美国人的这一发明证明了世界上存在两种行得通的自由：一种是纯自然的自由，一种是文明化的自由。前一种自由诞生于国家的婴儿期，是习俗与美德的产物，古希腊人、古罗马人的自由以及美洲野蛮人的自由就是这样的自由。后一种自由诞生于国家的老年期，是知识与理性的产物，美国的自由就是这种自由，如今它已取代了印第安人的那种自由。美国这个自由繁荣的国家，他从一种自由状态发展到另一种自由状态，只花了不到300年的时间，凭借的不过是一场仅仅持续了8年的战争，这是何等的成就啊！

美国会一直保有它所创立的这种文明化的自由吗？它会分裂吗？难道我们就没有觉察到分裂的迹象吗？来自马萨诸塞州的代表主张废除奴隶制，发展现代自由，而来自弗吉尼亚的议会代表则崇尚古希腊和古罗马的那种自由，要求恢复奴隶制。这两种观点针锋相对，水火不容，且已初露端倪，难道我们就没有看到这一点吗？基督教会支持哪一方呢？

美国西部的那些州会继续向外发展，直到远离大西洋沿岸各州吗？一旦它们向外拓展了很远，越来越远离美国内陆，他们会要求自治、成立属于自己的政府吗？

最后，美国人是一个完美的民族吗？他们是否也像其他人那样是有缺点的？他们在道德上是否优于他们的祖先——那些英国人？欧洲人会无休止地涌入美国，进而摧毁美国人的种族同一性吗？重商主义会发展成为具有压倒性的民族精神吗？利己主义是否会成为美国人的主要缺陷进而影响到整个国家的发展？

我们不得不痛苦地承认，墨西哥、哥伦比亚、秘鲁、智利、阿根廷等共和制国家的建立对美国构成了挑战和威胁。但在美国人看来，这都不是问题，因为上述这些国家只能望其项背，处在隶属地位。旧的北美共和国和新的西属美洲难道不正处在激烈的竞争关系之中吗？西属美洲有可能阻断其与欧洲强国之间的联盟吗？如果双方都诉诸于武力，如果军国主义成为美国人的国家意志，那么战争也许就不可避免，而一个伟大的将军也即将诞生。荣耀渴慕桂冠，权力爱慕虚荣，在战争的诱惑下，在胜利的号召下，士兵们只不过是专制和奴役的工具，而自由也必将失去它应有的地位，乃至荡然无存。

然而，就算上述这些假设全部成真，自由也永不会离开美国，这是因为由知识和理性所催生的自由具有顽强的生命力，这是那种由习俗和美德产生的自由不可比拟的。

当习俗恶化、凋零时，建立在习俗之上的那种自由也必将消亡，而习俗注定是要随着时间的逝去而一点点凋零的，这是它的宿命。

建立在习俗之上的自由，必然是一种受制于物质的自由，因为从根本上说，习俗就是物质的。而所有的物质必定会有消亡的那一天。由习俗催生的自由，它诞生于贫困和混沌的年代，消亡于荣耀与奢华的末端。它诞生时，尚无羁无绊，消亡时却戴着专制的枷锁。

由知识和理智催生的自由就不一样了。经过了压迫的历练和堕落的洗礼之后，这种自由将绽放出更光辉的色彩。它懂得与时俱进，它愿意不断革新，它希望随着一系列新规则的诞生而一步步前进，而这些新规则又反过来保护着自由并促进自由的革新。由知识和理性催生的自由不会像由习俗催生的自由那样随着时代的变迁而一步步弱化、退化直至消亡，相反，它会随着时间一步步变强变大，永远也不会被抛弃。这种自由恰恰是人类美德的不竭源泉。

今天的美国，其人口还不是太多，它的大部分疆土还处在荒野密林之下（其人口覆盖的面积只占全部国土的十八分之一），等待着拓展和开发。这也就意味着，在未来很长一段时间内，美国将被分割在两种状态：其中一些人（那些野蛮人）仍旧生活在荒野中，享受着由习俗和美德催生的自由，而另一些人（那些文明人）则生活在大城市中，享受着由知识和理性带来的自由。

最后，我还要再提一下西班牙属地共和国。这些国家偏安在美洲大陆的一角，与欧洲遥遥相望，尽情享受着独立带来的好处。毫无疑问，它们的独立具有非常重要的意义，但这种独立能否为这些国家带来自由，这就难说了，至少在近期我们还看不到。

西属共和国

英国的美洲属地当初曾奋起反抗大英帝国，但那时的情况和西班牙的美洲属地所面临的情况大不相同。当初的殖民地组成了现在的美利坚合众国，多年来，对本国感到不满的英国人选择离开故土，来到北美定居，以求世俗自由与宗教自由。这些人主要定居在新英格兰地区，属于斯图亚特王朝复辟后著名的共和派。

马萨诸塞、新罕布什尔和缅因州气候寒冷，在这里，人们对于君主政体的厌恶之情也如这寒冬一样，从未妥协。爆发在波士顿的那场革命，可以说并不是一场新的革命，而是1649年革命在历经一个多世纪的暂停后的继续，是克伦威尔的清教徒后人为其当年革命所写的续篇。其实，当初克伦威尔曾经登船，准备前往新英格兰，但查理一世的一纸命令强行要求他靠岸返回。如果克伦威尔当初真的来到了美国，他也许不会像现在这样有名，但他的子孙将能尽情享受美国这种共和式的自由。这种自由正是他不吝以违反法律为代价所追求的，但事实是，除了一顶“王冠”外，他最终一无所得。

那些保皇派的战士，在战场上被劫为俘虏，又在议会斗争中被当作奴隶卖出国去，而国王查理二世却始终没有召他们回国。这些人来到北美大陆，成家生子，子孙后代再也没人关心国王的什么事情。

这些作为北美殖民者的英国人，早已习惯于自己的生活，习惯于公开讨论人民的利益、公民的权利、立宪政府的组成以及其他类似话题。他们精通艺术、科学和文学，拥有祖国英国所孕育的一切文明与智慧。他们有陪审团制度，且殖民地各地区均有自己的法律，他们依法自治，管理地方事务。各地的法律法规涉及面十分广泛，因此会被后来的其他联邦州作为法律依据。美国国会替代了英国议会，总统替代了国王，联邦制代替了封地领主的联系链，而这种新制度恰好也由一个手握大权的人来掌控。出于以上几点原因，我们也许可以说，美国人还保留着他们的生活方式。

皮萨罗[①]、费尔南多·科尔特兹[②]的后人与佩恩[③]的“弟兄们”和独立派的后代有什么共同点吗？他们在古老的西班牙接受过自由学校的教育吗？他们在祖国西班牙的制度、历史、实践与文化中找到可以塑造立宪政府的要素了吗？军队统治下的殖民地地区金矿遍布，但却饥荒蔓延，温饱不保，他们在这些地区有相关法律保障吗？来到北美新世界时，西班牙人带来他们的宗教、礼仪、习俗、理念、原则甚或是偏见了吗？天主教信仰民众被大量有钱有势的教士阶层所统治，这些人由293700个白人、5518000个自由或奴隶黑人与黑白混血人以及7530000个印第安人所组成，他们被划分为贵族阶层与平民阶层。他们在两大洋沿岸，分散在南北美洲气候多样的广阔丛林中。他们几乎没有任何民族关系，也几乎没有共同利益。他们与没有等级之分，人人平等，八分之七人口都为新教徒的一千万美国人民一样，也都适宜

① 皮萨罗（1475～1541年），西班牙殖民者。

② 费尔南多·科尔特兹（1485～1547年），西班牙殖民者。

③ 佩恩（1644～1718年），英国教友派教士，在宾夕法尼亚州传教，于1682年起草了宾州宪章。

于民主制度吗？在美国，教育普及；而在西班牙属地共和国，几乎全部人口都不识字，牧师是村里唯一有知识的人。村落稀少，城镇分散且相距较远，其间路程经常要花上三四个月的时间才能到达。村镇皆毁于战火，道路不通，河道阻塞，大河本该将文明带到国土的每个角落，现在却只是默默地流过荒原。

这些黑人、印第安人和欧洲人混合而成了新的人口，被西班牙在其殖民地所建立的温和的奴隶制麻痹着。哥伦比亚有一个种族是非洲人和印第安人的混血后裔，他们的本能中只知道要活着为奴。尽管奴隶自由的声明业已生效，但所有奴隶都选择继续留在主人身边。

在那些连西班牙当局可能都已经忘了的殖民地，被称为总督的圈地为王的独裁者压迫属地人民，在他们的治下，腐败严重，教会横行霸道，欺压民众，毫不掩饰其真实目的。有人同女性黑奴发生性关系，并依靠贩卖女黑奴为他们生下的孩子而投机致富。

在这些国家，民主制度几乎不为人知，人们都没听说过什么共和国的名字。要不是因为有罗林[①]的《罗马史》一书，巴拉圭人都不会知道什么是“独裁者”“执政官”“元老院”。在危地马拉，也只有两三个年轻的外国人对宪法有所研究。这些国家政治教育十分落后，以至于人们对自由总是有一些担忧。

墨西哥上层阶级受到良好的教育，生活优雅。但由于墨西哥缺乏良港，普通百姓并没有机会接触欧洲的先进文明。

与之相反，哥伦比亚则坐拥优越的海岸线，同国外交流更

---

① 罗林（1661～1741年），法国作家，曾任巴桑大学校长。

多，因此也孕育了一位卓越的伟大人物[①]。不过，推行自由和实行奴隶制度是同样容易的吗？强制的力量终究取代不了时间的作用，人民在基本政治教育上的不足，需要多年的努力才能弥补。因此，专制独裁之下的自由会发育不良。而且，长时间的专制值得警惕，因为它容易使人形成一种专制的习惯，导致进入专制的恶性循环，中美洲各共和国就都孕育着一场内战[②]。

玻利维亚共和国和智利共和国革命不断，深为内战所困。两国位于太平洋沿岸，似乎是被切断了同世界最文明部分的联系。

布宜诺斯艾利斯的地理条件不大有利，许多地区的气温可能会影响到政府的正常运转。在阿根廷炽热太阳的炙烤之下，人的体力几近透支，只得将自己整日关在室内，摊在席子上一动不动地躺着，这样的自然条件是断然不适合论坛讨论等民主形式的。当然，我们还应注意，不能随意夸大气候的影响，因为在温带，同一地点也相继出现过自由制度与奴隶制度。但是，对于极圈之内或是赤道之上的地方，那里的极端气候无疑会对政治产生永久性的深刻影响。从这点来看，黑人即便不愿成为南美大陆的主人，也应该保持活力。

出于对自由的热爱以及对束缚的痛恶，美国人奋起反抗，挣脱枷锁，并发现自己有足够的能力来建立政府。美国人先进的文明、古老的政治教育以及高超的艺术与制造水平，使其达到我们今天所看到的繁荣程度，也使其不必求取外来物质或精神资源的帮助。

---

① 指西蒙·玻利瓦尔（1783～1830年），南美殖民地独立战争领袖。

② 我写作这段文字的同时，各派媒体报纸都在报道这些共和国国内的动乱、分裂以及破产。——原注

但对于西班牙属地共和国来说，境况就大为不同了。

尽管这些国家都不幸处在宗主国的统治之下，但其第一次运动却是外来刺激的结果，而非出于自由之精神。这一外来刺激就是法国大革命。自从伊丽莎白一世在位时，英国人的目光就紧紧盯着西班牙的美洲属地。1806 年，英国派出远征军，朝布宜诺斯艾利斯进发，却在法国人利尼埃船长[1]的英勇抗争下失败了。

于是，西班牙殖民地此时就面临一个问题，即：是该投靠当时与拿破仑同盟的西班牙内阁的阵营，还是该甩掉不合法的西班牙政府，以便忠于西班牙国王？

从 1790 年开始，米兰达[2]就开始就解放问题同英国进行谈判。谈判分别于 1797 年、1801 年、1804 年以及 1807 年重启，后期谈判进行的同时，向南美洲北部的一次远征行动也在筹备之中。1809 年，米兰达回到了西班牙殖民地，他的行动最终失败了，但是委内瑞拉的起义节节胜利，并且在玻利瓦尔得到了延续。这样一来，摆在英国及其殖民地面前的问题就都变了。西班牙奋起反抗波拿巴，在科尔特斯的领导下，卡迪斯建立了宪政制度。而卡迪斯当局来到美洲，又必然会为美洲带来自由思想。

而对于英国来说，则不能再这样明目张胆地袭击西班牙殖民地了，因为，时为法国阶下囚的西班牙国王已成为英国女王的同盟了。于是，女王下令禁止了英王陛下的臣民向美洲提供援助。不过，尽管有这些外交禁令，却仍有六七千人入伍，到哥伦比亚支援当地的暴动。

斐迪南复辟后，西班牙又回复到原有的政府。他们犯了大错

---

① 在西班牙海军服役的法国人，多次与英国交战。

② 西班牙属南美殖民地独立运动领袖。

误，雷翁岛叛军重建的立宪政府依旧十分无能，科尔特斯也不如之前的政府那样支持西班牙殖民地的解放。玻利瓦尔的解放运动如火如荼，所向披靡，完全挣脱了宗主国的束缚，这是人们没有预料到的。英国人遍布南美各地，包括墨西哥、哥伦比亚、秘鲁以及科克伦爵士[①]支持的智利，他们最终公开承认了之前大部分秘密进行着的工作。

由此可见，不同于美国，西班牙殖民地显然不是因自由的理念而走向解放的，这一理念并未强大到足以成为国家意志的地步。人们所能看到的是外部因素的刺激，以及错综复杂的利益关系与各种事件。殖民地选择独立于西班牙，是因为西班牙遭到了入侵。之后他们制定了宪法，因为宗主国的科尔特斯也颁布了宪法。虽然缺乏合理的提案，但他们不会重新给自己套上枷锁。这还不算完，外国投机者向他们提供了各种资助，要来榨干他们的一切。

1822 年至 1826 年期间，英国借给西班牙殖民地的贷款总共有十宗，合 2097.8 万英镑，所有合同平均利率为 75%。扣除两年 6% 的利息，剩下要供 700 万英镑。也就是说，英国实际借出了 700 万英镑，折合 1.75 亿法郎，但西班牙属地共和国却因此负债 2097.8 万英镑。

这些借款已经让人不堪重负，但除此之外，还出现了大量公司与协会，他们来到这里开发矿山、捕捞珍珠、开凿运河、修建道路，开垦着这片新世界，好像是刚刚发现这片土地似的。这些公司总共有 29 家，可开发利用的名义资本共计 1476.75 万英镑。认购者只提供了这一数目的四分之一左右，即 300 万英镑，作为

---

① 英国冒险家，因诈骗罪被英国海军除名，1918 年到智利军队服役。

之前 700 万英镑借款的补充。因此，英国前后共向西班牙殖民地提供了 1000 万英镑的借款，而殖民地政府和人民需还款额则为 3574.55 万英镑。

英国在各个小港口设有副领事，在稍微重要的港口设有领事，在哥伦比亚和墨西哥则设有总领事及全权公使。殖民地境内到处都是英国商行、英国商人、英国矿业公司的代理、英国矿物专家、英国军人、英国承包商和英国殖民者，在这些人的炒作下，原本每公顷 1 先令的地价上涨到了每公顷 3 先令。大西洋和南海沿岸都悬挂着英国国旗，所有能够通航的河流上都穿梭着英国舰船，他们载着英国制造商的产品，或是以之交换来的商品。每个月，海军部提供的邮船都会定期从大不列颠出发，驶向西班牙的各个殖民地。

毫无节制的投机导致许多企业破产，多地民众砸坏矿山设施，矿产行业一度告急。西班牙商人殖民者与英国商人之间开始出现大量法律诉讼，政府之间也就借款的相关问题相互争吵。

这样的情况导致的结果就是，前西班牙殖民地在获得解放的同时，又成为了英国的殖民地。新主人并不受人爱戴，因为人们根本不喜欢主人。英国人的傲慢态度通常使他所保护的人感到羞辱，可以说，这种外来霸权压制了西班牙属地共和国民族精神的发展与崛起。

相比之下，美国的独立就不会涉及这么多错综复杂的利益关系。在美国试图独立时，他们的宗主国英国并没有像西班牙一样遭受外来入侵，内部也没有政治革命。法国将美国视为同盟，并为其提供了军事援助。在一系列战争、投机以及阴谋诡计的作用下，美国也没有负债累累或是沦为他国商品的倾销地。

此外，西班牙殖民地的独立没有得到其宗主国的承认。马德里当局的这种消极抵抗影响很大，会造成比人们预想的更大的不便。法律的长期效用能影响事实，即便事件本身可能并不能佐证法律，复辟的历史就证明了这一点。如果当初英国没有和美国交战，而只是拒不承认其独立，那么美国会和现在一样吗？

在争取独立解放的事业中，西班牙属地共和国所遇到的困难越多，阻力越大，他们战胜这些困难与阻力的勇气也就会越强。这些国家幅员辽阔，拥有繁荣发展的一切有利条件：气候和土壤多种多样，茂密的森林可为造船提供材料，众多良港可供船舶停靠，位于两大洋之间的地理位置为其开启同全世界通商的大门。大自然赐予这些属地共和国一切优越条件，那里的土壤十分肥沃，底下又埋藏着丰富的黄金。西属美洲前景一片大好，但不经努力就能迎来繁荣的说辞显然是骗人的，是让人获得一种虚假安全感的假话。逢迎人民的人同逢迎国王的人一样，都十分危险。我们在臆想出一个乌托邦时，不会考虑到过去、历史、事实、习俗、偏见或是斗志与激情的因素，我们只是沉迷于自己的梦中，不会考虑到意外情况的出现，这样就把美好的前程毁掉了。

我已经坦率地陈述了西班牙属地共和国获得自由独立的困难，也要同样坦率地指出有利于其独立的那些因素。

首先，气候的影响，以及道路设施和农业文明的缺乏，使得企图征服这一地区的努力罕有结果。沿海地区也许比较容易占领，但内陆地区却难以深入。在哥伦比亚所谓的领土内部，已经没有“西班牙人”了，他们被称为“哥特人”，这些人要么死去了，要么被驱逐出境了。墨西哥也采取措施，专门针对前宗主国的国民。

哥伦比亚的教士全都是美洲人，他们违反教会的规定，和普通人一样结婚生子，甚至不穿自己教派的教袍。这样的情形无疑是有损道德风尚的，但从另一个角度来看，教士们虽然信奉天主教，却由于担心与罗马教会的关系更加亲密而支持解放。在纷乱之中，教士们与其说是教会人员，毋宁说更像是战士。长达二十年的革命催生了新的权利、财产和地位，这些东西很难被毁掉。殖民地革命时期诞生的新一代，也十分渴望独立与解放。过去西班牙曾吹嘘说，在其治下太阳永远不会落下，让我们祈祷自由永远照耀人间。

但是，如果这种对自由的追求不是发生在西属美洲殖民地，而是在更早的时候、以更为安全的形式适时地出现，是否会避免一系列的困难与阻碍呢？我想这种可能是存在的。

就我个人观点来看，西班牙殖民地当时若是能建立君主立宪制，那么结果就会好得多。我认为，代议制君主政体远优于共和政体，因为它能抑制行政权力中个人的野心，并能把自由与秩序结合起来。

在我看来，代议制君主政体可能更适应西班牙的民族特性，因为西班牙当时主要以土地所有制为主，人口本来就少，而且大多为黑人与印第安人。此外，西班牙还是一个以天主教为国教的国度，奴隶制普遍，且平民阶级的教育不足。

独立于宗主国的西班牙殖民地若能建立代议制君主政体，便将能够完成其国民政治教育，抵抗年轻的共和国可能会面临的风暴。刚刚摆脱奴隶制度的民族虽然急切地渴望自由，却也十分容易滑向无政府状态，而无政府状态几乎总会导致专制的出现。

不过，是否存在一种制度，能够避免这些分裂呢？也许有人会这样对我说："你已经站在当权者那边了，只限于希望西属美洲殖民地获得和平、繁荣与自由吗？你只局限于空想吗？"

我该如何来回答这个问题呢？回望过去，我想我会为一件事而懊恼。

当斐迪南在卡迪斯获释时，路易十八写信给西班牙国王，促使他交给臣民们一个自由政府。也就是这个时候，我感到自己的使命就要完成了。我想辞去外交大臣的职务，让国王把它交给正直杰出的莫朗西公爵。我本不该有那么多焦虑，也不该担忧舆论的纷争。友谊与权力不应该导致失望和忧伤。我将功成身退，满载声誉地离开政界，最后安静地颐养天年。是西班牙殖民地的利益促使我最后的退隐。但世事多变，此时恰好发生了一件出人意料的事。

正当我要辞职之时，许多重要的谈判已在开展并已取得了很大的进展，所以我只好继续已经开始的工作，并着手处理其他事宜，对各项工作予以全面的把握。可以说，我的工作做得不错，我已经为他们打好了基础，他们将有足够的空间达成共识，从而维护本国及其他国家的利益。恕我不能在此详述有关这一工作的具体细节。

在外交领域，计划终究是计划，并不等于最终能够切实实行它。政府有自己的办事规则和节奏，我们必须要有耐心，而不能像法国皇太子那样老想通过暴力来控制外国内阁。政策的执行不可能像我们军队的胜利那样果决与迅速。世事难料，我辞职的计划落空了，只能继续完成自己的工作。不过，我倒是认为，自己还是十分胜任外交大臣这一工作的。我对当时的外交格局有着全面而深入的了解，对各项事务都比较清楚，任何一个继任者都难以做到我这样，包括莫朗西公爵在内。而倘若由其他人来接替我担任外交大臣的话，又可能为西班牙殖民地带来不适宜的制度。此外，我之所以放弃辞职的计划而重新回到外交大臣的岗位上，还有另外一个原因，那便是虚荣心在作祟。想想自己的名字将出现在美洲解放史新的一页上，想想在自己的努力下已解放的殖民地能保持自由，而欧洲的君主制度也不会受到削弱，一想到这，我就倍感振奋，激情又重新燃起。

此外，我对欧洲大陆各国政府的善意也十分有信心（某个国家除外），也不惧怕英国一位刚刚过世的政治家施加给我的压力与阻碍。我知道这种反对不是因为他个人的意愿，而是因为其所在国家的错误的商业政策。也许有一天，我和我这位朋友之间的私人通信会公之于众。个人的命运同时代的发展是紧密相连的，我想如果坎宁先生当初看到了我的计划，他一定会发现我们二人提出的计划其实并没有本质上的区别，而他也能避开晚年的那些政治纷扰，平静地安享晚年。狭隘的欧洲为自己裹上了庸俗的外衣，有才华的人士正在从这片土地上迅速流失。要想看到人类的新面貌，就必须穿越茫茫沙漠，将目光转向另一个地方。

在那时的我看来，能够参与管理国家事务，亲手搭建一座坚固雄伟的大厦，是一种极大的殊荣。我曾认为，我的外交事务大多在国外进行，不会给他人造成什么困扰。而事实证明，我错了。我只顾抬头仰望星空，未料想却一脚落入了洞中。我们倒下之后，英国人一片叫好之声，卡迪斯驻军挂出了白旗。一切都成了过去。我想，倘若西班牙殖民地在波旁王朝长子的影响下建立起了君主制度，那么其解放将给法兰西带来无限的繁荣。

我成年之后曾做过一个梦，梦见自己在美洲，醒来后却发现自己在欧洲。这使我联想到年轻时曾做过的许多关于美洲的梦，当我真正来到美洲之后，我发现我的梦破裂了。

博物志

河　狸

第一次看见河狸的巢穴时，我们就忍不住对上帝产生了无限的敬仰，是他把巴比伦建筑艺术的精华教给了这种小动物，还不辞辛劳地创造了人类，并派这些继承了他的智慧的人类来培育昆虫。

这些不禁让人赞叹的小生命，遇有浅溪淌过的山谷，便在溪流之上修建一个堤坝。待到溪水上涨，淹没了山谷，这里就成了河狸们的巢穴。河狸是这样修建堤坝的：

首先，河狸在山谷的两侧各竖起一排木桩，木桩之间搭上树枝，并以泥土固定。然后，在每排木桩往下约 15 英尺的地方，再各竖起一排木桩，同样用树枝和泥土加以固定。最后，把每侧山谷的两排木桩之间填上泥土。

至此，山谷一侧的木桩与另一侧的木桩相距已不到 20 英尺。在这不到 20 英尺的空间里，水的流速是最大的，因此，河狸改变了筑巢所用的材料，它们开始用树干对自己的水下小窝进行加固。河狸们把圆木一个个地堆起来，并用固定木桩的那种办法，把圆木固定结实。整个堤坝约有 100 英尺长，15 英尺深，地基约有 20 英尺。堤坝的厚度以一定的比例递减，到了最边缘的地方，厚度就只有 3 英尺那么宽。内侧的木桩用泥土修成缓坡状，外侧的木桩则呈垂直状。

河狸们总是未雨绸缪。从堤坝的高度，它们就能知道应该把自己的巢穴修建在什么高度。它们知道，把巢穴修在一定的高度之上，就不用担心会遭受洪泛的侵扰，因为洪水只能淹到堤坝处。不消说，在堤坝之上筑起的小巢，肯定能帮河狸们躲避洪水的冲击。有时候，河狸还会在堤坝上修建一个能够任意开合的水闸。

河狸们伐树的方式很有意思。它们总是挑选生长在河边的树木，然后由一群海狸不停地啃噬树根部分。着急的时候，啃树的河狸就多一点，不着急的时候，啃树的河狸就少一点，这得视情况而定。它们会从邻水一侧的树根开始啃，而不是背水的一侧。要是从背水的一侧开始啃，那么树木倒下的时候，就掉到河里去了。当其他河狸正在啃树的时候，有一只河狸会站在不远处看着。一旦它发现这棵树开始倾斜了，它就会吹一声口哨，通知正在啃树的河狸们保护好自己，别被倒下的树木砸伤。等到成功伐倒一棵树时，这些勤劳的建筑工们，便借着河水的浮力，将树木运回自己的巢穴。这点简直跟古埃及人一样。古埃及人常常依靠尼罗河，把他们从厄肋番廷采石场切出的方尖碑运回城中，作装饰之用。

荒野之中，河狸们在堤坝围起来的水池中建起了一座座水上宫殿。这些威尼斯般的小城，少则两层，多则五层，高矮视水深而定。整个建筑以圆木为基，有三分之二在水面以上，底层的三分之一则没在水中。在六根圆木地基之上铺上一些桦树枝，就成了河狸们巢穴的地面。地面的一侧设有入口，入口用细腻的灰泥修成拱形。河狸在入口处的地面上开了一个地洞，钻入这个洞口，它们就可以潜到水里游泳。它们还会在水下修建一个通用的仓库，并在里面堆满杨树枝。这个仓库建在不同巢穴的地基之间。从入口处的地洞钻下去，河狸们就可以去仓库里取些树枝来吃。在巢穴的地面以上还有三层建筑，每层以同样的方式搭建。根据住在里面的河狸的多少，每层又分隔成若干小隔间。每个巢穴通常住着三组家庭，共计 10 只或 12 只河狸。这些河狸会在巢穴的入口处集合，然后一起进食。巢穴里，到处都透着干净和整洁。除了这个入口，巢穴中还有其他开口，以满足进出的需要。每个小隔间都铺着嫩松枝，里面一点污秽也没有。当河狸们离开这里，前往自己位于湖畔的巢穴（建造得跟这里的巢穴一样）时，任何别的河狸都不可以进入它们的小隔间。因此，在它们离开的这段时间里，小房间会一直空着。等到化雪以后，河狸们便会再次返回山谷中的巢穴。

河狸的巢穴既有排水闸，也有用于秘密撤离的通道，就像哥特式城堡那样，会从城堡里面挖一条地下通道，直通城堡外面的旷野。

病了的河狸，会到疗养院里居住，而疗养院的结构和建筑规划，正是由这些病怏怏的动物一手完成的。

七月前后，河狸会举行全体大会，会上，它们将讨论是该修补老的巢穴和堤坝，还是该修建新的巢穴和堤坝。如果原来的巢穴里食物比较匮乏，或者洪水和猎人已经把巢穴破坏得不成样子，那么它们就会选择重新建造新的家园。相反，如果它们觉得原来的巢穴还能用，那么它们就会进行一些修补工作，然后在巢穴中存放好过冬用的食物。

河狸们也有自己的政府。它们选举出一名市政官，由市政官负责整个共和国的管理工作。在集体劳作期间，会有专门的哨兵负责放哨，从而及时侦测意外情况的发生。如果哪一个河狸拒绝完成自己的工作，它就会遭到驱逐，只能独自一人，羞愧地住在洞穴里。印第安人声称，因为太懒而被驱逐的那只河狸，长得十分瘦弱，而且背部的皮毛还被剥掉了，作为耻辱的印记。对这些灵巧的小动物这么了解有什么用呢？人类让那些凶残的野兽继续存活，却把这些河狸杀得精光，这同人类愿意忍受暴君的统治，却去残害那些无辜和天赋异禀之人无异。

不幸的是，河狸并不知道战争的存在。它们有时会与麝鼠发生争执，除此之外，河狸内部有时候也会发生争吵。印第安人告诉我，如果哪只河狸在其他部落的地盘捕食，那么它就会被带到该部落的首领面前接受体罚。如若再犯，那么它的尾巴就被会切掉。要知道，尾巴对河狸来说十分有用，既能拉货，又能抹泥。一旦被切掉了尾巴，河狸便会回到自己的部落中，让朋友们集结起来，为它报仇雪恨。有时，为了解决这场争端，两个部落的首领之间会进行一场决斗。有时，也会进行一场多人对抗，3 对 3，或 30 对 30，就像库里阿提乌斯三兄弟对抗贺拉提乌斯三兄弟，或 30 个布列塔尼人对抗 30 个英格兰人一样。河狸之间的决斗充满了血腥。前来给死河狸剥皮的野蛮人说，经常能看到 15 只以上的河狸躺在地上，光荣地战死了。胜利者们则会占领落败者的巢穴，然后建立起殖民地或派兵长期驻守。

雌河狸一次能产下 2 ～ 4 只幼崽。幼崽出生后，雌河狸会喂养它们一年的时间。当雌河狸的孩子越来越多的时候，大一点的幼崽便会离开，去别处建造新的巢穴，就像分蜂时，一群蜜蜂会主动离开原来的蜂巢一样。河狸家庭是严格的一夫一妻制。如果雌河狸敢有不忠的行为（即便只是怀疑），雄河狸也会因此而感到嫉妒，甚至杀死自己的配偶。

河狸的平均身高在 2.5 英尺到 3 英尺之间，体宽约 14 英寸，体重有 45 磅。河狸的头部同大鼠很像。小眼睛，短耳朵，耳内无毛，耳郭外有毛。河狸的前腿只有 3 英寸那么长，前爪上的指甲长而弯，后爪则长着天鹅般的蹼，以利于游泳。其尾扁平，厚约 1 英寸，表面覆满六角形的鳞片，呈鱼鳞状分布。河狸的尾巴，既可当铲子用，又可作货车用。河狸的颌骨十分发达，上下颌呈剪式咬合，各有 10 颗牙齿，门牙有 2 英寸那么长。正是依靠它们的牙齿，河狸才能够伐树，咬掉树皮，或者扯掉树上的嫩枝作为食物。

河狸周身呈黑色，极少数具白色或棕色。河狸长有两层毛发，外层长而光滑，内层短而细密。人类便用河狸内层的毛皮来制作皮帽。

河狸的寿命在 20 年左右。雌性的体形比雄性略大，且腹部皮毛的颜色比雄性河狸更深。有人说，如果河狸被猎人活捉，它们便会自我了断，以免让自己的后代成为人类的俘虏。这种说法是不正确的。

不管你怎么做，河狸的肉都很难吃。不过，遇到食物匮乏的时候，野蛮人会把河狸肉熏制一下，用来充饥。

河狸的皮毛细密柔软，但不保暖。因此，以前的时候，印第安人并不怎么猎捕河狸。相比之下，猎熊更为危险，但更受青睐。印第安人一般杀几只河狸，获取足够的毛皮用来制作皮衣，就停手了，而不会杀死整个河狸群。但是，由于欧洲人对其皮毛喜爱有加，把河狸皮当作最上等的毛皮，因此才造成了加拿大地区河狸的灭绝。要想见到河狸，你得朝着哈得孙湾的方向前行很远的距离，而且你在那里见到的河狸，也不像以前的河狸那么敏捷了，因为那边的气候实在太冷。数量锐减造成了物种的退化。

群体的规模过小，河狸们也就不再建造从前那种巢穴了。[①]

以前，一个河狸群体能够拥有 100 ～ 150 只河狸，有些甚至更多。靠近魁北克一带，曾经有一个河狸修筑的水库，建造时所用的树木，简直比一家锯木厂的木材还多。在夏季，当印第安人需要乘坐木舟逆流而上的时候，河狸们修建的水库还能满足上游取水的需要，十分便捷。因此，河狸们为新法兰西的野蛮人所做的贡献，几乎相当于一个天才的头脑，一个英明的君主，或是一个伟大的神父为旧大陆的文明人所做的贡献。

熊

美洲大陆分布有 3 种熊，分别是棕熊、黑熊和白熊。棕熊体形较小，为植食性动物，善爬树。

黑熊的体形比棕熊大，以肉、鱼和水果为食。在捕鱼的时候，黑熊的动作尤为敏捷。它会坐在河边，观察水中是否有鱼游过，一旦发现目标，它便迅速地伸出右掌，捞起鱼儿，并将其扔到岸边。要是吃饱以后还剩下一些鱼，黑熊还知道把这些鱼藏起来。冬季，黑熊会在自己的巢穴或空心的树干中冬眠很久。进入三月以后，它一苏醒，就忙着寻找草药来为自己通便了。

白熊，又叫北极熊，常常在北美洲的海岸一带出没，从纽芬兰岛至巴芬湾沿岸，都有它们的踪影。这种凶猛的动物堪称冰原上的卫士。

---

① 在密苏里河与密西西比河之间，曾发现过河狸的行踪。在落基山脉附近的哥伦比亚草场，分布着数量较多的河狸。不过，随着欧洲人的入侵，这一带的河狸很快也将销声匿迹。去年（1826 年），在密西西比河岸的圣路易，有 100 捆河狸皮等待出售，每捆都有 100 磅重，每磅需要支付 5 张卡勒巴什纸币。

驯 鹿

加拿大驯鹿是驯鹿的一个特殊种类，能被人类驯服。雌鹿无角，长得十分漂亮。雌鹿的耳朵如果短一些，看起来就非常像英格兰的一种小母马了。

麋 鹿

麋鹿的口鼻像骆驼，角像黇鹿一样扁平，四肢则像驯鹿一样。麋鹿的毛色呈混合色，掺杂着灰色、白色、红色和黑色。麋鹿的奔跑速度很快。

据野蛮人说，麋鹿的王叫作“大麋鹿”，所有的麋鹿都对它们的王毕恭毕敬。大麋鹿的腿极长，就连 8 英尺厚的积雪也难不倒它。它的皮毛刀枪不入，肩膀之处长有一只胳膊，能够像人类的胳膊那样活动自如。

巫师说，麋鹿的心脏里长着一块小骨，把这块骨头烧成灰，可用于减轻分娩的疼痛感。巫师还说，把麋鹿左后腿的蹄子放在癫痫病人的胸口处，可根治癫痫。最后，巫师补充道，麋鹿也患有癫痫，当它感觉快要发作之时，便会用左后腿的蹄子将自己的左耳捅破，使之流血，这样它就能够平静下来。

北美野牛

北美野牛的牛角短而黑，两角之间垂下的稀松毛发盖住了眼睛。它有着很长的胡须，肩部宽阔，臀部较小，尾巴短而粗。其四肢粗壮，且向外凸出。北美野牛的肩部有一簇突起的红色长毛，看起来犹如突起的驼峰一般。而它身体的其他部位则长着黑色的毛发。印第安人的妻子常常用野牛身上的毛发制作盛放玉米的袋子和睡觉用的毯子。北美野牛看起来十分凶残，实际上却很温顺。

北美野牛（也叫布法罗野牛[①]）有许多不同的种类。体形最大的一种，曾在密苏里河与密西西比河之间的地带出现过。这种野牛的身高能达到大象的平均身高，其颈似雄狮，背似骆驼，尾巴和后腿的皮肤跟河马和犀牛的一样，角和四肢跟黄牛的一样。

在这种类型的野牛中，雌性的数量要远远超过雄性的数量。雄性求偶时，会绕着雌牛转圈跑。此时，雌牛便轻轻地低下身子，在圆圈里一动不动。在寻找配偶时，野蛮人就模仿了野牛的这种行为，并称其为“野牛之舞”。

北美野牛的迁徙没有明显的节律性，因此我们不知道它们会迁徙到何处去。不过，夏季的时候，它们似乎会向北方迁徙。斯拉夫湖沿岸一带，曾发现过北美野牛的踪迹，它们甚至还在北冰洋出现过。也许，它们还曾向西到达过落基山脉的山谷一带，向南到达过新墨西哥的平原一带。在密苏里的大草原上，北美野牛的数量尤其庞大，因此，迁徙队伍的过境时间有时会持续好几天，俨然一支浩浩荡荡的军队。远在几公里之外，你就能听见它们奔跑的脚步声，还能感受到地面的震动。

印第安人利用桦树皮来鞣制野牛皮。他们十分聪明，懂得利用野牛的肩胛骨充当刀子，来剥下整张牛皮。

印第安人将牛肉切成薄片，置于阳光下晒干，或以炭火进行熏烤，尝起来美味极了。这样处理过的牛肉，能像火腿一样存放数年之久。雌牛背部隆起的部位和它的舌头最适合生吃，味道

---

① 布法罗是西班牙语中对北美野牛的称呼。该词已经英语化，由西班牙语的发音转变成了英语使用者习惯的发音。

很是可口。野牛的粪便能够点燃，所以，在木材稀缺的稀树草原上，牛粪就很有用了。野牛的粪便能燃起篝火，其血肉还可作宴飨的食材，这样看来，北美野牛真是一种实用的动物。苏族人利用野牛皮来制作床铺和衣服。北美大地上的野牛和野蛮人，其实就是黄牛和文明人原始的模样。不管是野牛还是野蛮人，都在等待着进步的时机，只不过一个是需要接受驯化，另一个则需要接受文明的洗礼。

北美臭鼬

北美臭鼬的膀胱附近，长着一个充满了红色液体的小囊袋。当受到追赶时，北美臭鼬便会排出这种液体。这种液体会黏在猎人和狗的身上，能模糊视线。此外，这种液体散发的气味十分难闻，因此猎人和猎狗只好放弃追赶。臭鼬释放的这种难闻的气味，相当于一种刺鼻的麝香，能让人产生眩晕的感觉。野蛮人认为这种气味对治疗头痛具有显著效果。

狐　狸

加拿大狐狸是一种常见的品种，其皮毛末梢呈油亮的黑色。它们捕捉水鸟的方式广为人知。作为博物学家的始祖，拉封丹[①]在其传世的作品中，也不忘对此进行了细致的描绘。

加拿大狐狸常常在湖边或河畔跳来跳去。鹅和鸭子被狐狸的动作所吸引，便慢慢凑过去，打算一探究竟。这时，狐狸赶紧仰躺在地上，轻轻地摇动着自己的尾巴。如此这般，鸭子和鹅就更

① 指让·德·拉·封丹（1621～1695年），他是法国著名的寓言诗人，其作品经后人整理为《拉·封丹寓言》，其中包含多篇描写狐狸的寓言。

加好奇了，它们不禁游到岸上，摇摇摆摆地冲着狐狸走过去。其实狐狸相当狡猾，但它却装出一副笨样。不明就里的鹅和鸭子胆子越来越大，最后竟敢直接用嘴去啄狐狸的尾巴，结果便被一跃而起的狐狸结果了性命。

狼

美洲大陆分布着好几种狼。其中一种名为猞猁[①]，喜夜间出没，然后对着人类的房屋嚎叫。每到一处，猞猁只嚎叫一声便离开。它的速度快得惊人，不到几分钟的时间，就可以从它的叫声中知道，它已经到了很远的地方了。

麝　鼠

春季，麝鼠以灌木的幼根为食；夏季，麝鼠以草莓和树莓为食；秋季，麝鼠四处寻找覆盆子；冬季，麝鼠靠着荨麻根过活。麝鼠像河狸一样建造自己的巢穴。野蛮人如果不小心杀死了麝鼠，就会表现出极端难过的样子。他们在死去的麝鼠周围抽起烟来，并把诸神的塑像放在麝鼠尸体的周围，还对自己所犯的罪行表示深刻的检讨，因为他们认为麝鼠是人类之母。

狼　獾

狼獾是虎或大型猫的一个品种[②]。捕杀麋鹿时，狼獾往往与狐狸通力合作，方法甚是巧妙。发现麋鹿之后，狼獾便爬到树上，蹲在较低的树枝上，用厚实的大尾巴将自己紧紧裹住。狼獾

① 猞猁其实并不是狼，而是一种猫科动物。

② 狼獾，又叫貂熊，其实是鼬科动物。

的尾巴之大，足足能够绕其身体三圈。很快，远处便传来了狐狸的叫声。一只麋鹿闻声而来，三只狐狸打算把这只麋鹿一直引诱到狼獾的埋伏处。当麋鹿来到狼獾所在的树下时，狼獾便立刻从树上跳下来，扑到麋鹿的身上，将自己的尾巴缠在麋鹿的脖子上，并试图用牙齿切断其颈动脉。可怜的麋鹿跳起来，摇晃着自己的鹿角，还用蹄子猛踢地上的积雪，试图甩掉身上的狼獾。麋鹿时而跪在地上，时而沿直线奔跑或后退，时而蹲坐于地上，时而向前蹦跳，时而又猛摇脑袋。最后，麋鹿就这样耗尽了自己的力气，它的腹部停止了起伏，它的颈部血流不止，它的腿也颤抖起来。接着，麋鹿便彻底倒下了。这时，三只狐狸才凑上前来。作为胜利的霸主，狼獾公平地把猎物一分为二，与狐狸共同享用。在狼獾与狐狸捕捉麋鹿的时候，野蛮人从不趁机袭击狼獾或者狐狸，因为他们觉得，要是去抢走四个猎手辛苦猎捕的猎物，那对狼獾和狐狸就太不公平了。

鸟

分布在美洲大陆的鸟类，其种类和数量之多，远远超过人们最初的预想。其实，在亚洲和非洲也是如此。

第一批旅行者抵达时，注意到的仅仅是那些体形较大、颜色亮丽的种类。这些鸟类看起来就像是开在树上的鲜花。不过，后来人们又逐渐发现了大量体形较小的鸣禽，其叫声同我们欧洲大陆的朱顶雀一般甜美。

鱼

加拿大各湖泊（特别是佛罗里达境内的一些湖泊）中的鱼长得相当漂亮，让人赞叹不已。

蛇

美洲大陆可以说是蛇的故乡，水蛇的身影随处可见，它们像极了响尾蛇，只是没有响尾和毒液。

在我其他的作品中，我曾多次提到过响尾蛇。对于这种蛇，我们已经知道，它们分泌毒液的牙齿并不会用来进食。因此，只要把它们的毒牙拔下来，它们就成了漂亮的无毒蛇，既聪明，又极其喜欢音乐。正午时分，当森林里一片寂静之时，响尾蛇会用自己的尾巴发出响声，召唤雌蛇的出现。这时，旅行者能够听到的唯一声音，便是响尾蛇发出的这种求偶信号。

雌性响尾蛇有时能产下 20 条幼蛇。如果幼蛇遭到袭击，它们便会躲进母蛇的喉咙中，相当于回到了母亲的怀抱。

蛇，尤其是响尾蛇，很受印第安人的尊敬，印第安人认为它们拥有神的灵魂。他们把蛇训练得十分听话。冬天的时候，在棚屋外的篝火边，这些受到训练的蛇，便乖乖地蜷伏在人们为其准备的盒子里。它们就像佩纳忒斯神[①]一样，守护着自己的小窝，直到春天来临，才会离开棚屋外的小屋，返回树林中去。

有一种蛇带有剧毒，其周身发黑，颈部有一圈橘黄色的斑纹。还有一种通体都是黑色的蛇，这种蛇并没有毒性，尤善攀爬，以捕捉鸟和松鼠为食。捕食之时，这种蛇依靠的不是毒液，而是自己吓人的模样。也就是说，它会用自己的模样威吓鸟儿。有些人并不赞同这种说法，但是如今，恐惧的力量已经得到了广泛的认可。既然恐惧能让人类两腿发软，那么，恐惧为什么不能

---

① 佩纳忒斯是罗马神话中专司家庭福禄兴旺的神，承担着保护储物柜的责任。

让鸟儿的翅膀停止飞翔呢?

束带蛇，绿蛇，花斑蛇，这些蛇的名字或来源于它们身体的颜色，或来源于它们身体的花纹，不过这些蛇十分和顺，而且漂亮极了。最漂亮的一种，要数玻璃蛇[①]了，因其身体十分脆弱，稍稍一碰便会骨折，故而得名。玻璃蛇的身体几乎呈透明状，能够像棱镜一样将光线折射出不同的颜色。它是一类无害的蛇，以昆虫为食，体长相当于一条小蝰蛇那么长。

刺蛇的身体短而粗，其尾部有能够分泌毒液的毒刺，能够致命。

两头蛇的分布较为稀少，状似蝰蛇，只不过其头部不像蝰蛇那么扁。

佐治亚和弗罗里达一带，分布着数量众多的吹气蛇。这种蛇长 18 英寸，绿色的皮肤上点缀着黑色的斑纹。受到惊吓时，吹气蛇的头部会变扁，并且其身体的颜色也会改变。它还会张开大口，发出很大的嘶嘶声。这时，一定要注意不要接近吹气蛇，因为这种蛇能够分解其周围的空气，而经过它分解后的空气，如果不小心被吸入，便会出现浑身乏力的情况。一旦有人吸入了这种空气，吸入者就会日渐消瘦，肺部也会受到损伤，数月之后便会死于肺结核（至少这里的印第安人是这么说的）。

蜜　蜂

美洲繁盛的植物供养着各种色彩绚丽的昆虫。欧洲的蜜蜂也被带到了这里，成了当地昆虫家族的一员，尽情探索着美洲的大

---

① 此处所说的玻璃蛇其实是一种无腿蜥蜴，外观似蛇，但不是蛇，属于蜥蜴目、蛇蜥科、脆蛇蜥属。

草原和树林。据说，殖民者深入肯塔基和田纳西的树林时，常常由蜜蜂来引路。蜜蜂是动物世界中勤劳的工人，是森林中工业和文明的缔造者。至于这些蜜蜂是不是乘坐哥伦布的船队来到美洲的，我们无从知晓。可是，这些原本陌生的面孔，却一跃成为了和平的霸主，把新大陆的花朵中所有的花蜜统统收入囊中。而本地的印第安人，却还对这些珍贵的花蜜一无所知。蜜蜂们把收集来的花蜜如数奉献给了这片生养它们的土地。倘若我们欧洲人的所有入侵和征战行为，都能像这些天空之子一样，那该是多么值得欢庆的一件事啊！

在这里，蜜蜂遇到了不计其数的蚊子。这些蚊子会攻击树上的蜂群。不过，蜜蜂已经利用自己的智慧，成功战胜了这些满是妒忌心而且十分恶毒和丑陋的敌人。蜜蜂是公认的荒漠之王。在华盛顿将军建立的共和国附近的树林中，蜜蜂也建立起了自己的君主国。

树木与植物

欧洲人的树林、田野或花园中，随处可见来自美洲大陆的树木、灌木和草本花卉，可见美洲确实是当之无愧的植物王国。今天的人们，谁不知道那类似月桂、开着白蔷薇一样花朵的树木其实叫作木兰树呢？还有那挂着风信子般的小毛球的栗子树，开着甜橙树上那种白花的梓树，因花朵似郁金香而得名的郁金香树，枫糖树，紫叶山毛榉，以及黄樟树。在含树脂的常绿乔木中，谁不知道威姆士松树、弗吉尼亚雪松和白亮杨？还有树根盘曲，枝干尤为粗壮，叶子好似苔藓花纹的路易斯安那柏树？来自美洲的丁香花、杜鹃花和蓬巴杜花给欧洲的春天带来了无限的生机，茴香、铁莧菜、紫葳、赤壁草，则用它们的果实或香气装点着欧洲的常绿藤本植物。

开花的植物不计其数，包括蝎尾蕉、加拿大百合（变种有美丽百合和虎皮百合）、蓍草、大丽花、堆心菊和草夹竹桃。如今，这些植物早已和欧洲本地的开花植物共同生长和繁衍。

最后，我不得不说，美洲大地把土豆带给了欧洲人，让欧洲各国免受灾荒的摧残。可到头来，将美洲大地上的印第安人屠杀殆尽的，却正是我们欧洲人。

美洲之旅尾声

走过了一座又一座森林，我终于抵达了美洲殖民地。一天傍晚，我看见一条小溪边有一座用树干搭建的农舍，就过去请求住宿，主人答应了。

夜色渐浓，小屋只靠壁炉里的火光照明。女主人在准备晚饭，而我则坐在壁炉旁，低着头借着火光看一份从地上捡的英文报纸。我看见报纸上写着这样的大字："国王出逃"。讲的是国王路易十六出逃并在瓦楞镇不幸被捉的事情。文章讲述了逃跑的整个经过，还讲到了几乎所有的部队军官都听从法国王室的召唤，一呼百应、云集而起的情况。我仿佛听到了祖国的召唤，于是就终止了我的旅行计划。

回到费城，我登上了回法国的船。经过十九天的暴风雨摧残，我终于回到了法国，在盖纳西和奥利尼岛之间还差点遇了难。我在阿尔夫上了岸，1792 年 7 月我和哥哥就移居到了这里。此时法国王室的军队已经投入战斗，我告诉他们说自己是专程从尼亚加拉大瀑布赶回来参军的，可是没人相信。百般无奈中，我差点为了当上兵而大打出手。多亏了我命运多舛的表哥阿尔芒·德·夏多布里昂帮忙说情，我才如愿。我的战友们——那些纳尔军团的军官们，都进了王室的一个连队，而我却去了布列塔尼连队。读者可以从我的《法国革命史》一书中了解我后来的经历。

就这样，出于为国捐躯的需要，我改变了原先的旅行计划，而这竟成了我人生中第一个重大的转折。作为布列塔尼家族的年轻一员，我本无名小卒，波旁王朝并不需要我漂洋过海回来效忠，他们需要的是我功成名就之后的效劳。如果我把那份改变了我命运的报纸烧了来点亮女主人家的油灯，继续自己旅程的话，没有人会知道少了我一个，因为压根就没有人知道有我这个人。可是，与良心之间的争战最终把我拉回到了世界舞台。只有我一个人目睹了这场争战，我原本完全可以如愿去旅行，可是我不愿受到良心的谴责，不愿在直面自我时心生愧疚。

伊利湖和安大略湖乃荒原之地，而博斯布鲁斯海峡却风景优美。可是，为什么现在前者在我心中比后者更有吸引力呢？

这是因为我在美国旅行的时候，心中充满遐想。法国动乱之时也正是我少年意气之时；凡事未竟，包括我自己的和国家的。回想那段时光对我来说是一件乐事，因为它能让我回想起因亲情而生的纯洁感情，因青春无忧而生的天真烂漫。

十五六年之后，当我再次踏上美洲之旅时，法国大革命的硝烟已经散去。我不再用幻想来安慰自己，因为那时的回忆已沾满凡世的尘灰，完全失去了纯真。两次朝圣般的出行都没能找到西北航道[①]，这使我失望异常。我也没有在美洲的密林深处寻找到属于自己的荣誉，我本为追寻它而去，却留它孤单单地待在雅典的废墟之中。

为了成为一名旅行者，我出发来到美洲；为了成为一名战士，我又回到了欧洲。结果两件事情都没能做成。命运作祟，夺走了我的手杖和利剑，却予我以笔。我曾徒步在德国的大路上，

---

① 此处所说的航道指的是一条由格陵兰岛经加拿大北部北极群岛到阿拉斯加北岸的航道，这是大西洋和太平洋之间最短的航道。

跋涉在英国的荒原里，行走在意大利的平原上，乘船于汪洋大海之上，寻迹于加拿大的森林之中。这些地方都见证过我或平静或躁动的夜晚。在斯巴达的时候，每当晚上凝望星空、想起这些地方的时候，我都会冲着天上的星星呐喊。正是这些星星，曾经同样闪耀在海伦和蒙涅俄斯[①]的时代。可是，冲着这些不为所动的星星抱怨自己的奔波生涯有什么用呢？终有一天，它们将不再会因为追随我而疲倦，而永远定格在我的坟墓上。星星不知体恤，其光微弱。现在，我对自己的命运都已漠然，更不会希望这些星星来改变什么，也不希望它们能把旅行者留在路途上的东西还给我。

① 古希腊神话中的人物。海伦是蒙涅俄斯的妻子，美妙绝伦。蒙涅俄斯是斯巴达王。

“世界著名游记丛书”
（第四辑）编辑部

负责人　王欣艳　李　娟

编　辑　王佳慧　张　璐

项目统筹：王欣艳
责任编辑：张　璐
封面设计：单佳佳
责任印制：冯冬青

图书在版编目（CIP）数据

前往美洲：夏多布里昂游记 /（法）弗朗索瓦－勒内·德·夏多布里昂著；冯道如，侯敏译 . -- 北京：中国旅游出版社：商务印书馆，2018.12
（世界著名游记丛书 / 李金早主编. 第四辑）
ISBN 978-7-5032-6143-5

Ⅰ. ①前…　Ⅱ. ①弗…　②冯…　③侯…　Ⅲ. ①游记—作品集—法国—近代　Ⅳ. ①I565.64

中国版本图书馆CIP数据核字（2018）第265017号

本书经江苏凤凰文艺出版社授权许可使用

书　　名：前往美洲：夏多布里昂游记

著：〔法〕弗朗索瓦－勒内·德·夏多布里昂
译：冯道如　侯　敏
丛 书 名：世界著名游记丛书（第四辑）
出版发行：商务印书馆
（北京王府井大街36号　邮编：100710）
http://www.cp.com.cn
中国旅游出版社
（北京建国门内大街甲9号　邮编：100005）
http://www.cttp.net.cn　E-mail:cttp@mct.gov.cn
营销中心电话：010-85166503
排　　版：北京中文天地文化艺术有限公司
经　　销：全国各地新华书店
印　　刷：河北省三河市灵山芝兰印刷有限公司
版　　次：2018年12月第1版　2018年12月第1次印刷
开　　本：787毫米 × 1092毫米　1/16
印　　张：17
字　　数：195千
定　　价：55.00元
I S B N　978-7-5032-6143-5